上官鼎與武俠小說

在武俠小說發展過程中，家人同心，戮力於武俠創作的拍檔，頗不乏其人，父子後先創作的，有柳殘陽及其父親單于紅；兄弟檔的有蕭逸、古如風及上官鼎，可以說都是武壇佳話。相較於柳氏父子、蕭家兄弟的各別創作，上官鼎兄弟三人合力共創同部作品，而又能水乳交融、難以釐劃的例子，則是迄今武壇上相當罕見的。

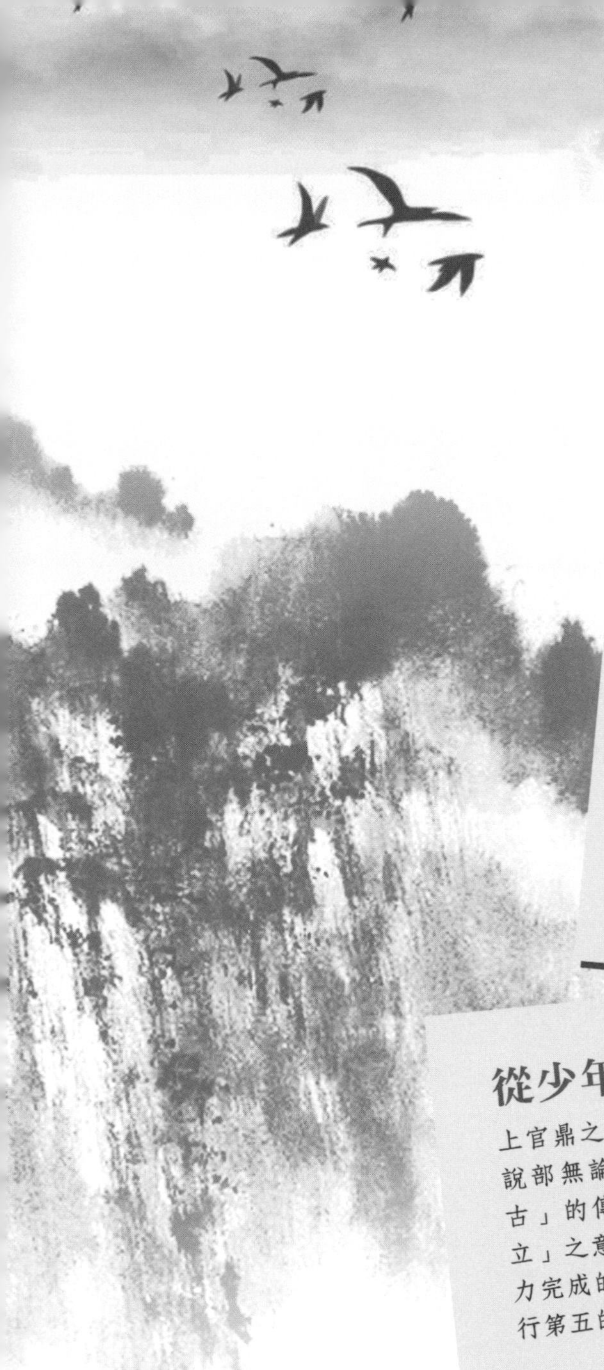

三兄弟協力，鼎取三足之意

上官鼎之名，為兆藜、兆玄、兆凱三兄弟協力共創小說的筆名，鼎取三足之意，大凡故事劇情、人物設定、重要情節，皆三兄弟於課餘閒暇商量討論而定，然後各負責其中章節，大抵兆玄擅於思想、結構，兆藜長於寫男女情感交流，兆凱則優於武打橋段，各有所長。

從少年英豪到調和鼎鼐

上官鼎之名，「上官」複姓源自於武俠說部無論是作者或書中角色刻意「摹古」的傳統；「鼎」字則取「三足鼎立」之意，暗示作品實由劉家三兄弟協力完成的。劉家三兄弟，主其事者為排行第五的劉兆玄。

劉兆玄和大多數的武俠作家一樣，
他喜愛武俠文學，
也投入武俠創作的行列，
或者，他只是將武俠視為他的「少年英雄夢」，
而成長之後，還有更重要的夢想該去達成。
上官鼎的「鼎」，尚有「調和鼎鼐」的功能，
與他之後所擔任的職務，或可密合無間了。

林保淳

鐵騎令

(三)

大結局

上官鼎武俠經典復刻版7

上官鼎——著

鐵騎令(三)

目錄

卅二 一步之差……005
卅三 異途同歸……019
卅四 淚濕青衫……061
卅五 萁豆相煎……077
卅六 無敵三環……089
卅七 鐵馬金戈……121
卅八 荒墳舊事……137
卅九 英雄歸宿……175

四十 君子協定 191
四一 天外有天 203
四二 桃紅劍白 243
四三 電光虹影 271
四四 少林之行 295
四五 勝邪敗邪 323

卅二　一步之差

蔚藍色的天穹，有幾朵白雲浮蕩。

山坡上，新發芽的嫩草，散播出一種令人陶醉的野生芬芳，柔和的陽光照在上面，那就更美了。

山坡上面，傳來陣陣女子的山歌聲，女子唱罷，又有另一雄壯的聲音對唱。

歌聲中，山坡上走下一個農家的採桑女，一個健壯的青年農夫，他們唱著，唱著，迎面走來了一老二少，那兩個少年咀嚼著那山歌中的詞兒，不禁相視一笑。

這晴朗的早晨，岳多謙和一方、卓方又回到了渭河平原上。

岳多謙望著天上的悠悠白雲，想到立刻就要會面的老妻，他喃喃自語：「唉，這就是失敗的滋味。」

一方快走兩步，問道：「爸爸，前面塵土飛揚，似有大隊人馬過來哩。」

岳多謙向前望了望，道：「嗯，是鏢局的。」

果然過了一陣，塵煙滾滾之中一角朱紅色的大飄旗現了出來，上面繡著兩個金字：「藍鷹」。

一方道：「藍鷹鏢局？」

岳多謙道：「嗯，藍鷹是老牌子啦，三十年前就是大江南北最大的鏢局。」

那鏢隊氣派倒是不凡，只見車馬旗幟鮮明，鏢師趟子手也都個個精神飽滿，只聽得一個鏢師對另一個葛衫老者道：「洪老鏢頭，聽說那青蝠劍客和武林七奇真幹上啦？」

那老者點頭道：「老朽聽李鏢師昨天從首陽山回來說，青蝠劍客一身以一戰七，除了七奇之首金戈艾老爺子以外，其他六人非敗即逃，青蝠這下可真露足了臉啦。」

那鏢師道：「金戈艾長一究竟不愧爲七奇之首。」

岳多謙離開了首陽山後，這是第一次聽到了首陽大會後半段的消息，他雖然覺得這些已經無關於懷了，但是他仍然忍不住全身顫抖了一下，心中喃喃地道：「金戈……畢竟勝啦……」

卻聽那老鏢頭道：「李鏢師還說他發現一樁怪事——」

那鏢師笑道：「老李的怪事最多，每次總要添油加醬。」

那老鏢頭卻正色道：「李鏢師雖然喜歡渲染吹牛，但是白鏢師你可別小看他，他那天生的機伶確令老朽佩服，他所見到之處必是別人難以發現之處——」

那白鏢師道：「他可發現了什麼啊？」

那洪老鏢頭道：「他說那七奇中的第六位，百步凌空秦老爺子正在和青蝠賭賽輕功之時，他可發覺人群中有兩個朝廷大官一直和秦老爺子擠眉弄眼，後來那兩個官員忽然走了，秦老爺子也就虎頭蛇尾地匆匆跟著走啦，試想武林七奇何等人物，豈會和朝廷官員有關係……」

這時車隊已走過，下面的話就聽不清楚了，一方聽了，叫了一聲：「爸——」

卓方一扯他的臂膀，示意等那鏢隊去遠了再談，他們三人走出不及二十丈，忽然身後傳來兩聲慘叫，岳多謙猛然雙眉一軒，只聽得後面的驚叫聲：「哎呀，洪老鏢頭和白鏢師被人殺啦，捉住兇手呀！」

岳多謙猛轉過身來，只見一條人影飛快地從車隊上掠過，對準隊前一個騎馬的鏢師衝去，眾人中有人叫道：「李鏢師，留心背後！」

那人身形刷地停了下來，對馬上鏢師道：「你姓李？」

那鏢師點了點頭，那人又道：「你剛打首陽回來？」

馬上鏢師怔了一怔，但仍點了一下頭，那人大笑一聲，忽地伸手一點，馬上鏢師慘叫一聲，跌落地上，抱住胸口在地上翻滾慘號，似乎不勝痛苦。

那人臉上以黑布蒙面，旋風般一口氣傷了三個人，他厲聲道：「老夫告訴你，以後不可張口亂說話，否則──」

說到這裡，他忽然改變意思，目射凶光，大聲道：「不成，留你不得。」

說罷抬腿一腳踏下，四周鏢師何止十數人，竟一個個呆若木雞，沒有一個敢動彈一下。

驀然，一聲沉吼發自那人身後：「秦允，給我住手！」

那蒙面人驚極反過身來，只覺一個白髮皤皤的老人正氣凜然地站在自己身後，他驚極忍不住叫出：「岳──」

那老人冷冷笑道：「好威風啊。」

蒙面人忽然身體向後一仰，身形有如一隻竹箭一般飛快地射向後方，速度竟然絲毫不在前行之下，那老人並不追趕，蹲下身來，摸了摸地上李鏢師的脈，歎口氣道：「沒有救了，你們快準備後事吧，還有十二個時辰的生命。」

說罷，他帶著身後兩個少年往來路如飛而去，大伙鏢師呆望著三人縱出十餘丈，才想起大喊道：「老英雄留步……」

可是人家早已轉過彎角，不見蹤影了。

轂碌碌，車隊又開始前進了……

那來路上，岳多謙緩下身形來，一方爭著道：「爹爹，那次秦允假借青蝠劍客之名脅迫大哥刺殺岳將軍，聽那鏢師說，又有什麼朝廷大官的事，這秦允……」

岳多謙道：「孩子，你可知道秦檜？」

「那次青蝠也問大哥知不知道秦檜，又說他是當今第一個大奸臣——」

岳多謙點頭道：「所以我懷疑百步凌空和秦檜有關係。」

一方道：「他混進少林寺偷盜萬佛令牌，不知究竟有何陰謀？」

卓方道：「剛才真不應該讓他走——」

岳多謙輕歎了一聲道：「只要他一動了步，咱們有誰能追得上？」

一方想到秦允那來去如風的輕功，不禁默然，岳多謙忽然道：「要揭開秦允這個謎，只怕全靠姜老哥才成了。」

提到「姜老哥」，大家立刻想到靈台步虛姜慈航那絕世身法和那慈祥的笑容。

岳多謙卻想到一事，他暗道：「方才那兩個鏢師談話，似乎姜慈航也是不戰而退，那……那麼他一定是爲了我……唉，胡笠啊胡笠，爲了你一句話，害得姜老哥也丟了人……」

一方見父親的臉色突然變得異常激動，不禁心中十分奇怪，他望了望卓方，卓方也不解地回望了他一眼。

卓方想起那天父親在首陽山麓大戰青蝠之事，突然施出雲槌，本已處於絕對優勢，卻陡然失手之時，再也忍耐不住，但他冰雪聰明，知道父親不願提及此事，便繞圈兒道：「爸爸，我有一事求教……」

岳多謙從激動中驚醒過來，乾笑一聲道：「哈哈，卓兒今天怎麼客氣起來啦？」

卓方笑道：「那天爸爸在終南山天台上教咱們那招『雲槌』時，曾一再囑咐咱們不可亂用，究竟是什麼原因？」

岳多謙道：「這個原是有一層道理的——」

卓方道：「那天爸爸也是這麼說，卻不肯告訴我們究竟是什麼道理。」

岳多謙道：「你們還記得你范叔叔平生絕技『寒砧摧木掌』的最後一招麼？」

一方道：「就是那招『雷動萬物』？」

岳多謙頷首道：「不錯，這套掌法你們都學會，尤其你大哥施出已極見功夫，但是要和范叔叔親自施出相比，那還差得遠了——」

卓方點了點頭，心中卻在想下面用哪一句話使爸爸說出對青蝠手下留情的原因。

岳多謙道：「十年前，你范叔叔曾以這套掌法一招一式地和我過招印證，那時候他的『寒砧摧木掌』在招式上雖已大成，但在運勁發力方面，雄壯之中仍不免失於粗獷，難登爐火純青之境——雖說如此，那時我已感到應付困難，大約兩招之中只有一招能破，而另一招只能守，但是到了最後一招施出，我都無法反擊，想了整整三個時辰，仍然無法想出一招攻守兼俱的還擊，當天晚上我一整夜沒有睡覺，天亮的時候，我終於想出了破招——」

一方情不自禁地問道：「什麼破招，爸？」

岳多謙道：「就是那招『雲槌』！」

一方和卓方同時呵了一聲，岳多謙道：「你范叔叔見了我這招之後，苦思了三天，終於承認『雲槌』是天下唯一能破他那招『雷動萬物』的招式，那時我教了你們，怕你們胡亂施用，若在范叔叔面前施出，范叔叔雖是英雄人物，但也難免心中不生疙瘩哩——唉，那時范叔叔尚在人間，咱們印證武學，那是何等快活之事……」

卓方聽到這裡便單刀直入地問道：「那麼，爸爸，那天在首陽山上，您的『雲槌』為什麼不使全呢？」

岳多謙揚了揚白眉，卻立刻岔開道：「看呵，前面山角一過，便可望到羅家集了。」

天黑了。

岳多謙帶著兩個兒子仍在跋涉著，他們經過了羅家集，卻沒有在那兒歇腳。

黑暗中，岳多謙長歎了一聲，停下身來。

一方和卓方也停下身來，這一帶亂葬墳山，地形是筆直而相似的，小徑的兩邊只是一些合抱的大樹，和新舊大小的墳墓，沒有絲毫別的特徵。

岳多謙環目四望了一下，一方和卓方知道他是在尋找盧老伯的墳墓。上次，岳多謙和君青、白冰在這墳山上發現了盧家五人橫屍地上，他們把五具屍體合葬在這墳崗上，但是這黑夜中他已難以辨別究竟塚在何處。

岳多謙在徑邊拾起一枝枯草，用火摺子點燃了，藉著那火光向四面打量了一番，輕聲道：

「呵，在那邊，咱們走岔了路頭。」

於是他帶著兩人繞了過去，那墳山中陰風慘慘，呼的一聲，枯草點著的火苗應聲而熄。

岳多謙相度著差不多了，便從懷中再把火摺子拿出，「嚓」的一聲，火苗兒升了上來，那火焰是那麼渺小，但是在這黑暗的墳場中卻又顯得那麼光明可愛。

光亮雖弱，但是卻能照出一丈方外，他們身在火前，反而目不能及遠，過了片刻，目力已能習慣，只聽得一方、卓方齊聲驚呼：「哎呀，那是什麼——」

岳多謙的聲音鎮定得異乎尋常，他低聲道：「孩子，不要慌，我早就看見了。」

原來黑暗中那盧老伯的大塚上，竟有一個蓬頭垢面的漢子，歪歪斜斜地躺著，看那模樣，似乎是睡著了哩。

岳多謙故意弄響了腳步，那躺著的漢子忽地一咕碌爬了起來，火光下，只見那人粗眉大眼，肩寬體闊，卻只是面黃肌瘦，憔悴不堪。

那人彎著腰對著岳多謙看了好半天，忽然道：「這位老爺可是岳老爺子？」

岳多謙倒吃了一驚，沉聲道：「這位壯士貴姓？緣何知道老朽姓氏？」

那人大叫一聲，拜倒地上，霎時淚流滿面，岳多謙大吃一驚，連忙一伸雙手，虛空向上一托，那人吃他內家真力一招，再也拜不下去，站起身來。

岳多謙正待開口，那人道：「岳大爺還認得小人麼？小人盧方是盧家莊的長工頭啊——」

岳多謙經他一提，登時想了起來，呵了兩聲，正要發話，那盧方流淚道：「那日小人和主人家一共六人，在此遭人阻殺，小人重傷裝死得脫。養了半個月傷，勉強再回到此地，原想來收拾主人的遺體，哪知有勞岳大爺已經代爲造墳立碑啦，主人死得好慘，岳大爺您要作主……」

岳多謙在黑暗中目光一亮，大聲道：「盧方，你可記得那阻殺盧莊主之人是什麼面貌？」

盧方道：「兇手是……」

正在此時，忽然一道白光劃空疾飛而至，岳多謙一掌打出，盧方登時被推開數尺，那道白光從盧方身旁呼的飛過，奪的一聲釘在身後丈外一棵大樹上，原來是柄白森森的匕首，柄端上還綁了一張白箋。

岳鐵馬何等身形，匕首才釘入樹幹，他已到了樹旁，伸手把匕首拔了出來，卻見那白箋上空無一字——

背後聞得那盧方驚呼道：「呀，是柄匕首——哎唷……」

岳多謙心知不妙，飛快地一轉身形，只見盧方口噴鮮血，倒在地上，卓方和一方同時向黑暗中猛然發掌，黑暗中那人卻藉著兩人的掌力猛然身退，岳多謙大步趕回時，那人已如一陣旋風般落在黑暗中——

岳鐵馬一聲長嘯，身形陡然飛出，端的宛如天馬行空，一大步就跨過了一方卓方的頭頂，他身在空中，忽然左邊丈外一聲輕響，岳鐵馬一扭腰身，雙掌齊齊下擊——

那聲輕響才一發出，岳鐵馬石破天驚般的一掌已自凌空劈到，這等出招之式，宛如長空電擊，確是岳多謙的真功夫！

但聞嘩啦啦一聲暴響，無數樹幹應聲而折，卻見滿天飛起一片片黑色的東西，在空中飄飄蕩漾。

岳多謙不禁一怔，原來那黑色的東西竟是一件半短衣衫，被他內家真力擊成了片片碎絮。

他以最快的身法再撲右邊，只見雜草荒墳，哪裡還有敵人的影子，這分明是那人的「金蟬脫殼」之計，想不到岳鐵馬一生機智，卻著了那人的道兒。

他想起盧方還倒在地上，心想救人要緊，連忙一躍而回，只見一方和卓方正在忙著推拿，他上前一看，不由長歎一聲，盧方面如金紙，已經不成了。

只見盧方忽然一躍坐起，用手指在空中劃著，岳多謙上前扶著他，他在空中劃了三橫，又對中劃了一直，口中掙扎著道：「青……青……」

一方叫道：「說什麼，你說什麼？」

但是盧方再也不回答了，那手指也在空中僵住不動了。

岳多謙沉聲道：「死啦。」

一方對著盧方的屍身，用手把盧方瞪著大大的眼闔上，低聲道：「你放心吧，我們知道的，兇手是青蝠劍客！」

岳多謙緊皺著眉，在心中默默道：「又是一條命，又是一條命！無論貴賤，人的生命的價值是相同的啊！」

荒山又多了一個新墳。

一方和卓方嚅嚅的說：「爸，是我們錯了，我們不該發掌攻擊那人，應該用迴勁阻他……」

岳多謙點了點頭，但是口中說：「孩子，不怪你們，不怪你們，爸爸也著了道兒……唉，三十年不履江湖，連這等伎倆都生疏啦……」

卓方驀然驚道：「爸，看那邊……」

岳多謙猛抬起頭，向那邊望去，只見遠遠一條人影如飛一般向前逸去，岳多謙頓足道：「這人就是兇手啊，他就藏在山崗近旁，可是咱們就是無法趕得上，唉，一步之差！」

話聲方了，忽然又是一條人影掠過，這人掠過時，帶著一道白光而過，一方驚叫道：「好快的少林身法！」

岳多謙皺眉道：「嘿，是百虹大師，百虹大師的方便鏟也拿出來啦，他封鏟已經整整二十個年頭！」

岳一方道：「前面那人是青蝠劍客，怎麼百虹大師持鏟追趕青蝠？」

岳卓方道：「百虹大師懷疑青蝠和秦允聯手偷了萬佛令牌！」

岳多謙道：「百虹大師都動了方便鏟，那麼……少林寺是傾寺而出了……」

天色更黑了，山崗上又添了個新墳；嘿，反正崗子上空地多的是，就算再多幾百個墳墓又有什麼關係？

岳多謙和一方、卓方到了朱大嬸的家。

三天的日子像是在平靜中悄悄的過去了，但是，那平靜只是大風暴的前奏，鐵馬岳多謙心中的悲憤像即將爆發的火山，只等那時刻的來臨，他要作出令武林永難忘懷的大事！

仍是黑夜，無邊的黑暗……

朱家的院子中靜悄悄的。

驀然，一聲奇異無比的嘯聲劃破寂靜，緊隨著這異聲，一道黃色的光華從黑暗的東角飛了出來。

那光華好生古怪，飛得時快時慢，時左時右，似乎有什麼東西隔空控制著它似的，有時還在空中翻騰一轉，就如一道光龍在空中盤迴一般。

那光華從東角飛向西角，最後一旋而落，眼看落在地上，卻又騰空而起，「碰」的一聲，接著就恢復了平靜。

東角下走出一個白髮老人來，他大步踱著，身子卻如虛空飛渡一般，一直到了西角，他停下身來。

只見他面前一根黑壓壓的合指生鐵棍豎立著，他走近一些查看，只見那鐵棍齊腰截斷，地上躺著半截。

那斷口竟如吹毛斬鐵的寶刀砍過一般，平齊得緊，他的嘴角露出一絲笑容，俯身在地上拾起一個黃色的小玉環。

原來那道光華竟是這顆直徑半寸的小玉環，那麼粗的鐵棍竟被這小小玉環擊成了兩截，那環上的力道可想而知。

老人輕輕地把玉環兒套在右手指上，他輕聲地喃喃自語道：「岳多謙啊，這是你最後的絕著了，千萬只能勝不能敗啊！」

卅三　異途同歸

一個臨黑的傍晚，芷青和君青帶著鐵馬岳多謙的戰檄到了嵩山麓那離奇古怪的石屋前。

這石屋中住著的正是首陽山挫斷青蝠手中長劍的金戈艾長一。

石屋中透出昏暗的燭光，這證明艾長一已經回來了，芷青輕輕地對君青道：「咱們大剌剌地從正門進去。」

君青點了點頭，兩人從山徑上一躍而下。

走到屋前，仰首看處，那門楣上「上天下地唯我獨」七個字，令人有觸目心驚的感覺，芷青在門前站定身形，提氣道：「晚輩岳芷青奉家父岳鐵馬之命求見金戈艾老爺子。」

芷青和君青只覺眼前一花，一個人已經從石屋內飄出，站在面前，只見那人頂上光禿，氣度威猛，正是七奇之首艾長一。

芷青、君青兩人行了一禮，那狂傲無比的艾長一居然還了一揖，朗聲過：「兩位岳世兄不要多禮。」

芷青暗暗奇怪，但他立刻從懷中掏出一隻大信封來，雙手遞給艾長一。

艾長一凝目望了望芷青，「嚓」的一聲把信封撕開，掏出那封岳多謙親筆的信函來，只見上面寫著：「金戈艾公大鑒，首陽之麓得瞻雄姿，心儀不已，岳某敗軍之將無顏言他，本當立時藏身大山峻谷之中，以終殘年，然岳某所以至今猶不嫌忝羞而書告艾公者，唯以先人之約不可廢也。岳某願於今年歲暮之時，首陽山麓再見艾公。」

下面署名是「岳多謙白」。

艾長一看完之後，面上毫無表情，只是負手仰觀長空。

芷青覺他今日神情大異昔日，不禁暗暗納悶，那艾長一看了一會黑漆漆的天空，這時竟然來回踱起方步來。

君青暗暗扯了一下芷青的衣袖，芷青向他做個無可奈何的眼色。

艾長一踱到第四個來回，停下身來，他對芷青道：「好，請轉告令尊，屆時艾某必然依諾前往。」

芷青待要相問，但是父親臨行時再三叮囑的話閃上心頭，他嚥了一下口水，大聲道：「艾老前輩沒有別的吩咐了麼？」

艾長一點了點頭，芷青和君青兩人一齊行禮下去，艾長一雙袖一揮道：「不要多禮，不要多禮。」

豈料芷青仍然納頭行了下去，艾長一不禁微微一怔，暗暗讚道：「這孩子好深的功力。」

芷青正要轉身，忽然艾長一道：「還有一事，請轉告令尊，就說我艾長一認為普天之下唯有岳多謙夠得上做他的對手，至於那青蝠劍客，哼！岳多謙在千招之上可以穩穩獲勝！」

芷青和君青聽得心頭狂跳，芷青轉過身來，望著這個光頭的怪老人，他雙目中射出奇異的光芒，那金戈艾長一的雙目中此時也放出一種奇異的光芒。

芷青說不出這時是一種什麼心情，他默默地道：「爸爸，爸爸，你雖然敗在青蝠的手上，但這並不是沒有人知道的，你的敵人都在為你的『失敗』而悲歎呢。」

他收回飛得太遠的心思，拉著君青的手腕，反身縱起，霎時落在數丈之外。

黑暗中，金戈艾長一站在石屋之前，屋內昏黃的燈光斜斜照在他的光頭和臉頰上，他望著芷青那雄壯的背影，喃喃地道：「威猛之中不失輕靈，假以二十年時日，武林霸主非此子莫屬……」

他轉過身來，那冷酷的臉孔上竟然流過一絲激動的神色，他對著天邊上的明星說道：「艾長一，你一生冷傲嫉世，以為天下無人堪與為匹，好不容易碰著一個武功蓋代的英雄人物，卻注定了必得以兵刃相見，罷了罷了，艾長一，你天生是孤僻的命啊……」

暮色蒼蒼。

芷青和君青飛快地趕著路，現在君青已經可以輕鬆地跟得上芷青的速度了，雖則他在身法上和芷青完全不同，但是卻是同樣地輕靈快捷。

他們沒有交談，因爲這刻兒風大得緊，捲著塵砂滿天飛舞，一張口就得吃一大口灰砂，是以兩人都緊閉著嘴。

驀然之間，一條人影如鬼魅一股在他們前面閃出，芷青吃了一驚，那人影總在他們前面十丈處飄動，他們跑得快，那人也飄得快，如凌空御風一般在空中飄蕩而前，芷青不禁開口叫道：「前面是什麼人？」

他一面叫喝，一面突然施展十成輕功，身形如急箭一般飛射而出，猛可向前一撲，哪知那人哈哈一笑，身形陡然又飄前數丈，芷青撲了個空。

芷青、君青二人心中都是萬分驚駭，忽聞耳邊一陣大笑，那人反向前躍，「刷」地落在兩人面前。

兩人定眼一看，只見那人身闊膀寬，虬髯突突，正是那龍池百步霹靂班焯。

「唉，我問你一事，你那『寒砧摧木掌』的最後一招可是那『雷動萬物』麼？」

芷青點了點頭，班焯笑道：「那日你演完這套拳法時，我便一直思索這最後一招的破解之法，這『雷動萬物』確是精奇神妙，我若要防過這一記，自然甚是容易，可是我若要以同樣精妙的一招去破解它，那就難上加難了，當時我確是束手無策——」

說到這裡，他望了芷青、君青兩人一眼，繼續道：「可是——現在，我想出來了。」

芷青和君青，同把那「雷動萬物」的招式從頭到尾仔細想了一遍，想到那其中精絕之處，不禁一齊抬起頭來，略帶懷疑地望著班焯。

班焯笑道：「我老班半生什麼都不喜好，就是嗜武若狂，特別是碰上拳掌上的妙招，我當真會廢寢忘食——」

他望著芷青道：「你把那『寒砧摧木掌』的最後三招施一遍——」

芷青再次仔細把那『雷動萬物』想了一遍，覺得委實是攻守兼備，天衣無縫，是以他放心地從最後第三招『雷霆萬鈞』施起。

只見他掌出如風，步如龍行，大喝聲中已轉到倒數第二招「雷鳴震天」。

他雙掌外翻，在胸前布成一道鋼鐵般的密網，接著雙足盤旋絞出，手上一錯而出，已進入最後一招「雷動萬物」！

只聽得班焯大叫一聲：「留神了！」

踴身而起，直搶入芷青掌圈之中，芷青精神一凜，雙掌蓋下，要看看霹靂手班焯如何破解這招散手神拳的獨創絕學。

班焯上身不動，雙掌如獨龍穿洞般騰越而出，似刃似剪，而一轉身之間，下盤已變爲不丁不八暗含子午之式，接著向前一步跨出——

只見電光火石之間，芷青猛覺雙掌遭封，接著一股古怪無比的勁道從下盤直襲進來，他不由大吃一驚，連忙一個翻身倒竄出丈餘——

幾乎是同時間裡，芷青和君青一齊叫出。

「雲槌！雲槌！」

原來班焯方才這一記怪招，上半截固然是霹靂神拳中的妙著，但是下盤那半招卻與岳鐵馬獨創的「雲槌」如出一轍！

班焯不禁雙眉一皺，道：「什麼雲槌？」

芷青想起「雲槌」那妙絕人寰的一招，不禁跌足道：「唉！我真笨得可以，這雲槌不正是破解『雷動萬物』的唯一妙著，放著在我腦子裡，竟然不會用！」

君青道：「呵，我知道啦，大哥你不是說過爸爸教你們『雲槌』的時候，再三叫你們不要隨便施出，那被爸爸以『雲槌』破解……」

芷青阻止他說下去，叫道：「不錯，不錯，我想也必是如此——」

班焯見他們一番對話，也聽出一些端倪，他插口道：「你們可是說——我方才這一招你們曾見過？」

芷青道：「老前輩方才那招最妙的是最後那伸出的一腿。」

班焯驚道：「你竟能立時看出我那一招的最精微處，嘿，孺子可教，孺子可教。」

芷青道：「前輩這招絕學端的妙不可言，晚輩哪能立時領悟，不過家父曾經授過晚輩一招拳式，與前輩這招之後半段可謂大同小異，是以晚輩能立刻識出——」

班焯驚了一跳，想起自己這一生浸淫拳道，自從上一次看了散手神拳的寒砧摧木掌法之後，整夜負手踱於岐山之陽，到了翌日夜中，才想出這一招來，只道天下妙著止於此矣，當今武林難有第二人能臻於此，哪知道鐵馬岳多謙早也想到了這一招絕妙人寰的奇技。

他喃喃自語道：「人道岳鐵馬平生絕技是在暗器之上，其實他在拳腳招上又何嘗不能稱雄武林？唉，可惜上次首陽之戰我先他離開了會場，否則我倒要看看青蝠劍客究竟憑什麼能勝他一招？那……那絕不可能的啊！」

這是英雄的相惜，儘管岳多謙和班神拳在武功的基礎和路子上，有著極端的不同，但是到了這登峰造極的地方，他們彼此的一招一式中就能尋出無數相通的脈絡，當年岳多謙一式「雲槌」破了范立亭的「雷動萬物」，范立亭曾斷言天下能破他「雷動萬物」的只此一招，如今，雖然又有一人想出了破解之法，但是范立亭的預言並沒有絲毫落空，因爲這兩招在最重要的道理上，幾乎是一模一樣的！

班焯想到這裡，不禁感慨地歎道：「天下武學，那當真是異途同歸呵！」

君青聽到「異途同歸」四個字，宛如黑暗中驟然見著一盞明燈，他想到上次那人——他們推斷一定是劍神胡笠，所教給他的劍法至高秘訣，他甚至能一看君青的起手式就知道君青的劍式共有四招，一招也不能多，一招也不能少，這不就是上乘劍術異途同歸的最好證明麼？

那首創「卿雲四式」的劍術大家松陵老人如果泉下有知，看到當代的劍法宗師把他自己的劍學心得融於四式之中傳給了君青，只怕也要大歎平生知音的了。

班焯看見君青面上忽然時驚時喜，一會兒又現出恍然大悟的樣子，不禁微微帶笑地問道：「你在想些什麼？」

君青便把自己所想的說了出來，班焯大笑道：「好孩子，能悟到這一點，足證你已身如伐毛洗髓，劍術臻於上乘矣，哈哈，那指點你的人如果不是胡笠，你可以來找我老班。」

芷青道：「晚輩從身材舉止上推測，也覺得如此，只是胡莊主以此不世絕學相授，君弟怎生擔當得起？」

班焯笑道：「你們老子的一生絕學，加上散手神拳的平生絕技，再加上胡笠的無雙神劍，任何一樣都是足可威震武林的絕學，你們兄弟真可謂得天獨厚了。」

芷青恭聲道：「只是晚輩等資質愚鈍，難以得其精髓。」

班焯忽然仰天長歎了一口氣，也不言語，只是仰首望著西天將暗的紅雲，芷青和君青對望了一眼，心中暗暗納悶。

過了一會兒，班焯忽然喃喃地道：「他們都已有衣缽，看來我這門武功可要絕傳啦——」

芷青忍不住道：「前輩這一身武功實是武林至寶，若是，若是……那實在是武林一大損失……」

班焯卻如未聞，仍然仰天喃喃自語，像是對天傾訴一般。

「這孩子身兼數家之長，尤其是拳腳上造詣之高，只怕猶在老夫當年如他一般年紀時之上，別說岳老兒的啦，就是散手神拳的東西已經是百世難見的絕學啦，老夫如今雖能破解，但若在對敵之間，哪又容得老夫思索一日一夜？」

芷青聽他說起這個來，不禁大感奇怪，卻見班老爺子臉上神色有異，似乎有一種極爲重要的事要傾訴而出。

只聽他喃喃續道：「這孩子身兼天下數家絕學，將來成爲一宗師，那是指日可待的了，老夫衣缽乏人，本想來個錦上添花，讓天下拳招絕學齊集一身，就怕人家滿腹天下絕學，看不上老夫這點玩意兒哩。」

芷青聽他如此一說，禁不住心中一陣狂跳，雖然芷青秉性純厚，不思貪得，但是凡是練武之人，眼前放著這等蓋世絕學，愛好之情那是絕難一免的，他正待開口，卻聽班焯忽地續道：「嘿嘿，就算他肯，還怕老夫也不肯哩。」

芷青和君青一聽這話，全都糊塗起來，班焯卻是直如未見，仍然喃喃道：「老夫三十年前也曾有一徒弟，但他品性太壞，心黑手辣，老夫親手把他斃在掌下，從此老夫矢誓不收弟子，除非——」

他凝視著一片雲彩，緩緩道：「除非有人能爲老夫解決一大難題——」

芷青、君青知道班焯表面上是對天自語，其實卻是在說給兩人聽，卻聞班焯續道：「老天啊老天，此事關係老夫終生恨事，老夫在心中積藏了這許多年，不如今日說給你聽吧！」

他說到這裡，仰天長歎，神色大是黯然，君青、芷青從認識他以來便只看到他爽朗威猛，那日在首陽山頭大戰青蝠劍客，日前施出霸拳敗走苦和尚，真是氣吞斗牛何等氣概，想不到此時威態盡失，目光中透出無比柔和親切。芷青、君青突然之間感到這個名震寰宇的前輩，竟和爹爹一樣，是個和藹的老人，君青一向口甜，衝口叫道：「班老伯伯，你把這事告訴我們，我兄弟說不定可以替你解悶。」

班焯有若未聞，君青正待開口相催，芷青以目示意叫他別急。班焯站起身來背著手來回走了幾步，坐下緩緩道：「這事實在相隔太久，是以老夫在講述以前，非得整理一番不可。」

芷青、君青凝神以聽，班焯道：「老夫瞧你兩個娃兒都聰明無比，尤其是這個小的，腦筋一定敏捷得緊，這事老夫總是鬱結於心，解釋不清，如果合咱們三人之力，說不定會弄個水落石出，這麼老夫死也瞑目了。」

芷青聽他口氣已然把自己兄弟視爲幫手，絲毫不見輕視，不禁精神一振，暗忖就是火裡水裡也必定要替班老前輩盡盡力。

要知武林七奇一向自負甚高，從來不屑求人，是以成名均已三十餘載，處於東南西北我行我素，直到青蝠首陽設壇挑戰七奇，這才大家亮了相，芷青深知像父親那樣柔和通達可親的長者，可是一旦涉及名聲問題，猶且耿耿於懷，其他諸人自是可想而知了，此時班焯竟然出口向芷青兄弟商量，芷青雖然年少忠厚，可是好勝乃是少年人之天性，當下只覺得熱血沸騰，隱然已擠身入武林第一流之輩了。

君青忽然插口道：「班老伯伯，武林七奇天下有人能勝得他們麼？」

班焯目泛神光，短鬚盡張，朗聲道：「在廿年內，只怕還找不出，過了廿年嘛，嘿嘿，那就說不定了。」

君青道：「是啊，伯伯說得對，那麼你老人家還說什麼死而瞑目的話，這不嫌太喪氣麼？」

班焯一怔，隨即哈哈大笑道：「好孩子，乖孩子，老夫雖然不會敗於別人之手，可是年近花甲，已經過去的日子比沒有過去的日子要多得多，而且過去的日子那才是人生的精華，那時候老夫放目天下，只道……唉，人到了垂暮之年，這生死之事自然會看得淡的。」

芷青、君青萬萬想不到這面貌粗豪的奇人，竟會說出這等深刻之言，兩人不禁一凜，一齊想到住在山上日夕苦練功夫的老父，那花白的長髯，隨風飄著，飄著，彷彿間又飄到兩人眼前……岳老爺子沉著的站在那裡，好像是面對著天下的人似的，他輕輕的抖動左手，立刻右掌上托著一個小環，那是岳家三環，那是天下喪膽的岳家三環！

班焯歇了口氣，又陷入沉思中，本來芷青、君青的心目中，父親永遠是那麼年輕，永遠不會倒下去的，可是聽班焯一提到歲月無情，英雄怕老，兩人想到父親已經是七旬以上的老人，不由心內一凜，芷青握緊了雙拳，暗自發誓自己從此以後一定要代替父親負起責任來，好讓父親享福。

他看了君青一眼，只見他眼角濕潤，神色甚是堅定，在此時，君青心中只有父親的影子，就是那可愛的小姑娘司徒丹也是其次的了。

班焯忽然一抬頭道：「老夫適才忽然想到一事，是以忘卻講故事，來，咱們開始吧！」

班焯接著道：「老夫生性嗜武，這是天下皆知的，先父神拳威震天下，老夫雖則學了個全，可是意猶未足，這便稟別父親，出外遊歷，見識天下上乘拳腳功夫，那是三十多年前了。」

君青道：「那時范立亭叔叔剛剛出道揚名。」

班焯道：「范立亭當時隻身匹馬，代一個一面不識的人去居庸關赴燕雲十八騎的死約會，結果施出寒砧摧木掌，大獲全勝，挑了十八騎大寨，從此名揚天下，江湖上人人一提起范立亭沒有不伸大姆指，讚聲血性漢子的。」

這事芷青兄弟雖然知曉，可是想起范叔叔之俠義行徑，不禁相對一笑，班焯緩緩道：「老夫也欲見識這條好漢，只是每次都因事錯過，直至老范死去，老夫也不曾見上一面，真是生平憾事！」

芷青忙道：「范叔叔也仰慕您老人家得緊。」

班焯微笑道：「那時雷公在關中展露頭角，劍神在甘肅青龍山一劍懾伏天山南北路三十六條好漢，端的威震天下，金戈力劈崆峒三真人，姜慈航與人賭賽一夜之間從杭州至蘇州往返，腳程之快，就是千里馬也弗如，令尊岳多謙老英雄行俠天下，江湖上傳說就從來沒有見過能與他過手五招而不敗的，所謂天下英雄，止於此矣！」

君青搶著道：「班老伯，您自己哩，因爲和武當道士交惡，這就單上武當山，和武當掌教青凡真人比武，爹爹說如果不是您老人家與那道長有緣，只要你霸拳一施，青城百年基業便要毀於一旦哩！」

班焯呵呵笑道：「岳鐵馬往我臉上貼金，我老班可擔當不起，說實話，那青凡道長，不但武術高深，而且學究天人，無所不通，我老班生平就只服他，這一打，倒成就了老班和他這一段生死交情。」

他雖說得輕鬆，其實對於岳多謙的稱讚，感到十分受用，斑焯道：「老夫與青凡真人在武當盤垣了半年，忽然接到家信得知先父病危，於是匆匆忙忙趕了回去，一到家先父便過世，老夫悲痛已極，就謝門在家守喪，三年不曾踏出大門一步。」

班焯又道：「就在第三年底，老夫母家侄女逃荒來到，老夫因守喪在家，自是不便接待，便托一個好友朱子廉照顧，在外租了一座莊園。」

芷青、君青雙雙驚道：「朱子廉，那不是朱大叔麼？」

班焯一怔，立刻明白，點頭道：「難怪聽說朱子廉與岳鐵馬後來結成過命的交情，這朱子廉原是先父好友之子，先父當年憐其年幼失怙，便帶他到班家讀書習藝。」

芷青啊了一聲道：「原來朱大叔和班老伯藝出同門，難怪家父常常提出朱大叔拳法凌厲，不知死於何方高手，家父曾經答應過替朱大嬸追緝兇手，此次家母就住在朱大嬸那兒。」

班焯一聞此言神色俱變，似乎激動已極，半晌才沉聲問道：「你朱大嬸現在住在哪兒？老夫尋訪半生，唉！她竟吝於一見。」

芷青道：「她就住在——」

芷青見班焯並未注意自己說話，便住口不說了，班焯臉上一陣青，一陣白，一會兒慈和無比，一會兒又似凶神惡煞，芷青、君青這兩個青年人怔怔坐在那裡，也不知該說什麼是好。

良久，才聽到班焯喃喃道：「難道你也相信是我下的手麼，罷了！罷了！」

芷青、君青突然大悟，芷青高聲道：「班老伯，朱大嬸她告訴家父說當年殺大叔的是個白淨書生，老伯……老伯……很黑……我想她一定不是疑心於你的。」

班焯一聽，滿臉喜色道：「你這話可真？你別說不出口，老夫不怕別人罵我醜鬼，從小就是滿面黑鬚，她……她真是這樣說麼？」

芷青肯定地點點頭，班焯長吁一口氣，哈哈笑道：「但教天下人都冤我老班，我老班又有何懼？只要你明白便得啦。」

他神色得意已極，芷青、君青看到他那寬闊的肩膀，好像就是為承擔艱難而生的，天下再大的擔子，再大的冤屈，這面前的老人似乎都擔得起。

班焯道：「老夫一時激動，現在咱們從頭再來講。」

君青道：「你講到朱大叔在你家讀書習藝。」

班焯一拍大腿道：「是啊，這廝生得俊俏，人又聰明，只是天性喜文厭武，對於文史方面大有見地，老夫與他生性剛剛相反，整天只是記得練武，先父對他甚是鍾愛，見他體弱多病，便要他練武強身，以班家神拳上乘精義相授，他天性聰明，雖則不常練武，可是頗能領悟，嘿嘿，就這個樣子，江湖上一般武師，也就望塵莫及了。」

班焯接著道：「老夫守喪期滿，朱子廉便帶著我母親的侄女來見老夫……」

君青笑道：「班伯伯，那時你幾歲啊？」

班焯想了一想：「大概總是廿來歲，和你哥哥差不多吧！」

君青道：「那時你就自稱老夫長老夫短了嗎？」

芷青忙喝道：「君青，莫失禮。」

班焯笑道：「好！好！好！算你這小鬼頭聰明，老夫敘述以前的事，自然不能自稱老夫。」

君青暗喜忖道：「再精采的故事，如果照班伯伯這般老氣橫秋的說來，也就索然無味了。」

班焯道：「我那母親的侄女，也就是我表妹……」

君青不禁好笑，暗忖這個自然人人知道，他可不知大哥芷青便對這些親屬關係弄不清楚，一方面岳家兄弟並無親戚，一方面芷青就如班神拳年少時一般，潛心於武學，對於武學以外之事，便渾然不知了。

芷青果然啊了一聲道：「原來就是你老人家表妹。」

班焯道：「我這表妹還小得很，只有十四五歲，她本是投奔我這表兄，可是因爲一來便由朱子廉照顧，也未和我見個第二面，是以反是和真正的親戚很生了，她躲在朱子廉身後，不斷用害羞和微懼的眼光，瞄著這個又黑又醜的大表哥，哈哈！」

君青適才見他一提到朱大嬸便神色立變，心想這兩人定有恩恩怨怨，不可解清，這班神拳只是講他的表妹，不知和朱大嬸有什麼關係？

「我當時心中一樂，便向她招招手道：『小表妹，舅媽舅父既然都過世了，你就好好住在這兒吧！有什麼事只管吩咐，就當在你自己家一樣。』」

君青見他一本正經的說著，好像他表妹就在身旁，心中暗暗猜到這位老前輩所謂終身恨事可便與他表妹有關，當下仰著頭凝神聽去。

班焯道：「想不到我想了半天的一套交際詞令，竟然引得她眼圈一紅，後來居然大哭起來，我有生以來只是迷於武學，對這種女子心理真是絲毫不知，正在手足無措，可惡那朱子廉不住向我擠眉弄眼，得意萬分，我知道是說錯了話，便不住打揖賠罪。」

君青插口道：「伯伯定是說出她父母雙亡的傷心事，這才引得她大哭起來。」

班焯大驚道：「你怎麼這樣聰明？哈哈，畢竟我老眼無花。」

君青心想：「這有什麼了不起？伯伯的神拳才叫了不起哩！」

班焯道：「我這一陣亂揖倒是有效，她果然不哭了，反而笑了起來，這一笑，我竟呆呆站在那裡看了好半天，一句話也說不出。」

他偷瞧一下君青、芷青，見他們神色自若，並無譏笑之色，這才放心說下去：「那笑容很好看，很好看，就像高山上住的仙女一樣好看。」

君青心念一動，不由又想起司徒丹那含媚帶俏的笑容，心中一甜，班焯又道：「小表妹含羞向我作了一揖道：『大哥哥，我現在只孤孤單單一個人，一切要……大哥哥作主。』她說到這裡眼圈又紅了，我連忙胡亂勸了幾句，就溜進自己房裡。」

班焯又道：「我回到房裡只覺心中空空蕩蕩，我老班一生行得正立得穩，從來不曾心虛過，一氣之下就往外跑，到山上打獵去，恰好南山出現猛虎，偷噬山下居民養的牛羊，我這就在山下跑了三天三夜，終於撞上四頭白額吊眼大虎，吃我老班數記神拳全部了帳，我選兩頭皮色好看的背了回來，一走近家門，遠遠便聽到一陣黃鶯的叫聲：『大哥哥回來啦。』我定睛一看，原來我那小表妹歡天喜地的站在門口向我招手哩！」

芷青一直用心聽著，不曾開口，此時突然問道：「聽說大蟲氣性很長，如果徒手對付很是辣手，班伯伯你施出霸拳麼？」

班焯笑道：「這霸拳是我班家神拳中殺手鐧，非是遇著一等高手豈可輕易使用，而且此拳一出，多半兩敗俱傷，對付這區區大蟲怎可用這拳中之王，我躲在樹中學虎嘯，結果引來一隻大公虎，我老班往牠頭上一拳，你想想看大蟲有多大氣候？大蟲這東西最是合群，不見那母虎又來了，我如法泡製便輕鬆的斃了。」

君青道：「大哥真是好武，一提到有關武學，便不休求教。」

班焯道：「咱們先說故事，我當時見表妹站在門口，真是高興得很，那朱子廉也站在門旁，臉上很不愉快，我也沒有注意，那小表妹年紀雖小，卻是什麼也不怕，伸手摸著那軟軟的虎肚皮笑道：

『大哥哥，我每天等你回來，那葉大哥說你去打虎了，我真擔憂得緊，早知你這高本事，我也不必每天站在門口望你啦！』

我當時真是大喜若狂，就如苦思終宵終於想出一招武式一般，便對表妹道：

『大哥哥替你打條虎剝皮作件衣服，天氣漸漸冷啦。』

她笑著，皺皺挺鼻道：『你說的可是真？』

我哈哈大笑道：『天下豈有大哥騙小妹妹的。』

那朱子廉甚不耐煩道：『好啦！好啦！進去再說可好？』

君青聽到此，心念一動，他想到朱大嬸最愛惜的虎皮外套，恍然若有所悟。

班焯接著道：「她當時身子還很小，一條大虎皮作了一套衣服，還作了一頂皮帽，那帽子戴起，真像一頭小虎，她高興得不得了，我這作大哥哥的自然也很快樂。」

「後來過了幾年，小表妹長得大了，不再胡亂頑皮，出落得十分溫文嫻然，那朱子廉也長得一表人材，文武雙全，還有一個也是從小就住在我家中的葉大哥，他也是父親朋友之子，我老班對這一兄一弟敬愛非常，那姓朱的讀書確有他的見地，就在廿歲那年考上了進士，姓葉的精明幹練，我家務全都交給他，此人就是那日和苦和尚一齊走的葉萬昌。」

芷青、君青大驚道：「那葉萬昌跟班伯伯原來認識！」

班焯道：「不知當年姓葉的爲什麼一去不返，他武功也是不錯，怎會去跟這怪僧苦和尙去做跟班？」

君青道：「當年家父在廣西曾救過他一難，是以他那日數次出言阻止苦和尙傷我大哥。」

班焯道：「我老班在家住久了，心中甚是不耐，那時候江湖上正在盛傳著岳鐵馬因一事被逼退隱江湖，而且我聽武當道士說此事和金戈艾長一有關，想我老班當年何等喜愛熱鬧，不是因爲擔心表妹無人照顧，老早就出去闖蕩了。」

芷青正色道：「家父因先祖鐵騎令久訪無蹤，心想鐵騎令門後人竟然連這門戶之信令都不能尋到，心灰意冷，這便隱於終南山。」

班焯道：「武當道士武功高強，偏他耳朵又長，天下武林掌故又瞭若指掌，可是對於此事只是一知半解，而且他預言令尊岳鐵馬熱心人也，他日必然重返江湖，爲江湖上主持正義，現在令尊果然爲老范之事破誓下山，這道士真有點鬼門道。」

要知三十年前武林七奇已然名震天下，只是金戈爲人冷傲，喜悲無常，劍神雷公霹靂在家納福，並精研武學，姜慈航爲人詼諧無抱，雖則行俠仗義，可是往往不得要領，善惡分不清楚，只有岳鐵馬和他拜弟范立亭聯手遨遊天下，扶義鋤奸，也不知積下了多少功德，是以武當名門之掌門，猶且口口聲聲以岳鐵馬爲江湖正義象徵。

芷青道：「目下家父已然查得鐵騎令下落，此事不久便見分曉。」

班焯道：「那好得很，喂，先別打岔，我講到我老班在家愈來愈不耐煩，那小表妹也不像從前一樣，終日在身畔取鬧嬉笑，朱子廉、葉萬昌也瞧我不順眼似的，我老班想不通為什麼，也賴得去想。」

君青道：「他們見伯伯的表妹對你好，便妒忌啦！」

班焯歎口氣道：「其實我老班對那小表妹雖是愛護備至，可是我只認為那是作大哥哥應該給小妹妹的照顧，你想想看，我老班少年時就是這樣黑森森一張大臉，再怎樣女孩子也不會喜歡呀！」

君青自從與司徒丹相識，對於這少年男女相戀之事大有進展，他心想如果是心中相愛的人，就是再難看也不會相嫌，當下辯論道：「伯伯威若天神，怎麼會，怎麼會，怎麼會……」他原想說怎麼會沒有女孩子喜歡，後來心中一想不太恰當，便住口不說了。

班焯笑道：「我老班卻也不在乎，這容貌是父母所生，終不能為討女子喜歡而生得俊俏些。有一天我突然接到武當道士千里來信，要老班去觀武當第三代弟子出門大典，老班心想武當離此往返千里，一去至少須半年，便殷殷囑咐朱葉二人善待表妹，正待出門，忽然來了一個英武壯漢。」

班焯長吸一口氣仰望天空，正是落霞欲隱，漫天紅雲的傍晚，他緩緩一字一字道：「這就是糾纏老夫半生的糊塗漢！」

君青腦筋快捷，立刻想到首陽山上的怪人，那怪人一出現，班焯立刻遁走，便脫口道：「班伯伯？這人是獵人星麼？」

班焯用力點頭道：「正是這廝！正是這廝！老夫！唉，我半生誤人誤己都是此人一手促成！」

君青想到清河莊盧老伯全莊被燒慘況，早已按捺不住道：「班伯伯，把他殺了不就得了！」

班焯搔頭道：「如果能殺他，那麼也不用你兩個孩子來替老夫解決難題了。」

芷青插口道：「聽說那人的漆砂功，可以不畏火攻，不知是否真實？」

班焯道：「這廝為了報仇，就去練那種邪門武功，當年清河莊盧莊主火器天下聞名，因一事和他吵起來，賞了他一顆磷火珠，只燒得他鬚髯盡焦，抱頭鼠竄，於是他就去練漆砂功，前不久聽說他燒了清河莊，不知可真？」

芷青、君青悲憤道：「盧家莊被燒成一片焦土，盧老伯也死於荒野，這筆帳咱們總得清算。」

班焯搖頭歎息道：「這人就是這麼想不開，有仇必報，你兩位將來撞上他，還須看在老夫薄面，放他一馬。」

君青不語，班焯道：「這人姓歐名文龍，竟是我那小表妹從小走失的親哥哥，當時他們兄妹相逢，自是一番悲喜，我因要急於趕回到武當，便交代葉朱兩人好生款待，向眾人告別而去，才走得十幾步，忽得背後風聲一起，我一回頭一掏，抓住一個小紙團，原來是我小表妹寫的，約我晚上在林中相會。」

芷青、君青聽到這獵人星竟是班焯表兄，這事曲曲折折，不知如何發展，表兄弟終於成仇，班焯接著道：「我在附近蹓躂了一會，等到天黑了便走進林中，忽然頭頂上一陣輕笑，跳下一個女子，原來正是我那小表妹，她那時已長得亭亭玉立，可是在我心目中她還是那明艷淘氣的小女孩——什麼也不懂，只會纏著她大哥哥做這做那，她見了我，興高采烈地道：『大表哥，我輕功好麼？』

原來我這小表妹平日常常看我練武，磨著我指點她輕功，幾年工夫居然也頗有成就，我見她喜容滿面，雖然她輕功還差得遠，不忍使她失望便道：『俊極啦！又輕盈又美妙。』

她歡叫道：『真的，那麼大表哥我跟你到武當山去。』

我內心暗笑，原來她在家住膩了，想出去跑跑，我一向無拘無束，一去家便海闊天空東游西蕩，如何能照顧一個大姑娘，當下連聲拒絕，我那小表妹便不高興了，我一向對她百依百順，她一向乖得很，從不和這粗心的大哥鬥氣，此時見她氣呼呼的，真是毫無辦法，只有道：

『等你長大了，我再帶你到江湖上去闖！』

她更不樂，嘟嘴道：『我已經長大了，哼，你自己也比我大不了多少呀！』

我陪笑道：『我很快便回來，而且一定替你帶回來一件你最喜歡的東西。』

她見我決心甚堅，便也不再胡纏，扭怩了半天，忽然從懷中取出一個用髮製成的小袋，低聲對我說：

『這頭髮是我前年害傷寒時脫落的，大哥哥……我小時……你不是說我頭髮……黑得很好看嗎？這個……這個就送給你吧！』

我伸手接過，輕輕撫了一下，那髮袋又軟又韌，我笑道：

『小表妹，真多謝你啦！我永遠留在身畔。』

她抬手整理了一下頭髮，幽幽道：

『你……大表哥……你看到這頭髮，就如見著……見著我一樣。』

我一怔，夜風吹起了她幾絲秀髮，我突然感到表妹已經長大了，心想這一去也不知遊蕩上幾年，便道：

『那姓朱的待你很好，他生得既俊，人又聰明，實是文武雙全，小表妹，你……你認為怎麼樣？』

她臉色一寒，隨即苦笑道：『好啦！好啦！大哥哥你上路吧！我知你本事大得緊，晚上走路和白天一樣，看得清清楚楚。』

我隨口應道：『是啊！晚上走路比白天更涼爽些。小表妹，大表哥雖然走了，可是你親哥哥卻來了，一定會很熱鬧的。』

她不理會，半晌見我已欲開步離去，這才狠狠道：『你……你這……你這傻子，什麼也不懂。』

她說完一轉身，便飛快跑出林外，我真是摸不清她到底為什麼，心中覺得又是溫暖又是悲傷。

月光從樹梢照了進來，正照在我身上，忽然遠處一陣虎嘯，聲音淒厲已極，我腦子一醒，當時雄心大起，大踏步走離林子。」

班焯歇了歇氣，君青暗暗忖道：「這位老前輩當真是武迷，他表妹這般對他表示，依然渾然不覺，這自然會是悲劇收尾的，其實他老人家又何嘗不喜歡小表妹呢？只是……只是自己不明瞭罷了！」

班焯沉吟半晌道：「其實，唉！過了廿年後，我才……才知道……我那小表妹是喜歡我的，我……我也是一樣的啊！」

他說到這裡，老臉脹得紫紅，他這滿面黑鬍都遮不住羞慚之色，看來他真是羞慚極了，唉！其實這是已過了幾十年的事呀！

班焯何等目力，早見芷青仍是不苟言笑一本正經，君青卻強忍著笑，神色甚是尷尬，班焯只覺羞愧難當，大喝道：「君青，你看後面是什麼？」

君青、芷青雙雙回頭，芷青自然而然一貫地護在君青前面，放目四看，月色如水，四周靜悄悄的，連鳥叫蟲鳴都沒有。

君青從小厭武，直到上次在水底宮被困，這才改變思想，致力武學，芷青對這個幼弟真是愛護已極，隨便一發現有甚異狀，便不加思索擋在君青前面，他一向如此，此時雖知君青連得異學，武功大大進展，自顧已是有餘，可是仍然改不掉這心理。

君青好生感激，握著大哥的手，兩人相視一笑。只聽班焯連聲道：「許是老夫年老眼花看差了，老夫看差了。」

君青見他臉色恢復正常，神情甚是得意，心念一轉，已知中了這奇人詭計，便向芷青做了一個眼色，示意他不要發問。

班焯道：「一個人對什麼事都不能太迷，一迷就壞事，我看你一腦子儘是什麼絕招，什麼奇學，這樣子很不好。」

芷青恭然答道：「晚輩也想改這脾氣，只是總改不掉。」

班焯道：「我從前又何嘗不是如此?成天只想練成天下第一人，芷青你想想看，武林七奇武功是夠高了，可是除了你爹爹外，其餘六個人都是孤孤獨獨鬱鬱寡和，別說要練成武林七奇功力大是不易，就是練成了，又有什麼好處。」

芷青、君青聽他喊自己兄弟名字，只覺甚是親切，班焯又道：「我一離家便奔到武當山去，這老道眼巴巴望我來參加武當第三代弟子出門大典，一方面自然是想和我老班聚聚，一方面卻是因爲武當弟子闖了一個天大的禍，得罪了一拳打遍十八省的無敵神拳石爲開，想要拉上我老班擋擋。」

芷青插口道：「家父說過石爲開拳法驚人，是蛻變自北宋年間梁山泊好漢武松的神拳。只是此人爲人卑下，後來家父隱居，便沒聽見此人名聲，散手神拳范叔叔三番四次找他，都沒找到哩！」

班焯道：「孩子，你武林掌故倒是豐富，這石爲開就在武當開府第二天，單人匹馬上得山來一直挑武當老道樑子，我老班瞧著不順眼，手一揚擊碎他身旁青石，要不是他閃得快，只怕就會為碎石所傷。他見我老班甚是不弱，便向我挑戰，約好次日到後山比拳。」

班焯又道：「我們兩人講好誰也不用別人幫忙，次日兩人到了後山絕崖，面對著面站在那寬只一尺長只五尺的山巔，老班一揮手示意他先發拳，這廝也知老班不好惹，便點點頭，一連發出十拳，老班氣納丹田，盡數接了下去，身形沒有移動絲毫，那廝也是條漢子，也揮揮手叫我老班發拳，我第一拳用了七成力道，這廝接下了，第二拳用了八成力道，這廝幌幌勉強也接住了，老班大喝一聲，那廝忽然失聲道：『閣下可是班神拳班大俠？』

老班道：『不錯，正是區區。閣下退縮麼？』

那廝哼了一聲道：『班神拳和牛鼻子是過命的交情，在下倒忘了，發拳吧！』

我心中敬他是條漢子，一拳發出勁道仍留了一分，那廝哼都沒哼一聲，居然挺下了，我老班一氣，雙拳齊發，忽然力道直往前去，毫無阻滯，那廝身形如紙鳶一般飛下深淵，老班連忙下盤運勁，這才收住發勁，過了許久，才聽到從淵底傳來落地聲。」

芷青道：「我想定是前輩三拳發出，那廝已死了，猶自硬拚在那兒。」

班焯點頭道：「正是如此，我一回身，只見那老道滿面正經立在絕崖下一層，這老道雖則是正宗玄門掌教，可是天性詼諧，偏他知道的又多，江湖上大大小小的事他就沒有不知道的，人家修道人講究一塵不染，他卻是一天到晚注意大千世界紅塵諸事，他見我將姓石的打下深淵，便滿面得意笑道：

『這廝作惡已多，貧道這才令門下弟子故意接下樑子，勅教有班施主撐腰，天下有甚人敢來撒野？貧道借班施主之力為江湖除害，這功德倒要記在施主頭上。』

我一聽才知是落了老道的算計，兩人縱聲大笑，攜手回觀。」

芷青問道：「班伯伯，如果你施出霸拳，那廝卻又怎的？」

他日前見班焯霸拳威勢，真是如天神臨凡，是以念念不忘，班焯緩緩道：「天下無人能正面對抗霸拳，就是武林七奇，也至多落個兩敗之局。」

君青道：「伯伯，後來，後來，你怎麼和表兄獵人星交惡了？」

班焯一拍大腿道：「對，時間不早，咱們別扯得遠了。我老班在武當一住就是半年，每天與老道擊劍高吟，縱談天下英雄，是何等快活，那老道想是雄心奮發，這半年老班只見他眉飛色舞，沒有做個一刻道家修練養真的功夫，哪還有一點像是出家人。」

芷青、君青想到良友聚合暢論天下古今，的確是令人嚮往之事，班焯道：「後來老班辭別了老道，往江南武林去走走，也怪我那時年輕好動，到處行走，看著不平便去拔刀相助，江湖之大，奇事真是層出不窮，我那時和你們兩個一樣，年紀輕得很，好奇之心也很重，只要有熱鬧一定趕去，只要鬧事，一定有我老班在內，唉！那時節也有趣得緊。」

君青道：「班伯伯，我自從下了終南山，在江湖上行走，並不覺得這江湖上比家裡好玩呀！」

班焯歎口氣道：「你是從小就住在山上，心性不會野的，像老夫當年，為了要趕去看湖北大豪鎮長江文中武替他女兒設擂招親，竟然從臨安三天之內日夜滴水不沾趕到九江，一到九江，便跳上擂台，打遍了各方來的七十餘條好漢，那鎮長江怎肯把如花似玉的閨女嫁給老班這個大老粗，是以正想設計推托，老班一想乖乖不得了，如果沒有人敢上擂台，老班豈不是要做這廝女婿？當下腳底抹油，一溜煙跑了，一投店這才發覺肚皮餓極，一口氣扒了十多碗大米飯，呼呼睡到第三日，這才醒來。」

芷青、君青聽他說得豪放，他倆雖則天性恬淡，而且久與山間草木、天間白雲為伍，自然而生成一種清淨氣概，可是少年人天性豪放，此時班焯這一說，兩人不覺悠然神往。

班焯道：「在江湖行走，的確沒有在家享福來得好，可是你倆個兄弟想想，如果天下人見著你都尊敬欽服，江湖上一提到你大名立刻人人耳熟能詳，都能說出你幾種軼事，而且津津樂道，這光景，你們想想看對於一個少年人是多麼具有吸引力啊！」

芷青、君青雙雙點頭，而且心中都有點搖動，班焯道：「在九江擂台上一戰，老班便成為湖海紅人，老班年紀還未三十，可是武林中的老前輩都與我平輩相交，那時岳鐵馬失蹤，老班變爲武林第一紅人，唉！那時的雄心，那時老班的雄心是何等奮發，天下就沒有什麼力道能夠阻止得了，就是愛情，唉，也比不上啊，在幾年中我雖有時也會惦念小表妹，可是一會兒便會被如山的名氣衝去了，而且我自己一直不肯承認心中是喜歡她的。」

君青暗忖：「這名之一字，的確是令人至死不休的，像爹爹那樣清淨高人，術德兼修，首陽之敗，還是痛心疾首，無日或忘，這班伯伯少年時心腸熱，又豈能怪他老人家。」

班焯道：「在江湖上混是愈混愈不能收手，只有像你兩人爹爹岳鐵馬才能放得下，老班在外一混就是五年，心想該回去看看，也不知朱子廉與小表妹怎麼樣了，我屈指一算我那小表妹已經廿三四歲啦，她有親哥哥作主，說不定已經許配給朱子廉了，說不定已經生下孩子，成家立業啦。我這一心動，便立刻往家鄉趕去，一到家，迎門便見朱子廉，他見我回來了，真是歡喜極啦，脫口便道：『我把你這毛騙子鬼，一去便是五年，只當你死啦！』

我和他從小一塊長大，情分極是深長，這人平日裝模作樣，假斯文，是以和我客客氣氣，不見親密，此時久別重逢，他便再也裝不像了，我見他真情流露，便笑道：『你這小白臉，這五年有甚進展？』

他臉一紅，不自然地道：『什麼進展，你是說武功方面麼？』

我本來就是問他武功方面，當下奇道：『還有什麼進展，我自然是說武功啦！』

他一言不發，揮手一擊，砰然聲震碎一塊青石，我上前一看，那石塊碎得很是均勻，心中暗暗佩服，這廝雖然不用功學武，可是實在聰明，功力也是不弱哩！

我忽然想起怎麼不見我表親歐氏兄妹，正待開口相問，忽然從屋中走出葉萬昌，他向我道：『歐氏兄妹去後山踏青去了。』

我一怔，向四周一看，原來已是春天，天空碧藍色的，楊柳抽新，燕子呢喃，這幾年老班一直在刀尖槍林中穿來穿去，這時才算放下心不再戒備，便問道：『後山山勢陡直，我那小表妹怎能上去？』

葉萬昌道：『她現在輕功俊得很，又跟她哥哥學了許多武功，二弟，你別瞧不起她。』

我心裡一喜，暗忖以她那種輕盈體態，學起輕功來自然事半功倍。

葉萬昌一向替我們管家，他向我問了幾句江湖上之事，這便又去招呼莊丁做事，朱子廉忽然拉著我向內走，待我坐定，低聲問我道：『二哥回來得正好，我有一事相求。』

我便問他何事，這廝未發言臉先紅，半晌才道：『我……我，唉！你那小表妹年紀已經不小啦！』

我老班再笨，豈有不明白之理。

其實班焯天資敏悟，不然又怎能練就如斯神功，只是沉游武學，是以一切都顯得漠不關心了。

我便道：『你和她不是一向很好麼？放著她哥哥在此，你怎麼不向她哥哥求親，我只道你們早已……早已……哈哈。』

朱子廉正道：『二哥別開玩笑，那廝我瞧有些瘋顛，是以不敢向他提出，只待二哥回來作主。』

我當時是被名氣沖昏了頭，心中只是想著闖出更大萬兒，暗忖留在家中最多幾個月，替他們完婚倒也好，便一口答應下來。」

君青忍不住叫道：「班伯伯，這姓朱的手段高明，他明知你老人家表妹對伯伯很好，竟要伯伯自己出面幫他提親，好傷那姑娘的心。」

君青聽得激動，顯然的，他已忘掉那姓朱的就是和爸爸岳多謙有過命交情的朱大叔，他見目前這個忠厚的奇人受人愚弄，便再也忍不住叫了起來。

芷青忽然問道：「她後來嫁給姓朱的了嗎？」

班焯沉然點頭，芷青驚叫道：「那……那她就是朱大嬸，朱大嬸原來就是您老人家表妹，這事恐怕連爸爸也不知道呀！」

班焯默然不語，君青只覺得這故事曲折好聽，倒沒想到這故事的中心人物竟是和藹可親的朱大嬸，他聽大哥芷青一提，不禁暗讚大哥看似滯緩，其實心中周密無比。

斑焯道：「我雖然答應了朱子廉，可是等他走了後，心中忽然不安起來，也不知爲什麼，只覺得小表妹跟姓朱的很是不妥，那夜我反覆不能成眠，一睡著便立刻被夢驚醒，一會兒夢見小表妹白衣素裙站在雲端，愁容滿面的瞧著我，我正待上前接她，忽然一陣風吹來，小表妹不見了，一個全身光鮮的少年，騎著一匹俊馬，不可一世地昂首挺胸走著，後面黑壓壓的不知跟了多少人擁著那少年，我仔細一瞧，那少年簡直和我老班一樣，我一驚便醒了過來，天色大明，朱子廉早已起身在院外練武，我也走到院中，朱子廉道：『虧你還要練功的，怎麼一覺睡得這樣沉？』

我問道：『他們幾時回來。』

朱子廉道：『歐氏兄妹大概被後山廟裡老方丈留住了，二哥，那件事千萬拜託。』我不置可否地點點頭，中午小表妹和她哥哥回來了，還帶了許多鮮筍，她一見我，就往我撲過來，待要撲近，她這才想起男女有別，一定身紅著臉叫道：『大表哥，你回來了！』

那聲音真是親切，老班心中一軟，感到很是難過，日子過得真快，表妹是真的長大了，真的長大了，我回頭一看朱子廉，他臉上毫無表情，我便向表兄歐文龍寒喧，他冷冷的答了幾句，好像不喜與老班交談。」

班焯接著道：「當天下午，老班就接著江南武林盟主周大拔八百里快馬傳來書信，著意我老班主持下屆盟主，他的意思就是要我老班指定誰作盟主，老班心想此事重大，不能耽擱，忽然想起朱子廉所托，便當著小表妹向歐文龍提親，想不到姓歐的一口答應，小表妹一言不發走了進去，我老班只道女孩害羞，也不在意，姓朱的興高采烈，在吃晚飯的時候，我突然發覺葉萬昌臉色難看已極，又陰沉又痛苦，老班心中一驚，忽然覺得手中一軟，握著一雙溫暖滑膩小手，原來小表妹乘著別人不注意遞過一張紙條，我因急於知道紙條上寫些什麼，便沒注意葉萬昌，後來事隔多年，想起來此事大有原因。」

君青自作聰明答：「那姓葉的也愛上伯伯的小表妹啦。」

班焯搖頭道：「不可能的，姓葉的比她大了一半。我吃飽悄悄走到無人處看了紙條，原來是小表妹約我在林中相會，我想到上次離家時她在林中贈我髮袋，心中忽然依戀萬分，似乎一個最親愛的人就要永遠離開我一般，正在胡思亂想，我那小表妹悄悄走近，以老班功力竟然沒有發覺，可見當時是如何失魂落魄啦。她低聲道：『大表哥，把那髮袋還了我吧！』

我心中奇怪，她不是要我永遠藏在身上嗎？怎麼又要我還了，當時便從懷中取出，她伸手接過去，眼睛只是盯住我，我一向自知長得不太高明，不知她淨看些什麼，最後我被她看得不好意思，終於道：『表妹，恭喜你啦。』

她不回答，半晌幽幽道：『大哥哥，我總是聽你的。』她一說完，哇的吐出一口鮮血，一轉身便蒙臉走了，永遠地走了。」

君青聽得入神，接口道：「走了，走到哪兒去？」

班焯道：「我追上去，她哭著叫我走開，別再迫她，不然她便死在我面前，我當時怎麼樣也想不通我是怎麼逼她了，可是見她說得認真，便不敢追上去，第二天我動身到江南去，朱子廉、葉萬昌來送我，我看看兩人，看著班家莊的柳樹和小溪，心中一痛，只覺像是永訣，從此以後，我再也沒見過我那可愛的小表妹。」

君青忍不住道：「朱大嬸就住在關中，班伯伯你可去看她。」

班焯搖頭道：「不啦，不啦，相見不如不見，待我想通她原是對我好，一切都遲了，她和朱子廉成親後第二月就搬走了，我走遍天下就想再見她一面，可是總是尋不著，後來有一天看見一處荒野莊園大火，我心想也許屋中有人也說不定，便跑上去準備救人，忽然背後一陣掌風直襲而來，我轉身硬接一掌，定眼一看，原來竟是表兄歐文龍，他把肩上一人放下指著我道：『姓班的，好卑鄙的手段，好毒辣的心腸。』

我一瞧之下，登時又驚又怒，原來他肩上背著的正是朱子廉，已經燒得不成樣子，姓歐的一言不發又發一掌，我老班那時功力和現在也差不了多少，他如何能得手，我輕易化解他的攻擊，口中喝道：『姓歐的別血口噴人，朱子廉還有救麼？』

他見不能得手，呸的吐了一口唾液，狠狠地道：「你妒忌姓朱的當我不知麼？總有一天教你知道我姓歐的厲害！』

他說完便走了，背著朱子廉的屍體走了，我悲憤稍定，心中惦念著小表妹，冒火入內搜索，只見碎瓦頹垣，並沒有屍體，這才稍稍放心，便沿著大路邊追趕下去，想要緝捕真兇，第二天竟遇到了葉萬昌，他臉色陰沉，只向我說明他有要事，便匆匆別過，這一別直到前幾天才見到。」

芷青道：「朱大嬸說當天放火燒屋的人定是個熟人，她那天早上出去買菜，回來突見一個身形熟悉的黑影躍出圍牆，她仗著輕功了得，便一直追了下去，這一追，再回來時一切都變了，一個偌大的院子成為一片焦土。」

班焯道：「我老班不願辯護，就讓那姓歐的懷疑去，這樣尋了幾年，小表妹不見蹤跡，那歐文龍也不見了，直到首陽之戰，獵人星再出復仇，我老班知道和這廝糾纏不清，而且又曾發誓不願和姓歐的動手，這便一走了之。」

君青道：「獵人星隱居是為苦練功夫找伯伯報仇。」

班焯道：「世間恩恩仇仇原是難於分辨，我老班年紀大了，一切都看淡啦，只有此事一日不清，老班心中一日不安，朱子廉大仇也無法報得，唉！老班故事講完了，你們好好替我想想看，到底誰是兇手啊！」

芷青、君青聽得津津有味，這位武林奇人傾訴胸中的積事，似乎輕鬆了不少，他緩緩站起，此時已至半夜，月正當空，清涼似水，他猛吸了幾口氣，緩緩走進林子，讓這對兄弟替他去想。

他一生就只有這麼一件事埋在心中，這時連這件事也抖了出來，但覺心中坦坦蕩蕩，視世間爭名奪利已如秋蟲春韭，不值一顧，這蓋代奇人在混混沌沌中領略了愛的真諦，雖然他沒有接受——那是由於他不太懂得一個純真少女的愛情，可是他畢竟有過這麼一次，在多年後他終於想通了，他想通了愛是沒有等級，沒有階級也沒有什麼不相稱的，像他這樣一個粗大嚇人的漢子，他常常如此自思，畢竟有一個如花似玉的小表妹愛過他哩！雖然是遲了，然而這淡淡的幽怨永遠埋在這奇人心底，在夜闌人靜，在星辰漫天的原野，在他眼中永遠浮著一個鮮明的影子，那明艷的小女孩，這樣不是更好嗎？

夜，靜靜的，君青、芷青苦思著此事前因後果，君青倒並不太熱心，他心想就是自己想出也讓大哥去償功，好讓武迷大哥學到天下神拳。

芷青也用著他那不常用來想瑣碎事的腦袋仔細思索，忽然君青耳聞身後一響，他見大哥似著不覺，知道大哥正在苦思，當下也不打擾，便輕步走開，只見身後不遠樹下，端端正正放著一封書信，他上前一看，上面寫著「岳公子親啓」幾個大字，君青就藉著月光拆開來看，看完了只喜得幾乎大叫起來。

原來這封信上正寫明了此事前因後果，寫信的人是葉萬昌，他竟承認了殺死朱子廉放火的人正是他自己，因爲他也喜愛班焯的表妹歐文蓉，可是歐文蓉一向把他當做大哥，甚至連她心底話都和葉萬昌商量，葉萬昌大是煩惱，歐文蓉告訴他，她真心喜歡大表哥班焯，可是班焯卻替她作主配給朱子廉，葉萬昌見她楚楚可憐，心中雖然妒忌萬分，也只得柔聲安慰，說要替她想法，後來朱子廉和歐文蓉搬走了，葉萬昌更是悲傷寂寞，神智漸漸不寧，他忽發奇想，自己是不可能得到歐文蓉了，如果能讓她終身快活，那麼自己也會高興些，可是歐文蓉對朱子廉並無愛意，要使她日後高興，只有殺死朱子廉，讓她和班焯好，他這時神智已有些昏顛，當下愈想愈對，只覺如此去做是爲心愛的人服務，於是便動手殺了朱子廉。最後還說，就是班焯不去找他，他也自會了斷，爲了報答當年岳多謙鐵馬相救之情，這才出來成全。

君青心念一動，暗忖如果告訴大哥，他一定不肯爭自己之功，班伯伯說過只傳一人，倒要想法騙得大哥中計，忽然靈機一動，把那封信輕輕放在大哥身後，假裝去林中思索，躲在樹後看動靜。

芷青偶而轉身，正看見那封信，他飛快的看了一遍，喜得高聲叫道：「君弟，班伯伯，快來，快來，是葉萬昌幹的啊！」

他內力充沛，聲音傳得老遠，君青暗暗好笑，那班焯不一刻匆匆趕到，君青看到大哥喜氣洋溢，心中也不由充滿了愉悅，是的，只要能使大哥高興的，君青都願去做，因爲——因爲大哥待他多好啊。

君青緩緩走出，班焯沉聲道：「是葉萬昌？」

芷青肯定地道：「正是這廝，前輩您瞧……」

卅四　淚濕青衫

天邊綘雲飄飄，一匹白身黑斑的駿馬飛快地跑過來，得得的蹄聲中捲起一堆堆的塵埃。馬上坐著一個苗條的少女，她用白色的披風裹住了大半個身軀，但是頭髮卻是露在外面，那迎面而來的風，把她那如雲秀髮吹得高高地揚起，益發增加了幾許出塵之美。

她扭動頭頸，向四方望了一下，遠處坡角上現出一棵如蓋古樹，她默默地對自己說：「快要到了，繞過這大樹就快到了。」

於是她眼前浮起了一個英偉的背影，這些日子來，她無時無刻不在想著他，有時候她會對著院子裡的杜鵑花呆望上半天，有時她會坐在水池邊整個下午不曾移動過一絲一毫，甚至爸爸臨走時對她叮嚀囑咐一大篇話兒，她都沒有聽清。

可不是嗎？她爸爸曾叫她待在家裡不要亂走動，可是這刻兒她就溜出來啦。

她輕輕地拍拍馬背，馬兒抖動著頸鬃，項下的鑾鈴兒叮噹地響。

她撫摸著自己的頭髮，輕輕摸著自己的胸口，她覺出心兒不住地跳著，於是她喃喃對自己說：「我……我只要見他一面，只要一面，我要告訴他──告訴他……」

告訴他什麼？

她扁了一下櫻桃般的小嘴，「拍」的一聲，馬鞭兒在空中抖了一下。

漸漸，她放慢了馬兒的速度，天色是逐漸暗了，但是遠處朱家莊的燈火已經在望，她睜大了眼睛對自己道：「爸爸說這次連百虹大方丈都把封藏多年的方便鏟給抬了出來，看來那秦允再厲害也難逃厄運的了。」

這不經事的小姑娘哪裡知道，百步凌空秦允享名武林數十載，又豈是易與的？

但是她似乎對自己有這種樂觀的想法而感到十分滿意，於是她露出貝玉一般的牙齒輕笑了一下。

馬兒停在朱家莊的門口。

兩個莊丁走過來問道：「姑娘可是來投宿的？」

這少女笑了一下回答道：「請你告訴岳家的大公子，說是有一個姓白的要找他。」

那兩個莊丁對望了一眼，正道：「岳大少爺不……」

忽然裡面傳來一聲急促而驚喜的叫聲：「白姑娘，是你！」

白姑娘一躍身跳下馬來，只見裡面兩個少年飛快地跑了出來，正是岳一方和卓方兩兄弟。

一方跑在前頭，他大聲地道：「白姑娘怎麼一個人來啦，快請進——」

兩個莊丁牽過馬匹，白冰笑著道：「爹爹隨百虹方丈去追尋秦允去啦，我……我溜出來的——」

她的笑靨有如乍放的蓮蕾，一方和卓方兩人心中先是一甜，繼而都是一陣心驚。

白冰隨著一方、卓方走進莊院，一方道：「爸爸媽媽都在這兒哩，還有朱大嬸——」

白冰像是無意地問道：「你大哥在麼？」

這話像是平淡不過，誰又知道白冰說這話時心裡面可緊張了好半天，一方道：「大哥和君弟都不在，他們到嵩山去……」

白冰一聽芷青不在，立刻冷了半截，卓方似乎發現她神色有異，正要開口，白冰已輕笑一聲道：「君弟？啊，你們最小的弟弟，他劍法可真厲害啊。」

這時堂屋門開，岳多謙夫婦和朱大嬸都走了出來，一方忙道：「爸媽，朱大嬸，這是雲台釣叟的千金白姑娘。」

白冰走前一步，便要拜將下去，岳多謙呵呵大笑，伸手托了起來道：「老夫和令尊白老英雄，可有好幾十年沒有相聚了。」

朱大嬸身後轉出一個身著黃衫的姑娘來，正是那司徒丹，眾人引見了之後，便走進堂屋裡，於是白冰就在朱家莊用過晚餐。

白冰此時心中亂極，她原是想來看芷青的，但是芷青卻不在家，這一來若是問她來此何為，叫她怎樣回答？

但是她畢竟聰明伶俐，不待別人相問，便先道：「我爸爸臨走時叫我來告訴岳伯伯，他說秦允偷盜少林的萬佛令牌，內情必不簡單，只怕還有極大的陰謀——」

她這番話雖是臨時杜撰的，卻是說得極合情理，偏她說了一半，臉上先自一紅，坐在岳多謙旁邊的司徒丹正好看見，她先是一怔，隨即一翻大眼睛，心中已有了幾分。岳多謙豈會注意到這等小女子的情懷，他只覺白冰之言大有道理，忙道：「白老英雄說得極是——」

白冰見他當真追問起來，腦子裡一轉，便胡謅道：「家父認為，以秦允這等身分斷無偷盜別人東西之理，必是要拿這令牌做一樁極大的用處，而且這事情是非要萬佛令牌才能成的，這才下手奪取令牌——」

其實她爸爸哪曾對她說過半個字兒？這全是她臨時胡謅的，但她聰慧無比，這番話全是依照實際情形推測杜撰的，但是聽在岳多謙耳中，端的不啻靈光一現，他猛可大叫一聲，拍桌道：「唉，我真老糊塗了，秦允偷盜萬佛令牌自然是為了他啊！」

朱大嬸道：「為了誰？」

岳多謙道：「你想，除了武林七奇之外，還有誰值得秦允有求於他？」

朱大嬸想了一會兒，茫然道：「小妹數十年不履武林，哪會知道？」

岳多謙轉首對白冰道：「白姑娘，你也算得少林的俗家再傳子弟啦，我問你，萬佛令牌在少林寺中有何地位？」

白冰道：「萬佛令牌祖師傳下，少林弟子見令牌如見祖師。」

岳多謙道：「我再問你，如果不是少林門中人見了令牌，沒有人會『如見祖師』吧？」

白冰笑道：「這個當然。」

岳多謙對朱大嬸道：「你想想看，有什麼非得萬佛令牌不能奏效？」

朱大嬸呵了一聲，大聲道：「你是說——苦和尚？」

岳多謙點了點頭，沉聲道：「如果真如我所猜測，白老和百虹方丈可就真麻煩了。」

小輩的三個人聽到「苦和尚」都是一怔，他們可從來沒有聽過什麼苦和尚。

岳多謙道：「不過苦和尚算來也該有九十以上的高齡啦，也難保他仍在人間……」

一方忍不住問道：「爸，苦和尚究竟是什麼人？怎麼從來沒聽您提過？」

岳多謙把桌上的燈提起，把燈心兒挑了一下，火焰頓時長了起來，照在白冰和司徒丹的臉頰上，半明半暗，益發顯得柔和嬌媚。他望著一方和卓方道：「苦和尚，嘿嘿，你們自然不知道啦——」

司徒丹噗嗤笑了起來，她說道：「人家就是不知道才問您呀。」

岳多謙慈祥地也摸了摸司徒丹的頭髮，白冰望著望著，忽然羨慕起來，她也真希望有一天岳老爺子能這樣親愛地撫摸她，那麼，她和芷青的事豈不……於是她滿懷憧憬地微笑了一下，坐在對面的一方正注視著她，也對她微微一笑。

岳多謙緩緩地道：「苦和尚原來法名金塵大師，算起來該是當今少林方丈百虹大師的師叔——」

大家聽到這裡都不禁驚咦了一聲，岳多謙繼續道：「當今少林奇僧極樂神仙在元覺寺三掌震伏銅鏡觀主，了結崆峒、少林十年之爭之時，苦和尚年方二十，正是橫行淮河南北的獨行大盜，他幼年失親，身世奇慘，養成一種乖戾之氣，是以行兇淮河一帶，殘狠已極，極樂神仙遊腳皖南之時，正碰上他月夜揮刀，連屠三家，極樂神仙以無上功力及慈悲之心渡化，終於點醒其良知，願意皈依我佛，是爲金塵大師。」

「後來有一次，金塵大師在盛怒之下又犯了殺戒，極樂神仙知他終非佛門中人，便一怒將他逐出門牆，他離開少林寺後，自以苦和尚爲名，又恢復了昔日的殘忍嗜殺，除了對極樂神仙本人尚有幾分恭敬之外，少林其他門人他絕不賣帳。」

一方插道：「所以秦允盜取萬佛令牌，爸爸就想到是去請苦和尚啦，敢情苦和尚除了極樂神仙傳下的萬佛令牌之外，天下別無其他一物放在眼內？」

岳多謙點頭道：「一點也不錯，自從四十年前苦和尚突然隱跡武林之後，一直便沒有聽到過他的消息，秦允真把他搬出來了，以他的身分武功，那著實十分辣手哩。」

岳夫人許氏插口道：「白姑娘家裡反正沒有什麼事，來回跑著多麻煩，我瞧就在這兒多住幾日便了。」

白冰原是來尋芷青的，芷青不在，她哪有心久留，忙道：「家父一再要小侄立刻趕回家去，只此打擾一夜，已是十分不當的了。」

一方和卓方聽她明天就要走，都是一怔，待要挽留，兩人四目相交，各自一驚，都停住了口。

朱大嬸笑著道：「先不談這些，今天已經晚啦，孩子們都去睡吧，白姑娘睡在丹兒的房裡。」

朱大嬸年已四十五六，但是從那藹然的笑容中仍然可以發現一種親切飄然的美，她像母親一樣地招呼著這些孩子。

白冰悄悄地走到一方的身旁，她婉轉的問：「『丹兒』是朱大嬸的什麼人？」

一方道：「她是君弟的……君弟的……」

白冰微微一笑，嫣然道：「我知道啦，她是君弟的意中人，是不是？」

一方點頭道：「嗯，是的——但是你爲什麼明兒就要走？」

他們站得很近，一方的聲音雖然低得緊，但是那中間透出無比的感情和依戀，白冰猛然驚震了一下；這些日子來，她幾乎已經忘卻了這兄弟倆，忘卻了那也曾使她少女的心懷激盪的純真的感情。

於是她藉著司徒丹的叫喚，很快地走了過去，司徒丹攜著她的手，她們向長輩道了晚安，輕盈地走進內房。

夜深深。

不知是天氣真的悶熱還是其他的原因，使得一方一直無法入睡。

自從少林開府的那晚起，他們三兄弟火急地離開嵩山，趕回家去探看母親和幼弟，白冰的倩影雖然在他的心版上愈刻愈深，但是那平靜的情緒仍能控制得住，今天她的突然來臨，就使得一方的心激盪得有如狂濤中的小舟一般了。

他輕輕地掀開棉被，隨手把外衣被在身上，窗外是一片黑。靜極了，連平時夜吠的犬聲也聽不到，一方踱到窗邊，倚著窗向外面凝視。

窗外也是黑漆漆的，一方向東邊司徒丹住的那一帶房屋望去，只見黑暗中忽然燈光一亮，仔細一瞧，燈光正是從司徒丹的房中閃出來的。

他心中有無比的煩悶，那黑暗中的燈光似乎對他有一種特別的意識，也似乎對他有一種異常的誘惑，他自己也弄不清楚是什麼心理，反正那是一種亂糟糟而帶有神秘的悲哀的感覺。那一點燈光在黑色的襯底下，顯得異常的耀眼，一方從那燈光中似乎看見那張難忘的俏臉，忽然之間，他覺得萬分悶熱起來，於是他解開了胸前的紐扣，推門步出。

夜風有點淒涼的感覺，一方沿著那漫長的走道，從兩個八角亭中間踱過，他坐在石山旁，把臉頰貼在冰涼的石塊兒上，那清涼的石頭使他益發感到自己面頰的熱。

然而最後，他終於停足在東廂那燈光射出的窗下。

他站在屋簷底下，柔和的燈光從他的頭頂射過，斜斜灑在草地上，屋內窗簾的影兒也清晰地照映在地上，忽然人影一動，地上出現一個側面的人影，那高捲起的髮髻，挺直的鼻樑，還有那彎曲的睫毛，那是白冰，白冰，她還沒有睡？

一方茫然瞪著那窈窕的影子，忽然聽到司徒丹的聲音：「白姐姐，你多住幾天再走好不好？」

白冰輕輕長歎了一聲，一方以爲她會說出「好，我就多住幾天」的話來，哪知她輕歎了一聲之後，並沒有下文。

還是司徒丹的聲音：「白姐姐你幹麼歎氣啊？」

白冰的聲音：「我們雖然相識才一夕，但是我們竟好像多年的好朋友一樣啦，妹妹，我也願意多住幾天的啊，可是我必須要趕回家……」

司徒丹說：「那麼你明早就走？」

一方沒有聽到回答，想是白冰點了點頭。

司徒丹道：「今晚我不想睡啦。」

白冰道：「我也一點都不睏，我們來個秉燭夜談如何？」

丹兒喜道：「好極啦，姐姐你等一下，我去拿兩杯茶來——」

一方聽見她們一個姐姐，一個妹妹叫得好不親熱，不禁暗自對自己道：「女孩子碰在一塊兒，那真像蜜裡調油。」

草地上人影一幌，司徒丹端著一個茶盤走了回來，卻聽得她興沖沖地道：「今晚涼風真不錯，我們把窗簾再捲高一些。」

一方驚了一跳，連忙往暗處一站，只聽得白冰的聲音：「好，讓我來拉簾子。」

接著便是一雙雪白的小手伸了出來，扯著那繩子一拉，竹簾就捲了上去。

燈光柔和地照在那一雙雪白的手背上，就如白玉雕出來的一般，手腕上是白色的衣袖，若非袖角兒隨風曳動，真分不出什麼是手什麼是衣了。

司徒丹笑著道：「姐姐你真美麗。」

白冰的聲音帶著一種古怪的氣息，那像是自憐，又像是自怨：「是麼？」

司徒丹道：「我小時候是個淘氣的娃娃，老是和我師哥鬥氣，害他挨爹爹的罵，其實我師哥對我倒是很好的，可是我——」

說到這裡她輕歎了一聲：「唉，別說啦，爹爹和師哥現在是死是活都不知道……」

白冰的聲音，她分明是把話頭扯開：「丹妹，你瞧那朵花開得多美，那是什麼花啊？」

一方向左邊一看，只見燈光下那堆草中果然有一朵孤伶伶的大白花，開得像個眉開眼笑的小姑娘，在燈光中格外可愛。

司徒丹啊了一聲，輕聲道：「什麼花？我也不知道。」

屋內忽然沉默了一刻，過了半晌，白冰輕悄悄地道：「丹妹，你在想什麼？」

司徒丹沒有回答。

白冰忽然輕輕笑了起來。司徒丹問道：「你笑什麼呀？」

白冰悄聲道：「我知道，你在想——你在想君——君弟。」

司徒丹輕聲叫了起來：「你別胡說。是誰——是誰……」

白冰得意地道：「是誰告訴我的，對不對？哈，我自然知道。」

司徒丹沒有回答，想起一定是羞態可掬，一方站在黑暗的簷下，忍不住發出一個會心的微笑，霎時之間，似乎心中的煩悶都減去了不少。

白冰又道：「君弟——我見過他，那當真是個可愛的孩子。」

司徒丹的聲音輕得像蚊子叫：「孩子？」

白冰笑著道：「他比我小。」

司徒丹的聲音帶著一些顫抖，似乎十分爲難地說：「姊姊，你——覺得這種……這種事情十分……十分可笑嗎？」

白冰的聲音變得正經萬分，她低聲道：「不，不，一點也不可笑，丹妹，你和君弟是最好的一對——」

司徒丹嗯了一聲，白冰也不知該怎麼說，於是立刻就安靜下來了。

過了一會兒，白冰忽然期期艾艾地道：「丹妹，你知不知道芷——岳大哥什麼……什麼時候回來？」

窗外的一方奇怪地暗道：「她問大哥幹麼——」

司徒丹道：「他和君青一道去嵩山向那金戈艾長一投戰書去啦，也不知究竟什麼時候回來。」

白冰喃喃地道：「嵩山，嗯……來回總得兩個月，兩個月……」

司徒丹道：「你急於見大哥嗎？有什麼事啊？」

白冰先嗯了一聲，接著又急道：「沒有什麼事呀——」

司徒丹道：「嗯，姊姊你幹麼臉紅？」

白冰道：「呸，誰臉紅來著。」

窗下的一方心中跳了一下，他有些迷糊地暗問自己：「她們的對話是什麼意思？」

卻聽司徒丹忽然輕聲笑了起來，那笑聲就如銀鈴叮噹一般，好聽已極。

她笑著說：「白姊姊，我明白啦，你心裡很喜歡芷青大哥？」

白冰輕輕嗯了一聲，屋簷下的一方只覺全身像觸電一樣震顫；耳中卻聽到白冰忽然坦然地說道：「丹妹，我告訴你不要緊，我……我這是專門來——來瞧瞧芷青大哥的……」

司徒丹喜叫道：「我知道啦，你見大哥不在，便想趕回家去，白姐姐，我瞧大哥他們就要回來啦，你就在這多待幾天，幹麼要匆匆忙忙像是躲避什麼人似的？」

白冰幽幽歎了一口氣，在屋內，她輕輕撫摸著司徒丹的手背，悄然道：「不，不，你不會明白的。」她默默暗道：「誰說我不是在躲避什麼人？那……那多情的眼光，我真怕，真怕再碰見那多情的眼光啊。」

在屋外，一方驟然好像被重重地打了一棍，胸中有一股難言的氣悶，使得他無法保持住清靜，他顧不得有沒有弄出聲響，踉蹌地退後，退出了那段簷廊，然後飛快地轉身奔去，他的身形像是一個醉漢，一口氣跑到那假石山後面的亭子邊，他頹然地抱著了那朱紅色的圓柱。

這像是夢，像是一個惡夢，但是他知道，這是真的，這是事實。

他緩緩抬起了頭，從那模糊的淚光中望著那昏黃而柔和的燈光，那光圈變成了一道道輻射狀的光芒，襯著那天穹是無比的黑和無邊際地深邃。

於是他彷彿又看見了那金碧輝煌的少林寺，曉霧迷濛中的白衣姑娘，那枯黃的草原在那纖細的足履下霎時間變成了簇簇錦錦的野花……那風搖蕭蕭的竹林，清澈淙淙的小溪，小溪中天仙般的倒影，那白玉般的小手優美地拋擲著圓滑的石子，那交錯如網的漪漣蕩漾……

於是他抬起頭來看，看漆黑的天，天上除了黑以外什麼也沒有，連星星都不肯瞧他一眼。

他緊閉上眼，那痛苦的淚珠迸了出來。這時候，忽然一隻溫暖的手拍在他的肩上，他回過頭來，忍不住驚叫道：「卓方，啊，是你！」

卓方低沉地道：「二哥，你不覺得這是一個最好的結束麼？」

一方驚道：「卓方！你也全聽到了？」

卓方點了點頭，他緊緊地握著一方的手，一方忽然之間覺得一生中從沒有比這時候更需要卓方的了，他也緊緊地握住卓方。

卓方堅定地說：「二哥，我們應該慶幸……大哥比我們年長，我們還是年幼的孩子啊，是嗎？」

一方擒住了淚珠，望著這堅強的弟弟。卓方說：「像那曉霧暮雲一樣，過去的就讓它過去吧，二哥，我們應該慶幸，即使——即使沒有大哥，我們——我們倆人怎麼辦？怎麼辦？」

這話像是浮沉宏亮的鐘聲使一方渾身一震，是的，即使世上沒有芷青，他們倆人又怎麼辦？

卓方幽幽地說道：「二哥，老天爺對我們真好啊，還能有比這樣的安排更——更好的麼？」

說到「更好」兩個字，卓方忽然轉過頭去，一道瑩亮的淚水沿著他的臉頰流了下來，滴在他堅強的胸前，他緊緊握著一方的手，在心底裡說：「大哥，祝福您……」

卅五　萁豆相煎

大宋高宗的第十二個年代又過去大半了。

在北方，那該是已經開始飄雪了，但是那江南的臨安，只是開始有些寒意罷了。

臨安的城垣矗立在凌晨的霧氣中，那城牆雖然很高，但卻顯得有些凋敗，和城中皇宮的屋宇輝煌成了一個強烈的對比。

東市的「野味肉店」剛打開了木板門，一個鬍子花白的老漢正用鐵鉤把一支支拔好毛的山雉野兔掛上門鋪，他一面打了個呵欠，伸了個懶腰，一面把東邊的窗戶打開。

映入眼中的是一片白皚皚的屋脊，他深吸了一口氣，喃喃道：「啊，昨夜打霜了。」

這是今年臨安第一次的霜，這老兒呆呆望著那潔白的薄霜，過了好半晌才輕輕歎了一口氣，低聲吟道：「胡未滅，鬢未秋，淚先流，此生誰料？心在故園，身老臨安！」

「唏律律」，一聲駿馬長嘶，這老兒連忙住口，走到門前一看，只見一輛華麗無比的馬車停在店前，車上一個錦衣胖子走下來，他一面臃腫地跑過來，一面招呼道：「嗨，黃老兒，有沒有新鮮的兔肉？」

這老兒笑道：「啊，原來是何大爺，今兒怎麼這麼早啊？」

何胖子皺眉道：「嘿，今天沒空跟你瞎聊啦，丞相府裡昨晚半夜來了兩個客人，聽說其中之一是丞相的親哥哥，丞相陪他聊了一夜啦，一大早又要野味下酒——嘿，我問你可有兔肉？要上好的——」

那老兒拿起鐵鉤道：「有，有，您瞧這兩隻好罷？」

何胖子抖抖馬鞭道：「好、好，快些包好，丞相等著要下酒哩。」

那老兒手忙腳亂地拿乾淨荷葉把兔肉包了，送上馬車，何胖子跳上車，一抖鞭，車輪滾滾，疾馳而去。

那肉店老兒摸了摸鬍子，喃喃道：「秦檜還有個兄長？俺老黃在臨安住了這多年了，可怎麼從來沒有聽說過秦檜還有一個兄長？」

臨安城東，那座雕龍漆鳳的大公館，正是當今丞相秦檜的宅第。

六更未交，路上行人還稀少得緊，但在府中後院密室中，丞相秦檜正在據案和兩個粗布灰袍的老者談著。

密室的門窗關得緊緊的，一切下人侍從都被摒退，室中暖意洋洋，不時飄來陣陣酒香。

秦檜坐在太師椅上，他舉杯向方桌對面的兩人道：「嗨，咱們先乾一杯！」

方桌的對面坐著一個瘦削清癯的老者，老者的身旁卻坐著一個白鬍老和尚。

秦檜一口乾了杯中之酒，舉壺再倒，但是壺中已空，他放下空壺，瞇眼對那和尚笑道：「大師來自西域，不遠千里，亦將有利於吾國乎？哈哈哈。」

那老和尚皮笑肉不笑地歪了歪嘴道：「俺苦和尚但只喝酒吃肉，旁的事情，嘿，你問他吧。」

說著指了指身旁的老者。

秦檜觸了一鼻子灰，大笑解嘲道：「大師乃佛門奇人，快人快語——」

接著轉頭道：「嘿，大哥，前回你不是說什麼首陽大戰，又說什麼青蝠劍客，現在可早該打過囉，結果如何——」

說到這裡，他又變腔笑道：「哎，我真糊塗，憑大哥的功夫我還要問什麼結果？真老糊塗啦……」

老者冷冷笑了一下道：「若不是你派來的那兩人急急忙忙把我招走的話，我可就要勝了，哼！」

原來這兩個人，竟然是大名鼎鼎的百步凌空秦允和苦和尚！

秦檜乾笑一聲道：「那時委實有急事，所以不得不立刻請大哥回來，後來說是情報錯誤，所以就沒有再麻煩大哥啦。」

那苦和尚聽他們說得隱隱約約，但卻毫不追問，只當沒聽見似的，閉著眼養神。

秦允用手指輕叩桌子，皺眉道：「三弟，這個我就不明白了，你在家裡太太平平地做你的大官，姓岳的在外面流血流汗替你打仗，這真是再好沒有的事，幹麼你一定要置他於死地？」

秦檜乾笑數聲，沒有回答，秦允又道：「上次我問你可是有私仇，你又大笑否認，究竟……」

秦檜笑道：「大哥，以你瞧岳某如何？」

秦允道：「我說你還是少弄花樣，岳某著實是一個大將才，便是找都找不著的，你何必要除去他？」

秦檜看了看苦和尚，只見他當真閉著雙目，似乎睡著了一般，便用手指沾著杯中餘酒，在桌面上寫了「徽欽」兩字。

秦允一看，立刻恍然，他暗道：「啊，原來如此，要是前方打了勝仗，當真把金人趕出關外，那徽欽兩帝迎回來，不僅你的丞相做不成，我看當今皇爺也成了問題，怪不得，怪不得……」

秦檜道：「所以這才要仰仗大哥之力呀——」

秦允雙眉一皺，半晌沒有說話，過了好半天，他忽然直接了當地問秦檜：「我要你設法弄到手的東西怎樣了？」

秦檜知道他今日來此的真正目的在此，當下搖頭苦臉道：「難、難、難，那玩意兒放在皇上古玩珍寶庫府之中，如何弄得到手？」

他說到這裡，臉色一變，又堆滿詭秘的笑容道：「大哥，這個我可不明白啦，你若喜歡古董什麼的，我這裡可也不少，你說的那玩意兒雖是年代不短的古貨，可是那模樣色澤都沒有什麼好看，我這裡比它強的貨色多的是，你只要高興，隨便拿幾樣不就得啦？」

秦允道：「你懂得什麼，我若得了那東西，可以在千招之內叫姜慈航落後一丈！」

秦檜搓手道：「難、難、難——」

秦允忽然雙眉一豎，厲聲道：「那麼你當時怎麼說的？你說皇帝趙老兒唯你之言是從，皇宮國庫你可以直出直進，取一件古玩有如探囊取物，那麼你全是耍我的啦？」

秦檜毫不畏懼，也是雙目一瞪，壓低了嗓子道：「我要問當時你怎麼說的？你自己說的話有沒有兌現？你說拿姓岳的頭顱來見我，姓岳的頭在哪裡？嗯！」

秦允拍桌道：「姓岳的大破朱仙鎮，當今名震天下，你想要老子去替你幹掉他，嘿嘿，我秦允在武林中混到這個地位全不要了？是你要做官可不是我秦允要做官，我爲什麼要替你幹這等事？」

秦檜也拍桌喝道：「好啊，是你先不守信用，那可怪不得我！」

秦允心中略一盤算，恍然暗道：「聽他口氣，那『青玉佛』必然已經在他手中，否則他怎知道那『青玉佛』的模樣？又是什麼形狀不美啦，什麼色澤不美啦，哼！」

他心念一動，便冷冷笑道：「也罷，那東西既然弄不到也就算了，不過我做大哥的可要警告你一句，若是你蓄意刺殺岳飛的事洩露了出去的話，那可大爲不妙哩。姓岳的用兵如神，當真是眾望所歸，嘿嘿。」

秦檜聽得心中猛然一跳，暗道：「不妙，這一著著實毒辣——」

但他臉上卻是淡淡一笑道：「多謝大哥關照啦。」

說著便起身拿起桌上空酒壺，轉身向牆邊酒櫃走去，在櫃中挑出一密封白瓷缸，回頭笑道：「你看我們兄弟這大年紀了，碰上面還和小時候一樣吵個沒完——嘿，這是御賜的陳年名酒，咱們先喝個痛快——」

說著將泥封啓開，倒了滿滿一壺，霎時酒香撲鼻，漾溢全室。

正在此時，門外有人輕敲，秦檜喝道：「什麼人？」

外面人答道：「小的何立，送大人要的野味兔肉——」

秦檜哦了一聲，開門一看，只見何胖子端著四樣香噴噴的野味小碟進來，放在桌上恭聲問道：「大人沒有事麼？」

秦檜揮手道：「你出去。」

何立退出後，秦檜把門扣上，拿著酒壺過來，親自把三隻酒樽倒滿，緩緩道：「明午皇上賜宴，我送兩件珍玩去，趁機進入庫房，再爲大哥想想辦法。」

秦允暗道：「分明已經在你手中了，你還要耍什麼花樣？」

他一面笑了笑，一面暗用真力，在苦和尚的椅邊刻了一行字，並用手扯了扯苦和尚。

苦和尚用手一摸，只覺椅上刻著：「稱霸武林，在此一舉。」

他立刻領悟，當下站起身來，大聲道：「秦大人——」

秦檜忙道：「不敢，不敢。」

苦和尚哼哼冷笑一聲道：「俺苦和尚雖說是個酒肉和尚，可是少說也有幾十年修行了，嘿嘿，可是對於『名』之一字卻是無法堪破，老實告訴你罷，洒家這次再入中原之意，就是要和令兄聯手一爭武林霸王，試想有我兩人聯手，天下有誰能敵？可是就只有姜慈航這廝，即是咱們勝了他，卻也無法追得上他置於死地，嘿嘿，下面的話我也不用說了，你該知道那話兒對令兄的重要了吧，若是——嘿，令兄還有個手足之情在，我苦和尚可是毫無顧忌，說幹就幹的啊！」

他年紀雖老，可是這番話一說出，凸目瞪眼地，幾十年前殺人越貨的秉性全耍了出來，倒把秦檜愣住了。

秦檜究竟不愧爲一代梟雄，他忽然雙目一翻，也大聲道：「這倒怪了，咱們是親兄弟的事，倒要你來管啦？大哥的事自然就是我的事，我還會不盡心力而爲之麼？難道要你來嚇唬我才肯答應的麼？這倒奇了。」

秦允不料秦檜說出這番話來，忙扯了扯苦和尚的衣角，苦和尚「呼」的一下坐了下來。

秦檜其實也是暗捏冷汗說出這番話的，這時見苦和尚坐下，便又笑道：「來，咱們先乾一杯再嘗點野味。」

秦允見事情轉變突然，一時倒料不定秦檜在打什麼主意，哪知酒方落肚，忽然個天旋地轉，他暗叫一聲不好，連忙提氣閉穴，豈知以他的功力，竟然閉封不住——

他大喝一聲：「三弟，你好狠——」

把手中酒杯對準秦檜擲去，卻聽得轟然聲，一道鋼板落了下來，秦檜已被隔在板外，那隻水晶酒杯「砰」的擲在鐵板上，竟然齊齊陷了進去！

他狂喝一聲，雙掌揮出，「碰碰」有如千斤巨石擊在鐵板上，震人心弦。

那邊苦和尚把一杯酒全都喝了下去，中毒更深，早已倒在地上，秦允雙掌揮出後，有如全身軟瘓，倒在桌邊上，一霎時間，他一生的種種情景都浮上心頭，他軟弱地低下了頭——

觸目所及，只見苦和尚臉上七竅都流出黑血，形貌可怕已極，他大叫一聲，忽覺臉上一熱，伸手一摸，鼻孔下全是黑血，霎時之間，有如全身血脈迸裂。不可一世的百步凌空秦允從桌邊倒在椅子上，衝勁使椅子翻倒，於是他就死在椅邊的黑腥血泊中。

「噹」一聲，一件東西從他的懷中滾了出來，只見那東西白玉瑩然，正是少林寺的「萬佛令牌」！

北風吹著，捲著昨夜的落葉飄蕩在空中。

自從芷青和君青去向金戈艾長一送戰書，匆匆已是大半年了，但是，他們仍沒有回來。

山頭上，一方、卓方和司徒丹靜靜地坐著，幾乎每天他們都在這山上消磨一整個下午，從這山上望下去，蜿蜒的官道歷然在目，他們希望在那小路彎入森林的盡處，大哥和君弟的影子會突然出現。

一方撫了撫自己鬢邊的頭髮道：「我想不出理由，大哥和君弟爲什麼還不回來？」

司徒丹用小手支著下巴，輕輕皺眉道：「岳伯伯又不准我們去找——」

卓方沉默地聳了聳肩，他在地上撿起兩塊石子，一個拋出，另一個曲指一彈，「颼」的一聲射了出去，兩個石子在空中輕輕一碰，一起落下山去。

司徒丹忽然輕笑了一聲，一方側目道：「笑什麼？」

司徒丹道：「朱大嬸昨夜卜了一卦，她說大哥他們絕沒有危險，而且還有奇遇——朱大嬸的卜卦是很靈的。」

一方莞然道：「嗯——也許大哥會遇上一個奇人，傳他一套掌法，而君弟呢，會遇上一個漂亮的姑娘。」

司徒丹笑啐了他一口，但是芳心中卻是不安起來。

天漸漸黑了，卓方說：「我們回去吧。」

今天，他們是不會回來的了。

一方走了兩步，回頭卻看見司徒丹仍然輕皺雙眉，凝視著黃昏的晚霞，他不禁停住了步子，卓方已經走出十來步了。

司徒丹轉了轉黑白分明的眸子，悄聲道：「二哥，你說君青真會碰上……一個漂亮的姑娘？」

一方哈哈大笑起來，自從那一夜後，他從沒有笑得這麼開心過，司徒丹嬌靨一紅，伸出手來。

一方伸手握住她的小手，輕輕一牽，她站起身來，拍拍裙子上的碎草，以掩飾她的窘狀。

一方望著這個未來的弟媳，腳步也似輕鬆了一些。

夕陽輝煌中，山下傳來一陣馬嘶聲，一小隊甲冑鮮明的金兵揚塵而過。

卌六　無敵三環

雪花飄舞著。

大地上鋪起一層均勻的白被，一望好幾里都是平坦的一片銀色世界，那些尚未枯萎的生物在雪花中再也透不出些許生氣——

這裡是一片起伏的丘陵，雖然在雪花下分辨不出高低，但東端那一座特立突出的山峰，卻在白皚中顯出那麼不平凡，令人自然而然會生出一種雄偉的感覺。

這一座山本來沒有什麼出奇的地方，但自從年前青蝠劍客以一挑武林七奇之後，這座山在江湖上已是人所周知的了。

首陽山。

歲暮窮冬——

一大清早，雪就沒有停過，加上刺骨凜凜的北風，這片荒遠的山崗上，根本就沒有人跡，然而半山腰中卻隱隱約約傳來陣陣步履聲，好像有什麼人在這荒山上散步似的，但是，沿路上卻沒有留下一絲足跡。

難道是這裡竟有身懷「踏雪無痕」的武林人物？抑或是那些印痕又被大雪所掩蓋？

山腰的一塊平地，邊上有數株大樹，樹身上堆滿著積雪，以至細幼的枝枒都有一些彎曲下來。

樹影下，緩緩踱出一個人來，從雪地反映出的天光下，已足夠使得這個人物的輪廓清清楚楚的顯露出來。

只見他雙眉灰白，面色微紅，白髮白鬍蒼蒼一片，兩眼的神光吞吐不定，那一股威猛的氣息若隱若現。

這麼寒凍的天，那人仍是一襲夾袍，雪白的布料上一塵不染，更顯出穿衣人的不凡。

老人輕輕移動一步，轉了一個身，只見他背上負著一支帆布的袋兒，繫口的帶子飄在兩脅，一端輕輕的握在手中，略一轉動，卻見手掌中瑩光一流，敢情那支修長的中指上端端正正套著三枚細窄通明的玉環，三枚併著的寬度，也不過只有大半截手指長。

老人仰首望了望天色，似乎有些兒沉不住氣息，又是輕輕一邁步，這一步可真怪異得緊，只見他一腳跨出，身形有若流水，已自滑出三四丈之遠，這種功夫，簡直有點令人不可思議的味道。

老人跨了二步，又自停身，細細沉思一回，猛可面色一沉，雙目精光暴長，頷下白鬚簌簌而動，似乎發現什麼大事，右手微微一張，低眉一瞥那三枚玉環，輕輕沉聲說道：「青蝠！青蝠——」

隨著他的目光，果然山麓下一條細小的人影一陣晃動，如箭般衝上山來。

老人輕輕一哼，向左滑了十丈，停立在大樹下，負手仰天而觀。

山下那人好快的足程，不到半盞茶工夫，已上山腰來，幾個起落，便縱上大石場邊緣。

老人目光一掃，猛可咦了一聲，暗暗道：「呵，竟是蕭一笑這廝，我倒以爲是青蝠到了——」

那來人上得平場，一眼便瞥見老者，雙拳合抱一揖，宏聲道：「啊！是岳大俠，蕭一笑這廂有禮了。」

老者正是名震天下的岳多謙，乍見笑震天南蕭一笑不由一驚，直到他發話完畢，只因蕭一笑乃是含氣而發，聲音宏亮之極，樹木上的積雪簌簌一陣子震落，岳多謙一怔，心中暗暗有氣，冷冷答道：「蕭老師別來無恙？」

話中暗運真力，那簌簌下落的積雪落到頭頂尚不及尺餘便似受到攔阻，向斜邊飛開。

蕭一笑何等人物，一眼已然看明，心中不由暗暗讚歎，口裡卻道：「蕭某路經此處，適逢岳老先生，真是湊巧，敢問岳大俠有何貴幹？」

岳多謙暗暗一哼，忖道：「蕭一笑不知從哪裡得到我的消息，或是真的湊巧趕上山來，我且不管它，只是——」

沉吟未決，只見蕭一笑似乎急欲自己回答，隨即輕輕一咳，沉聲說道：「老朽到這兒等候另外兩位朋友——」

蕭一笑由衷的驚咦一聲，岳多謙頓了頓，才繼續往下說道：「老朽想和那兩位朋友了一了舊賬！」

只因他的語氣甚爲肯定，也不由蕭一笑不信，蕭一笑一怔，好一會才道：「原來如此，蕭某倒是打擾了。」

岳多謙哼了一聲，不置可否。

蕭一笑呵了一聲，忽然又道：「岳大俠可否記得上次首陽大會中——」

岳多謙心頭一震，以爲蕭一笑有什麼要損及自己上次失敗的話，面色一變，上跨半步道：「記得又怎樣？」

蕭一笑一怔，隨即會意，歉意的一笑道：「啊……我……我是說，上次你曾說要告訴蕭某

——」

岳多謙一怔，茫然道：「什麼？」

蕭一笑吸一口氣才道：「是什麼人殺羅信章羅鏢頭全家！」

岳多謙如夢方醒，心頭一怔道：「糟了，假如我告訴他，這廝必定不顧一切去尋青蝠，不行，我岳某和青蝠有約在先——」

心思方動，又轉念忖道：「但我也曾答應這廝要告知他內情，這卻如何是好？」

心念數轉，不由怔在當地。

蕭一笑咳了一聲道：「上次岳大俠說有些不方便的地方，如今……」

岳多謙心中一急，衝口道：「不錯，那不便之處尚未消除。」

蕭一笑「呵」了一聲，滿腔不能置信的口氣。

岳多謙心中略感內疚，勉強一笑道：「蕭老師爲友千里奔波，這等俠風仁心，果真令人敬佩不已……」

他話未說完，但蕭一笑卻似觸動心事，大聲道：「罷了……罷了……蕭某忝爲人友，卻始終不得爲友報仇雪恨……」

話聲戛然而止，想是他已觸動悲處，心頭一陣激憤，恨恨一腳跺在地上。

岳多謙心中一凜，暗暗忖道：「姓蕭的好一條漢子！」口中卻再也忍不住說道：「老實說，老朽雖明知那人是誰，但內中曲折太多，蕭老師能否在得知詳情後，再一聽老朽肺腑之言？」

蕭一笑一怔，聽對方的口氣，分明是要告訴自己線索，但卻不知對方最後那句話是什麼意思。

岳多謙也不再多加說明，低聲道：「我明白蕭老師認爲劍洗羅家的人，非劍神胡笠莫屬……」

蕭一笑點首道：「不錯，羅家的僕人曾親耳聽著是那人自己說的，『有誰能是我胡笠之對手！』……」

岳多謙浩然一歎道：「是了！老夫也明知蕭老師的疑心，但你可知道，世上還有一個人的姓名叫作『胡立之』的？」

蕭一笑一怔，口中喃喃念到「胡笠之」，「胡笠之」，電光石火般，那一句「有誰能是我胡立之對手」已然領悟，呆了一呆，失聲道：「竟是如此……竟是如此……」

岳多謙輕輕一拂白髯，蕭一笑又道：「岳大俠可知這胡立之又是何等人物……」

這話問得好生急突，岳多謙雙眉一軒，沉聲道：「他……他……」

驀然岳多謙雙目一凝，口中冷冷道：「哪一位駕到，岳某失迎……」

幾乎在同一時，蕭一笑也發覺到有人潛入這方平場，岳多謙話聲方落，一條人影一閃，一個青衫老者當面而立，面目清癯，蕭一笑認得出，正是那以一挑七的武林怪傑——青蝠劍客。

青蝠冷冷掃了全場一眼，在蕭一笑的臉孔上一瞥而過，最後落在岳多謙的臉上。

岳多謙的雙目好像放射出一種深不可測的寒光，良久，青蝠才道：「老夫送死到啦……」

蕭一笑原本已是驚不可言，再也想不透何以青蝠劍客竟又自現身，但一聞此語，分明是大家早就約好了的，心中不由暗暗忖道：「方才岳鐵馬說要等候兩人，難不成便有一位是青蝠劍客？」

一念方興，卻見岳多謙上前半步道：「岳某敗兵之將，能再一會閣下，可真三生有幸！」

青蝠劍客一哼，大剌剌的道：「好說！」

岳多謙也不再理會，只道：「岳某還約有另外一位朋友，借便此一會了結兩樁公案，閣下且等候一會——」

青蝠哼一聲，心中忖道：「他還另約有人，說什麼要了結公案？沒聽說過岳鐵馬在江湖上有什麼大仇家，什麼人值得他如此慎重？」

口中卻不好意思詢問，只默默立在一邊，掃過蕭一笑又道：「蕭老師此來有何見教？」

蕭一笑本對他那托大的神態十分過不去，此時索性雙目一翻，沒好氣的道：「怎麼啦——」

青蝠領教過他的火爆脾氣，暗中一哼，也不再予以理睬。

蕭一笑本想再出言問岳多謙，到底誰是「胡立之」，但一下子情局已然弄僵，也不好再多口舌，但又不甘先行一步，一瞬間三個蓋代奇人各據一方，高傲的情感使大家都不互相打招呼，偌大的平場上，登時又靜了下來——

北風如刀。

官道上兩條人影飛馳著。

晨光下看的清切，兩人都是二十多的少年，左邊的一個較爲老成，那敦厚的面容和那英挺的氣概，正是岳家的少年英傑——岳芷青。

不消說，右邊的，那英俊可愛的少年，正是年小的幼弟君青。

兩兄弟半年來寸步不離，功夫可沒有一刻擱下，從那輕靈的身形看來，顯然君青的功夫又有了顯著的進步。

兄弟倆人又奔了幾步，迎面一陣寒風吹來，芷青昂首挺胸，絲毫不在乎，大聲道：「君弟，再加快些，前面便是首陽山了。」

君青嗯了一聲道：「大哥，你瞧咱們趕得上時候麼？」

芷青低低道：「時間不會差錯的，只是……只是……」

君青登時省悟大哥的心思，兩人沉默了一刻。

還是君青忍不住先打破寂靜道：「大哥——」

芷青嗯了一聲，君青望了他，才緩慢的說道：「你瞧——爸爸會不會出什麼事？」

芷青困惑的噢了一聲，一路來心中何曾有一時一刻不爲這件事情擔著心？

君青低低歎了一口氣，芷青沉吟道：「我想對於青蝠，爸爸或許有較多的把握，然而那金戈——金戈——唉！」

誰說不是？金戈艾長一名列七奇之首，功力簡直令人莫測高深，這一戰是岳家聲譽所在，怎不令兩兄弟緊張萬分？

沉默——

路上的奔行速度愈來愈快了，芷青瞧著幼弟行雲流水也似的身形，心中暗暗忖道：「這些日子來，也難爲他了，他的劍法此刻足可和任何一流高手相抗而無遜色，雖則，功力仍有不足——」

君青的話聲打斷了芷青的思維，只聽他道：「大哥，你相信我的劍法可以和青蝠抗衡麼？」

芷青應了一聲道：「功力方面，你當然不足，但只要你一下手便用那松陵老人的絕技，至少，勝負要在千招之後！」

君青嗯了一聲，腦海中流利的印出那每一式劍法，芷青瞧見他那躍躍欲試的神情，不由一陣子高興。

首陽山在望了，芷青指指半山腰的平地道：「快些，這就上去——」

君青緊跟著芷青的身形，輕身功夫已提足到十二成，遠遠瞧過去，簡直有若兩道白線在銀白的地上滾動，剎是好看。

半山腰中，岳多謙瞧著尋丈外的青蝠，勉強開口打破良久的寂默，說道：「閣下若是迫不急待，這就動手——」

青蝠仰天一笑道：「岳大俠歇歇吧，我倒要瞧瞧到底是什麼人值得你費這大的心！」

岳多謙冷冷一笑道：「等會也好！嘿——」

青蝠笑聲未絕，猛然一挫聲調，冷冷道：「岳大俠招呼老夫到這兒來，可是為了那散手神拳的事？」

岳多謙雙目有若火燒，冷冷道：「正是如此——還有清河莊盧老爺子的事——」

青蝠劍客臉色一怔，似有話想說，但卻冷冷一笑忍住道：「好！我雖不殺伯仁，伯仁因我而死，岳大俠儘管衝著老夫來吧！」

岳多謙一怔，撫了撫白髯，冷冷道：「范立亭可曾被你打過一掌？」

青蝠哈哈大笑道：「老夫還會賴不成？」

岳多謙緊接著道：「如果范立亭不曾被你打那一掌，我問你，綠林十三奇會是他的對手麼？」

青蝠奇道：「綠林十三奇？」

岳多謙哼了一聲道：「范立亭在十三人圍攻之下，全身沒有剩下一塊好肉——」

青蝠怒道：「他媽的，綠林十三奇是什麼東西？我青蝠要……」

岳多謙冷冷道：「不敢勞駕，范立亭已經自己解決了。」

青蝠老臉漲得通紅，狠狠地道：「姓岳的，我看咱們也不必等了，現在就動手吧！」

他一怒之下，揮手之間，長劍已到了手上，一彈而出，直攻向岳多謙胸腹之間，岳多謙錯步跨了一尺，青蝠翻手再刺，但他忽然省悟以他的身分豈能動手偷襲，當下長嘯一聲，躍身收招——

說時遲，那時快，青蝠劍尖才收，忽覺一縷尖風疾比閃電地射至，他急快向後退了一步，只見眼前一花，一個英俊的少年已橫劍立在前面，而岳多謙的身邊也多了一個魁梧的少年。

青蝠怔了一怔，哈哈笑道：「哈，又是你們——」

君青微微歪了歪嘴角道：「無恥！」

青蝠知他是指方才自己突然偷襲的事，當下老臉通紅，怒道：「無知頑童，你要怎地？」

君青怒氣勃勃地道：「看劍——」

那邊岳多謙驟見愛子，一時間渾忘一切，只抓著芷青的手，竟然不知身在何處。

芷青激動地叫道：「爸爸，媽媽他們好？」

岳多謙笑著點了點頭，他原是懷著滿腔豪情而來的，在這一刹那間，他幾乎覺得自己又要兒女情長了，於是他深吸了一口氣，轉頭一看——

這才發現君青竟然和青蝠劍客幹上了——

芷青叫了一聲：「君弟，快退下來——」

岳多謙卻一把扯住芷青，原來他在這一刹時，已經看出端倪——

君青對場外大哥的叫聲有如未聞，他這時已全神沉醉在自己的劍式之中，他起手一劍揮出，正是松陵老人豪言天下第一的卿雲四式之一——卿雲爛兮。

青蝠劍客心中暗道：「岳家孩子中以那大哥功力最深，這孩子看來稚氣未脫，我一劍把他兵器震飛便了，免得傷了他，岳老兒面上須不好看。」

他運起真力，長劍一彈而出，但是霎時之間，君青的劍式一開一合，極盡盤曲舒捲之態，青蝠的心中生出一種從未有過的感覺，那像是對手的劍式中飛出一種力量，要迫使他自己將自己的破綻暴露出來——

青蝠劍客兼通百藝，但是劍仍是他主要兵器，他一生使劍，與人動手不計其數，甚至和大名鼎鼎的劍神胡笠對敵時都沒有過這種感覺，他一驚之下，硬生生從劍網之中退了出來。

君青功力不及青蝠，是以青蝠能夠進退自如，而君青卻無法控制追擊，青蝠一皺雙眉，又自揮出一劍，這一式好不精妙，看來似是探試，實則暗藏三個殺著，君青水到渠成，一式糺縵兮攻出——

青蝠何等功力，一觸即知，他發現自己遇上畢生未聞的離奇劍招，他攻勢未全而收，瞬時點出五劍！

這五劍乃是胡家神劍中的妙著，喚作「狂風飄絮」，君青從劍神指點下，深知其中奧妙，他忽然單劍一抱，釘立原地，一動也不動，而青蝠的劍子卻刷刷刷從他身旁飄過，直到第五式，那劍尖滴溜溜一轉，飛快的射向君青眉心，君青擊劍一擋，「叮」的一聲，輕輕鬆鬆地破了「狂風飄絮」！

那邊蕭一笑大聲喝采道：「妙極！妙極！」

岳多謙側首問芷青道：「君兒從哪裡得到這等劍術至高妙諦？」

芷青輕聲道：「劍神胡莊主！」

岳多謙想起胡笠求自己手下留情的往事，不由暗中長歎一聲，他喃喃道：「饒他一次，我已經屢行了諾言，至於今天，沒有人再能阻攔我了……」

場中青蝠怒氣衝天，他喃喃道：「好啊，胡笠啊胡笠，你竟敢和我搗蛋……」

敢情他一眼就看出了君青必然受了劍神的指點。

他長嘯一聲，劍如游龍翔鳳，君青這些日子來，寢寐之中都在默想青蝠劍客的一招一式，凡是他所能記憶的每一招，他都幾乎思索過一百遍，這時他絲毫沒有畏怯之心，只是全心全意浸淫在武學之中，手隨心動，一式一式地攻出。

他從「糺縵縵兮」轉手之間，用了兩招自己杜撰的劍式攻出，青蝠原來心驚於卿雲四式的離奇威力，但是他憑著功力和機智，竟在攻守之間默默摸試著卿雲的路子。這瞬時之間，君青突然施出兩招自己杜撰的招式來，那兩式姿勢雖然粗陋可笑，卻是力道迥然一變，反倒把這位用劍名手逼得手腳微亂。

岳多謙雙眉一軒，暗道：「這兩招必是君青杜撰的，妙呀，妙呀。」

青蝠劍客大喝一聲，運出八成以上的功力，一連揮出兩劍，只見一種古怪嘶聲疾風而起，嗚嗚劃破長空之寧靜——

說時遲，那時快，君青手腕靈巧地一翻，卿雲四式中最俱威力的「日月光華」已然施出，只見一溜烏光從劍尖上飛出，霎時漫天都是劍影——

青蝠劍客萬料不到君青竟然搶攻起來，他一觸之下，連忙施出十成真力，君青的劍勢原如水銀瀉地，這一下但聞「叮叮」之聲不絕於耳，竟被完全封回。

青蝠心中暗驚道：「他若有我這般功力，我豈不立刻橫屍地上？」

霎時之間，劍光再起，兩人又已鬥在一處，青蝠劍客一面攻擊，一面暗暗拖延，要想把君青劍法的奇處看個全，君青劍如飛虹，愈戰愈是順手，那蒙面客所說的種種劍學妙諦，一句一句飄過他的心頭，他的手上愈施愈輕鬆，而劍尖上卻愈來愈沉重。

連岳多謙都幾乎渾忘一切，他也沉醉在雙方的神奇招式之中——

當日劍神胡笠和青蝠劍客過招一時，曾使其他武林六奇深深陶醉，如今岳多謙竟然又有了一點這種感覺。

四周靜悄悄的，這比起當日的首陽大戰的場面要冷清千倍，然而，這也是一場好鬥，所不同的是，青蝠的對手換成了年僅十八的岳君青！

匆匆之間，又是數十招過去，君青精神抖擻，了無敗意，他憶起當時劍神胡笠曾對他說：「就憑這個，青蝠要勝你，當在千招之外！」

他也知道，他的功力差得遠，所憑藉的，全是這套神鬼莫測的劍法！

於是他豪性逸飛，他想到天下武林將要對他劍敵青蝠的大加喝采……

然而忽然之間，他想到了一個問題，聰明的他立刻在腦海中衡量清楚——

如果他能力敵青蝠千招而不敗，以他的年齡來說，他的聲望必然大放燦爛光輝，甚至蓋過首陽山以一挑七的青蝠劍客，而鐵馬岳多謙曾是青蝠的手下敗將！

場外的芷青也考慮到這個問題，他側目望著父親，顯然，岳多謙也明白這其中的關係，但是他毫不動情，只無限欣然地望著場中生龍活虎的君青。

對於此時的岳多謙來說，還有什麼比親眼看到自己的愛兒，一夕之間擠身而入天下高手之列更令他感到安慰？

青蝠打出了真功夫，一招招全是妙絕人寰，出人意表的絕學，顯然的，他已經摸熟了君青劍術的大概路子。

君青一連倒退二十五步，但是場外沒有人驚呼，只有緊張的呼息聲，因爲旁觀者全是一流的高手，他們知道君青雖敗不危，正在退中化解敵勢，以求反擊！

他心中思潮起伏，父親在首陽山上臨崖浩歎的情景也浮上心頭，他大吼一聲，心中主意已決——

說時遲，那時快，君青長劍陡然倒轉七斗，一式「紇縵縵兮」力劏而出。

青蝠早已摸熟了這一招，但卻始終無法搶攻，一退之下，正好讓君青有餘力去撥開劍子使出「日月光華」神招。

青蝠劍客明知這「日月光華」有令人難以預料的威力，但卻不得不爲那一式「紇縵縵兮」迫退半步。

他是何等人物，一再處於守勢，心中怒火塡膺，一怒之下，猛吼一聲，右臂一顫，真力悉數運出，想借此硬和君青的「日月光華」一拚，哪知君青劍子才收，霍地向後斜縱尋丈，住下手來。

青蝠已打上火頭，功力仍蓄而不發，狠狠道：「怎麼啦——」

君青咬牙偏頭向岳多謙道：「爸爸，您來吧，我——不成——」

岳多謙一怔而悟，忖道：「這孩子——」

青蝠廢然吐出真力，岳多謙含混的「噢」了一聲，走上前去拍拍君青道：「好吧！你去歇歇——」

說著轉過頭來對青蝠道：「岳某有言在先，咱們這一戰……唉，不必多言，你先歇歇，岳某決不佔這個便宜。」

青蝠劍客哼一聲，但轉念道：「對這孩子可真也化了不少真力呢！等會和岳鐵馬本人之戰，確實不可分毫大意呢！」

是以僅哼了一聲，便默默站定，調復真力。

雖說首陽山一戰他已打敗了岳多謙，但此刻心頭卻仍沒有一絲一毫的把握。強若青蝠，直到於今仍想不透上次岳多謙的那式何以半途而廢。

丈許外，岳多謙負手而立，雙目凝天，寧靜的氣氛，正好是這一場大戰的序幕。

半盞茶時刻一幌而過，青蝠緩緩睜開雙目，冷冷一聲低笑，沉聲說道：「慢著，老夫有句話想說——」

岳多謙一怔道：「什麼？」

青蝠冷冷道：「姓岳的是爲范立亭的事來找我，老夫明白，但老夫得先說明，范立亭並沒有敗在老夫手下，姓范的雖已身故，但老夫不願佔這一點便宜。」

岳多謙一驚道：「是麼？」

青蝠冷冷道：「那日老夫和他拚鬥千招，他忽然瞥見老夫頭巾上一物，登時臉色大變，猛出一奇式，生生抓去老夫頭巾上之物，但也為老夫擊中一掌，只能算是扯平，老夫敬他是條漢子，見他受傷，不再動手，掉頭而去！」

岳多謙心中狂喊道：「立亭弟，立亭弟，你為了岳家，竟冒險如此！」

敢情范立亭當日誤以為那寶珠是「鐵騎令」上之物。

青蝠微微一頓道：「老夫說明此事，並非怕事，乃是認為范立亭的功夫不在老夫之下，不願佔這小便宜，嘿，我已說明啦，不要再多說了……」

岳多謙心中思潮起伏，半晌說不出話來，范立亭雖非死於他手，但因此而死……

青蝠忽然又似想著一事，道：「上次在那首陽山上，這位蕭老師曾問及岳老師那華山羅信章鏢頭是死於誰人，並似武斷乃劍神胡笠所為，可有這回事？」

蕭一笑陡然一怔道：「有又怎樣？」

青蝠冷冷道：「蕭老師別胡猜瞎指啦，是老夫所為！」

蕭一笑驚呼一聲，岳多謙也不料他竟會自行說出，心中一震，蕭一笑已厲吼道：「你再說著——」

青蝠冷然道：「老夫一劍血洗羅某全家，羅某是你姓蕭的什麼人，都衝著老夫來吧！」

蕭一笑猛然道：「胡立之，你，你是胡立之？」

青蝠一怔，半晌才勉強點首道：「不錯！」

他可不知道爲何蕭一笑竟得知自己的姓名，不由懷疑的瞧瞧岳多謙。

岳多謙明白他心中所思，也不解釋，冷冷一哼。

蕭一笑陡然回頭對岳多謙道：「怪不得岳大俠不說，原來如此——」

岳多謙不置可否一哼。

蕭一笑大踏步上前道：「胡立之，償命吧！」

青蝠冷冷一嗤，就待動手。

岳多謙心中一急，暗忖道：「不好，他倆若是先拚起來，今日之會便無形中破壞無疑——」

一念及此，靈機一動，猛可向身邊芷青打個手勢。

芷青明白爸爸的意思，上前數步道：「姓蕭的等會兒，家父和這位青蝠約好先動手，你憑何從中擾亂？」

蕭一笑一怔，怒道：「干你什麼事？」

芷青明白他的脾氣，故意冷冷道：「姓蕭的功夫還差的遠，別想和人家拚了——」

蕭一笑大怒回身道：「什麼？」

芷青冷然道：「當年范叔叔在鬼牙谷和你一戰，不是手下留情，你豈能活到今日？」

這一著果然利害，蕭一笑生平最忌此事，一怒之下，雙目赤紅，一掌遙擊過去，狂吼道：「放屁，先教訓你一頓——」

芷青一揮掌硬接下來，大笑道：「動手麼，有種過來打吧！」

蕭一笑狂怒，一個箭步急奔而去，他本是火爆性子，加上芷青一再相激，理性已失，芷青有意引開他，便向左方山石堆中走去。

一剎時兩人都走遠了，岳多謙吁了一口氣，暗念芷青的功夫應付蕭一笑，一下不會出事，便放心的面對著青蝠冷然一嘿道：「如何？」

青蝠明白他支開蕭一笑，也自沉聲說道：「來吧！」

岳多謙恭恭敬敬提出碎玉雙環，略一整飭衣衫，一揮而道：「閣下請先！」

青蝠深知此戰之重，不再客氣，手中青鋒一豎，陰沉沉的盯著岳多謙緩慢移動的身形，猛一彈出，同時間裡，低低說聲：「有僭！」

剎時漫天青影，岳多謙身形好比矢箭，一退而進，雙環輕矯，下盤已欺入戰圈中心。

青蝠冷冷一哼，手臂猛可一帶，長劍登時彈回手中。

岳多謙不料對方變招急速如此，右臂急沉，大玉環一式「玉碎清泉」，猛可一封。

這「玉碎清泉」一式，是岳多謙生平絕技中一招，使用時真氣須倒轉八脈，是以威力奇猛，青蝠但覺手中一重，霎時間已奮力戳出十餘劍。

但聞「叮」，「叮」一陣清脆之聲，青蝠的劍式一一被封出門外，攻勢不由爲之一挫。

岳多謙毫不停留，左環順勢一摔而出，用的是「八方風雨」的招式，這一式是「奪命十二式」之首，但見玉影大盛，青光一斂，已將青蝠困在環中。

青蝠但覺四周玉影銜綿而生，一急之下，振腕一挺長劍，壓著劍鋒，猛可一劍削出。

這一劍威力好生奇異，斜奔岳多謙心口各大要穴，岳多謙直覺一瞬間主客易勢，對方劍勢大盛，自己心口大穴幾乎都牢牢爲對方所罩，心中一驚，百忙中右環一蕩而起，大環先圖自保，在胸前布出一張密網，而右環也借勢發出內力，以鋪攻勢。

胡立之一劍扭轉局勢，不守反攻，這一式簡直有驚天動地之能，正是「胡家神劍」最後奪命三式之首——「塞北飛花」。

青蝠但覺對手右環有一股古怪的力道自環緣發出，直襲自己左方，慌忙一立左臂，同時右劍也奮全力一挑而出。

剎間金玉之聲鏗鏘而作，兩人足下一掠而過，已自轉了半圈，易位而立。

君青在一旁，只覺爸爸環招之快，簡直有些看不真切，但從青蝠劍式中，他又領悟了不少自己難以到達之處，心中一動，只覺心神已隨那奧妙的劍式而轉，竟生出不知身處何地之感。

岳多謙和青蝠劍客都明白，要分出高下，至少已是千式之後，是以均存了速戰速決之念，霎時環影劍光大作，一瞬便是百招。

這百招中，岳多謙簡直是以快打快，環招經常一發即收，很少有遞滿過的，都是一見敵人有封式，立刻變招，是以一時金玉之聲俱無，竟未硬交一次。

青蝠自然亦是如此，在這一百招中，他的劍法已使到十二成功力，但卻不能越雷池半步。

兩人一分又合，仍採用以快打快的方式，不到一個時辰，已拚鬥近千招。

岳多謙有兩隻兵刃，而青蝠的左掌卻不時併立點出，實不遜於任何真刀實劍。

君青在一旁看得簡直如醉如癡，爸爸的威風是自己從未能想像到的，瞧他一環擊出，泛出的內力足以使山石為之粉裂，從那雙雪白的長眉上看來，爸爸的雄心似乎在那一軒之間流露無遺。

轉眼又是數百招，岳多謙驀然後躍半步，酣戰中青蝠豈會放過機會，一劍彈出，同時發起兩腿，襲向岳多謙。

岳多謙大吼一聲，雙環在這一瞬間，猛可一合，向前一推。

這一推，去勢好慢，但卻隱帶風雷之聲，雖僅推出半寸，但激開氣流，登時發出尖銳刺耳聲。

君青一驚，神智一清，緊張的不由立了起來。

青蝠劍客面色一黯，情知這是岳多謙全身功力所集，自己一劍不敢占鋒，猛一沉劍，丁立一步。

岳多謙緊險著上前一步，雙環猛一合擊，「噹」地發出一聲碎玉摧冰之聲，藉這一擊之勢，右環猛一揚，玉環閃處，激起漫天白影。

說時遲，那時快，岳多謙左環一翻，在右環下成一個直角，猛然一翻，有若長江大河，竟在右環下穿出打上青蝠心口。

青蝠哪會不認識這一式，在岳多謙手中，已是第三次使用來對付自己了，正是那奪命十二式的最後三式：「三環套月」！

青蝠一生共和岳多謙交手三次，而岳多謙第三次使出這一式祖傳絕學，青蝠仍覺其中變化奧妙難解，好像和上二次又有了顯著的不同。

森森玉影中，青蝠但覺這一式仍是這樣的高奧而至使自己不退後簡直不成，他儘量設法在身前鋪出一張劍網，然而他又覺得岳多謙的環式好比一柄巨斧，環緣呼嘯而來，自己的劍網隨時有破壞的可能。

於是他努力將長劍斜壓削出，想在玉環的側方猛擊，然而剎時他又感到岳家的碎玉雙環又像是一枚巨大的銅球，是這樣的巨大，沉重，自己毫無一絲把握將之帶偏！

念頭在心中一閃而過，青蝠一掄長劍，劍身弧形而震，在本能而又極自然的情形下，青蝠放棄一切方法，仍採用那二次的老方法——後退半步！

岳多謙玉環一擊走空，但緊接著又是一震，左環平蓋壓擊而下，右環橫裡一掃。

青蝠直覺三十年前的往事一一閃過，那一個可怕的寒夜，岳多謙也是使用這兩式，逼使自己一連後退七七四十九步，

而後——那三枚玉環……

而三十年後岳家祖傳的碎玉環招裡，最後十二式「奪命神招」在這裡又再度發出最大的能力，青蝠只覺眼前是一片玉影，自己雖盡力掃出一排劍式，但那巨大的餘力使自己不斷的後退——後退——

岳多謙輕輕伸開自己的右手，那三枚玉環輕輕跳了起來，這是岳家最後的工夫了，鐵馬岳多謙生平也只曾動用過一次！

局勢的驟變引得君青站在當地，青蝠用最後一劍揮出了玉環的包圍。

岳多謙輕輕吸了一口氣，仰頭的時候，順便瞥了一下陰寒的天——

忽然他瞥見一個少年沒聲息的站在場邊，那正是芷青，岳多謙忽然有一種在幼兒前的慈祥感，然而立即被那一陣干雲的豪氣所衝散。

岳多謙正確的將右環交向左手，冷冰冰的道：「你有種試一試這個麼？」

青蝠奮力站定身形，不假思索信口而出：「有何不敢？」

這兩句問答剎時在雪地中傳出老遠老遠，芷青和君青同時都是一震，他們驟然感到一陣熟悉的感覺，是的，那日夜裡，爸爸說的故事，三十年前，青蝠劍客不也是如此回答麼？

岳多謙的中指一揚，第一枚翠黃的玉環在指尖處升起，滑活的打了個圈兒，只見他右臂一震，猛可食姆兩指一彈，嘶地一聲，環兒奔出！

「岳家三環」——「岳家三環」——

岳家的後代在默默的期待著。

青蝠劍客面部的肌肉在一剎時間收縮起來，長劍持重的舉著。

環兒在空中走一個最普通的弧線，青蝠只覺這一個環兒的來勢，要比岳多謙臨敵中哪一招都要來得猛烈，以他的目力，竟有點模糊起來，到底——這環兒奔的上？中？左？右？

環兒的弧線陡然變快，青蝠在這生死一瞬間吃力的掃出一劍，劍身逼出的真氣，直直將週身半丈外完全封圍。

「嘶」一聲，環兒竟然穿破那層層劍氣中，青蝠劍客急吼一聲，長劍陡然倒轉，劍尖指向腹部，猛可向外一挑。

「叮」一聲，這一挑好不準確，劍尖正好掃著那玉環的外緣，拖著清清一聲，玉環登時被帶歪準頭。

青蝠長劍震動未休，岳多謙冷冷道：「接招！」

青蝠來不及抬眼，但覺週身壓力大增，第二環已自臨身不及三丈！

青蝠憑空一劍刺出，全身平平向地上一臥——

綠光閃處，穿脫劍網……

芷青、君青根本沒有瞧到第二枚玉環是如何出手的，岳多謙冷酷看著青蝠斜斜的身形，猛可一沉手掌。

那枚黃色玉環不可思議的有如一件兵刃，隨著這一壓，登時向下一竄，激射青蝠。

青蝠直到現在，仍沒有看清這枚玉環的來勢，他直覺感到那枚環兒已當頭而下，一如三十年前。

電光火石間，這三十年來旦夕不忘的一式又重臨上空，青蝠的腦海中登時閃過千萬種防守的方法，那是三十年日夜思慮的結果。

這些結果都一度爲他所依賴，然而到這一刹那，真環實式出現，他直覺一切都無能破解。

本能地，他一劍頂出，劍氣嘶嘶發出，又使用上次的舊招，然而棋差一著，劍氣的尖鋒距那環兒僅僅半分，那環兒掃過大名鼎鼎的青蝠的「泥丸」要穴。

三十年前，那一粒胡家的神珠在頭上承受到這一擊，留下了岳家三環的第一個印痕，三十年後，這一枚神珠沒有放在頭上，岳多謙的內力，借導在玉環下，悉數擊入他的「泥丸」宮內，在體中震斷了主脈！

青蝠吃力的跌在地上，一片空白侵蝕了他的心靈，猛然一躍，卻是一個踉蹌，他明白，這一身功夫是廢去了。

岳多謙冷靜的肅立著，右手中指尖上頂著那一枚仍未曾出手的白玉環，又一次，幾乎逼他使用了呢！

青蝠艱難的看著岳多謙，喃喃道：「好！好！」

岳多謙抬頭瞧著那悠悠白雲，內心中思潮起伏不定，范立亭的往事在腦中一閃而過——

青蝠拾起長劍，一端支著身體，雙目散漫著，只覺那一片無邊的空白在心中滋長，驀然，他瞧見有一個小小的東西在腳尖前，定神一看，正是那枚細窄的綠玉指環！

他心中一震，不自覺間說道：「岳家三環，三環無敵——」

剎時他想起了三十年前的失敗，又想起了三十年的苦練，然而，這一切均爲這枚綠玉指環所擊碎，飄揚到遙遠的地方！

他只覺得一切的豪氣都逝之而去，他明白這後果，終於，他堅強的一反身，慢慢走了開去。

岳多謙瞧著他的背影，兩顆精瑩的淚珠在眼眶中滾動，只覺視簾一片模糊，他竭力控制著矛盾的情緒，不讓淚水流出來，當他成功的做到後，青蝠劍客胡立之蹣跚的身形已消失在雪地裡。

岳多謙回轉身來，瞧著自己的兒子，也許是這一下發生的過於突然，君青面上一片茫然。

目光移到芷青的臉上，岳多謙找到了一絲放心的笑容在他的臉孔上，驀然，芷青一個踉蹌，踣倒地上。

岳多謙心神一震，整個身子平平穩穩滑了過去，緊接著，君青也撲了過來。

岳多謙輕輕撫一下芷青的命門，吁了一口氣道：「芷青，不要緊！」

芷青臉色蒼白的點點頭道：「我知道，爸！——」

君青焦急的問道：「大哥，大哥……」

岳多謙輕輕道：「君青，你過去把那二枚指環兒拾回來——」

君青只覺心中一震，慌忙走了過去。

岳多謙拍拍芷青道：「淤血塞阻心脈，不要緊，芷青，你方才爲何不散氣行血？」

芷青點點頭低聲道：「我知道，爸，我怕在場邊倒下會分散您的注意，而又忍不住要硬挺著看——」

岳多謙慈祥的笑道：「好孩子！快將氣血散開，爸爸爲你活血——」

芷青一驚道：「活血？那豈不要消耗真力麼？爸爸，還有金戈——」

岳多謙不待他說完，伸手一拍，點中了命門，內力源源導入，剎時已使淤血散開。

芷青緩緩睜開雙眼，只見父親盤膝而坐，頭上蒸氣直冒，心中不由一急，暗暗忖道：「希望能不影響爸爸對付金戈的實力！」

君青輕輕走過來，岳多謙驀然一躍而起，道：「芷青，笑震天南怎麼？」

芷青振奮的答道：「我和他連對四十掌，不分上下，最後我使出寒砧摧木掌力，全力一擊，結果我當場吐出鮮血，而他也一跤坐在地上——」

岳多謙吁口氣道：「好孩子，好孩子！」

芷青又道：「登時他氣憤說什麼姓蕭的連岳家的小孩也勝不了，沒有臉在江湖上走動，便一怒而去——」

岳多謙噢了一聲道：「這倒好，省卻不少麻煩！」

正交談間，驀然人影一晃，路角邊趕上兩個人來，君青很快地歡呼一聲，奔了上去！——

芷青抬頭一看，原來是一方、卓方也到了，岳多謙微微一笑道：「也好，岳家的事情大家都到場啦！」

一方、卓方早已奔上來叫「爸爸」，高興的說不出話來，岳多謙忽然想起那次首場大戰失敗的情形，不由激動的拉著兩個兒子的手——

驀然，山坳角處傳來一聲低沉有力的冷笑——

卅七　鐵馬金戈

岳多謙呼的一聲轉過身來，大家只覺眼前一亮，一個光頭老人昂然站在七步之外，手中一支光耀閃爍的金戈，在雪地上顯得無比刺目。

岳多謙心中微微一震，他白髯簌然地朗聲道：「艾兄請了——」

金戈艾長一把手中的長戈在雪地上頓了一頓，這支金色大戈在首陽山麓曾殺得青蝠劍客長劍出手，他微微笑道：「岳鐵馬今日方見大顯威風，艾某佩服不已。」

岳多謙知他已把方才和青蝠相鬥之情形看去，當下微微一笑，並不打話。

艾長一緩緩從懷中掏出一個油紙包來，他一言不發，把那油紙包放在地上，沉聲道：「鐵騎令旗，岳兄今日拿回去吧！」

說著緩緩把金戈舉在當胸。

岳多謙知道那油紙包內的就是岳家昔日威震天下的鐵騎之令，金戈的話，等於說只要你勝了你就拿去，他望著那紙包，心中激動著，那激動中又帶著一些微微的惴然——

因爲他自知內力已損耗了不少，他暗中深深提了一口氣，在這大戰前，每一秒鐘他都要用來恢復他的真力。

金戈輕輕把戈頭斜上轉了一圈，這是他的起手禮，當日在對敵青蝠劍客之時，他也是這一個起手之勢。

岳多謙知道時候已經到了，他準備了六十年，爲的就是這一刹那，現在，時候到了。

於是他緩緩揚起了手，黃色的玉環跳到了指尖上，如陀螺一般地旋轉著。

艾長一心裡也明白，在他和岳鐵馬之間，那些拳腳兵刃的招式都已用不著了，要決勝負，只在這三環之間。

他把全身功力運入百骸，他小心翼翼地要在那神鬼莫測的三環中奪得勝利。

黃色的玉環愈旋愈快，忽然岳多謙拇指一扣中指尖，「嘶」的一聲彈出，那黃玉環脫手而去。

金戈一動也不動，只凝神注視著那疾飛而至的玉環兒，手中的金戈微微換了一個方向，金色的戈頭映著地上的雪光閃動了一下。

岳多謙打出第一環，身軀向後幌了一下，同時輕輕噓了一口氣，站在一邊的一方等人駭然低聲呼了一聲，敢情他們也發覺岳多謙內力不繼。

那黃環兒從空中忽然斜飛下來，繞過一個弧度飛到金戈的胸前，那環兒來勢不算太快，卻似深重無比，挾著一股勁風嗚嗚而至。

金戈艾長一依然不動分毫，直到那玉環飛到身前不及一寸，他陡然暴吼一聲，金光閃處，那長大笨重的金戈卻猛然疾比閃電地一穿而至，但聞得「叮」的一聲，那隻玉環已被他的戈頭金尖挑住——

艾長一只覺陡然之間，一股強勁的內力由那小環沿著戈桿傳了上來，他又是聞聲吐氣一喝，內力突發，那小環在金光閃閃的戈尖上愈進不得，如陀螺一般旋轉起來，那環緣愈磨愈利，愈轉愈快，竟把那戈尖深深的勒掉一圈，艾長一內勁陡發，「拍」的一聲，那套在戈尖之環應聲脫出金戈！

岳多謙右手再揚，綠色的玉環又跳到指尖上旋轉，艾長一一抖金戈，退了兩步，換了一個方向。

岳多謙手指彈出，發出「嘶」的一聲，他自己又是身軀一顫！

這一回艾長一卻是大反靜態，那綠色玉環在空中一曲一折地飛了過來，環兒每一變動，他的身形都是一變，快得無以復加，似乎緊張已極，那支金戈竟比短劍還要輕靈地在他身前化成了一片金光！

艾長一已經施出了艾家戈法中的「天羅逃刑」的功夫，委實稱得上滴水不入，可惜艾長一絕少出現江湖，也從沒有使過這手絕學，是以在場無人識得。

綠色玉環「嗚」的一聲飛到了艾長一面前，霎時之間，猛可發出一陣有如赤紅烙鐵潑上冷水一般的「滋滋」之聲，那小小綠環竟然硬生生從那片金光中一擠而入！

艾長一駭然呼氣，他雙肩直豎，猛可向後仰倒，呼的一聲，那綠環宛如活物，跟著轉彎射向他的唇上死穴！

只見金戈艾長一「呼」的一口氣吹出，這口氣在他十成功力鼓足之下，竟如有形之物，整個周遭大氣為之一旋——

「拍」的一聲，第二枚綠環落在白雪之上！

岳家兄弟雖在緊張萬分之中，也忍不住驚呼出來——

岳多謙長吸了一口氣，他閉上了雙目，但瞬時又張了開來，他不知道自己所剩的功力到底夠不夠發出最後的一環，也是最耗功力的一環。

他也知道，如果能力不逮，勉強硬為的話，那無異是逼使自己進入「血江崩潰」之危，但是他不能不拚！

於是，岳鐵馬第三次揚起了右手！

中指上僅剩的白玉環兒又開始旋轉了，這枚指粗白玉環戴在岳鐵馬的手上已有五六十年，而這是第一次正式採用來攻擊敵人！

金戈艾長一全力破去岳多謙的第二枚玉環，不敢絲毫怠慢，一直到這時，他才意識到有很多功夫，是自己所始料不及的，他不能明瞭爲何這玉環在戈影中能一攻而入？

他緊張的注視著岳多謙，只見對方右手一揚，那一枚雪白的玉環已脫手而飛。

有了兩次經驗，他不得不把「岳家三環」再重新作一番估計，丈許長的金戈猛然一昂，雙目如鷹，瞪視那環兒的來勢。

岳多謙如釋重擔的發出最後一環，全身一顫，功力只剩下六成左右，岳家的子弟，包括芷青在內，根本沒有瞧見這一環是如何出手的。

玉環勢奔若電，在金戈這等大行家眼內，自可看得出內藏深奧的手法。

環兒每一偏轉，便攻向自己的死穴，生像是岳多謙的內力已附於其上，丈許的金戈不停的揮舞，無非是針對那每一下玉環的攻勢。

玉環愈來愈近，黃金的戈身發出嗚嗚怪響，剎時間，艾長一立足之處，方圓半丈，白雪溶化爲水。

艾長一光頭冒出蒸氣，精純的內力已孤注一擲，那綿密的戈影排排而生，照說玉環不可能攻入戈內。

剎時玉環一轉，金戈只覺自己週身三十六大要穴全在這一剎那間受到控制，玉環隨時有偏襲的可能，情急之下，雙目盡赤，大吼一聲，戈兒陡然一震——

說時遲，那時快，玉環已破網而入，好比世間一等利刃去刺破一塊金板，卻不發出一點兒聲息。

金戈艾長一陡然筆直仰面倒在地上，雙足釘立，全身重量在雙足上，身子和地平行，這種功夫，實是罕見，然而那白色玉環一跳而下。

說時遲，那時快，艾長一長戈陡然倒轉，金光一陣幌動，戈尖竟爾抵住自己的胸腹。

玉環一掠而下，艾長一雙手一板，戈尖反挑而出，這一式之險，簡直令人難以置信，連岳多謙這等功夫，也不由驚呼出聲！

這一式是艾家祖傳的救命守式，喚稱「十方風雷」，艾長一自成名江湖，從未用這式，這時被迫，搜盡腦海也只想出此式；一挑之下，勁風嗚嗚然，玉環已被挑起半分，又端端正正套入戈尖。

艾長一金戈一動，但覺戈上的內力如山，一洩而入，在這救命守式使出後，對方的內力，已攻入半尺以內。

艾長一勉強挑起長戈，玉環已飛快的滑至長戈中間，他大吼一聲，想用內力去崩裂它，然而，喀的一聲，黃金的戈身齊腰而斷，玉環餘力不衰，又割破了艾長一的衣袂。

艾長一一呆，怔了半晌，猛可上踏步，揚掌待發。

岳多謙三環一出，功力減半，他萬料不到最後一環仍未將金戈擊在地上，見金戈一動，全力提起真力，踉蹌地前跨兩步，左右雙手一橫一直，正是「雲槌」的起手式。

他明知自己此時功力不濟，但他準備拚著最後五成功力用這一招與敵俱傷。

金戈怒目揚臂上前二步，左右各手持半截斷戈，但是卻猛可一停，仰天哈哈大笑！

岳多謙一怔，只見金戈狂笑道：「艾某豈是出爾反爾之人，哈，哈——」

笑聲未落，金戈抱拳一禮，沉聲道：「後會有期！」

他奮臂一揚，那帶頭的半截金戈直飛向山壁，奪的一聲立在山壁之上，直沒入三尺之深！那尾桿的半截卻挾著一股銳風飛落萬丈山下！

艾長一掉轉頭來，就在山壁上直飛上去，一步步如縱天之梯，快捷無比地消失在首陽山巔！

岳多謙仰望山巔，那艾長一身形消失處的白雪皚皚，然後他的視線慢慢地收了回來，落在地上，那放在白雪上的油紙包。

他緩步上前，拾起了紙包，正當他要打開那紙包的時候，忽然他像旋風一股旋轉過身來——

果然身後十丈遠處奔來兩個人，一個白髮蒼蒼的老翁，一個美艷絕俗的少女。

那老者揚手叫道：「恭喜岳老兄，方才岳老兄大演神威，岳家三環畢竟是無敵天下的——」

岳多謙抱拳道：「白兄，別來無恙，大慰吾懷——」

一方和卓方同時有如巨雷轟頂，那眼帶幽怨的姑娘正是白冰，他們曾試過一切方法，但是他們明白地知道，即使他們能夠忘記她，但是那份感情是無法趕除的了，好像火鐵烙在肉身上的印痕一般，隨著年代的過去，那是增加它深刻和清晰罷了。

岳多謙和白玄霜的寒暄，他們一個字也沒有聽進去，直到他們發現白冰激動的眼光完全落在躺在地上的大哥臉上——

白玄霜的聲音顯示他內心的激動，他堅決而傷感地道：「萬佛令牌沒有尋得之前，老朽是無暇顧他的了……」

接著，他們看見岳多謙嚴肅地走了過來，他抖手打開了手中的油紙包，一面陳舊的小旗掏了出來！

織錦的底，鐵灰色的駿馬在旗幟上奮蹄欲飛！那旗桿頂上的明珠，形色的確和那胡家的明珠一模一樣，就為了這，可憐范立亭喪了性命！

岳多謙喟然望著這歷盡滄桑的鐵騎令，躺在地上的芷青也睜大了眼睛。

岳多謙緩緩彎下腰來，對芷青道：「芷青，這是你的了！」

芷青抖然之間，宛如觸了電一般躍立起來，岳多謙伸手按住他，把那令旗遞在芷青手中，他微笑著道：「老的一輩也該休息一下了，是麼？」

芷青雙手接過岳家的令符，他激動地發現父親的眼角上噙著兩顆淚珠。那是歡欣還是傷感？他一生只盼望這場勝利，如今他得到了，但是他卻感到這世上再沒有什麼事值得他爭取的了，他暗中道：「從此，武林中將不會出現岳多謙的名字了。」

白冰望著芷青輕聲地問白玄霜：「爹，他受了傷？」

白玄霜望了望芷青，對白冰道：「不妨事的。」

白冰想對芷青說一句話，但是芷青卻像是了無知覺地望著天空，她嚥了一下口水，覺得自己像是要哭出來一般，喃喃地低聲道：「天啊，難道他根本不知道我在……愛他？……」

耳邊傳來白玄霜爽朗地聲音：「岳老哥無敵三環威震寰宇，小弟可謂眼福不淺——」

他說到這裡，牽著女兒的手，緩緩道：「小弟先走一步，咱們就此別過——」

岳多謙拱了拱手，朗聲道：「後會有期——」

其實他心中卻正在想：「從此，我將埋身名山深谷之中，我們是後會無期的了——」

於是他有些激動地叫道：「白兄多自珍重！」

白玄霜揮了揮手，帶著白冰去了，一方和卓方竭力克制住自己，但是他們卻忍不住不約而同地斜瞥向白冰，白冰的目光卻完全落在躺在地上的芷青身上，而芷青的雙眼，卻正癡然地望著天空悠悠的浮雲。

白冰輕輕地對自己說：「別了，別了……」

兩滴淚珠掛在她美麗的臉頰上。

岳多謙輕輕抱起了芷青，他安詳地望著幾個孩子，他的聲音平靜得緊，這使卓方想起，當日爸爸敗給青蝠時，他在孩子們的面前也是如此的平靜。

「孩子，禾甘菜香，倦鳥知返，我們回終南山去吧。」

他抱著芷青大踏步往山下走去。

正當他們走出山腳，只見迎面一個年輕和尚騎著驢過來，那和尚行到一棵大樹下，跳下驢來，便盤膝坐下，一語不發。

岳多謙不禁奇怪地望了那和尚一眼，那和尚忽然朗聲吟道：

「吾年三十九，是非終日有，

不爲自己身，只爲多開口，

何立自東來，我向西邊走，

若非佛力大，豈不落人手？」

岳多謙聽得不由一愣，他喃喃道：「何立自東來，我向西邊走……喂，何立是誰？」

那青年和尚雙目一睜，手指山下一個飛馬狂奔上山的人道：「何立來啦，何立來啦，他是秦太師的家將。」

岳多謙不覺一驚，暗道：「秦太師？秦檜？……」

那和尚雙目一閉道：「告訴施主們一個消息，國失干城，定國軍節度使岳元帥就要遇害……」

岳多謙大吃一驚，正待追問，只見那青年和尚又低聲念道：

「……何立自東來，我向西邊走，

若非佛力大，豈不落人手？」

這時那山下之人已自趕到，那人是個胖子，拔刀喝道：「大膽妖僧，岳賊黨羽，竟敢信口雌黃，妄論丞相是非，還不跟我何立回去伏罪？」

那青年和尚朗笑一聲，吟道：「若非佛力大，豈不落人手？」

那何立下馬舞刀上前，岳多謙待要喝止，那何立卻已大叫一聲，退了三步，岳多謙問道：

「怎麼？」

那何立道：「和尚已死了！」

岳多謙上前一摸，只見和尚笑容仍在，身已僵硬，實已圓寂了。他想到和尚所吟的詩句，不禁心中一凜，暗讚道：「這和尚年紀輕輕，卻是異人。」

岳多謙伸手一把抓住那何立，冷冷道：「我知道你是秦檜的家將，你方所才說的『岳賊』可是岳飛？」

何立忽覺手上如加了一道鐵匝，又熱又痛，手中握著刀卻是動也不能動，當下駭得面如死灰，結結巴巴道：「大王饒命，是……是……是岳飛……不關小人的事……」

那青年和尚所說「國失干城」四個字飄入岳多謙腦海中，他反手一推，何立跌倒地上，他喝聲：「快走！」

抱著芷青一步飛跨，人在七丈之外，一方追趕上去，問爸爸道：「到臨安去？」

岳多謙道：「不錯，咱們快！」

大宋高宗紹興十二年的最後一天。

臨安被籠罩在大雪中，而銀白的雪也被吞噬在黑夜裡。

這是大年夜，在往年，雖然在這四更夜半，臨安城中的燈火會通宵達旦的，但是如今，正是所謂國破家亡，寄旅異鄉的遊子又有何樂可作？

城垣上守夜的衛兵也懶洋洋地靠在閣柱上，忽然他眼前一花，黑暗中似乎覺得有幾條人影一掠而過，他揉了揉眼睛，定神一看，卻又不見什麼了。

岳多謙扶著傷勢未癒的芷青，帶著其他三個兒子，從城垣上一掠而過，現在，他們在屋脊上飛奔。

今夜的臨安似乎有令人窒息的沉悶氣氛，岳多謙奔過了兩重街屋，遠遠望去，皇宮的屋宇依稀可見，街心靜蕩蕩的，忽然一陣依依唔唔的聲音，街角一個醉漢走了過來，那廝手中還抱著一隻酒壺，嘴裡不斷地哼著不成曲的小調。

岳多謙輕輕地跳了下來，他一拍醉漢肩膀，那醉漢卻哼道：「朋友，今朝有酒今朝醉，來，咱們乾一杯……」

岳多謙問道：「朋友，天牢在哪裡？」

那醉漢伸手向東一指，又依依唔唔地哼唱起來。

岳多謙一招手，飛快地橫過馬路，向東而去。

轉過了幾條胡同，他們又躍上屋背，這時忽然一陣嘈雜的人聲傳來，那聲浪似乎充滿著憤慨和悲壯，岳多謙怔了一怔，加速向前奔去。就在這時，忽然那前面傳來驚呼之聲，岳多謙仰首一看，也是驚咦一聲——

芷青等人一齊抬頭仰首，只見西天一顆帶角金星劃過長空，殞落下來，岳多謙暗中一凜，一個不祥之兆閃過心頭——驀然——

「霹靂」一聲，一個焦雷突然響起，一片黑雲如千軍萬馬般飛到頭頂之上，霎時在嚴寒的大雪中，竟然下起傾盆大雨，同時狂風怒號，有如虎嘯猿啼。

岳多謙吃了一大驚，他沉聲喝道：「快走！」

五條人影飛快地在大雨中掠過，轉向東方，只見眼前一亮——

成千的人默然地在街上移動，有如一條黑色的長龍，大雨打在他們的身上，宛如未覺，岳多謙望了望，他們的方向正是向著天牢，他暗中長歎一聲，「唉，晚了，岳飛休矣！」

他們從房屋上飛快地奔向天牢，遠遠只聽見有人在喊著：「風波亭，風波亭！」

從屋脊，他已能看見獄前的布示板上貼著大幅白紙，上面寫著「奉旨，處決人犯岳飛……」

他們五人不約而同暗歎一聲：「完了！」

岳多謙眼前浮出了「國失干城」四個字，茫青的腦海中卻飄過岳飛那直搗黃龍而痛飲的英姿豪態，他一跺腳，屋背上的瓦頓時裂了數塊。

他們緩緩地轉過身來，對著街心那一條緩緩移動的長龍，那是孤臣孽子無言的抗議，像是憤怒的大江，滾滾地流著。

有人開始低聲唱起，霎時大夥兒合了起來，那歌聲愈來愈高昂，愈來愈悲壯，高昂的極處，反倒成了渾厚的一片，在狂風暴雨中低沉地洶湧著——

待從頭收拾舊河山，朝天闕！

卅八　荒墳舊事

大宋的一代名將岳飛冤死風波亭已經足足八個年頭了。

臨安城的西街小巷，這是臨安城中最熱鬧的地區，也是較低級的地區，只見巷頭巷尾全擠滿了各色各樣的小販，有的推著小板車，有的挑著擔兒，有的擺著地攤。

日近中午，太陽曬得正兇猛，那巷角一棵亭亭如蓋的大槐樹下走來一個挑擔的中年漢子，那漢子把竹扁擔往地上一落，掏出一條烏黑的汗巾拚命地揩著滴滴黑汗。

他略爲休息了一下，就在樹蔭下唱喊起來：「蜀錦——蜀錦——道地的川貨啊，穿在身上又爽又涼啊——」

立刻就有一批閒漢婦人圍了上來，這漢子在竹籮中拿出一匹繡花蜀錦，迎風抖著，口中大聲道：「正宗的川貨啊，昨天才到的，花色最新，誰要買啊——」

有一個老婆婆花了幾個銀子買下了，那漢子又拿出一幅繡屏，幾件古玩來，一邊唱著，一邊胡言亂語，說這花瓶又是隋煬帝遺物囉，那個瓷盂又是唐明皇的御物囉，那些閒漢也七嘴八舌地跟著湊趣。

過了一會，圍著的人也漸漸散了，那漢子把貨品一件件又收回籮筐，這時一個鬍子花白的老翁和他閒聊上了。

那老翁道：「何總管——」

那漢子搖手道：「方家二爺，您千萬別再這麼稱呼我啦，我何立被趕出秦府已經五年啦，哪還是什麼總管不總管的。」

老翁道：「近來生意可好？」

何立唉了一口氣道：「別說什麼生意啦，反正這口苦飯吃也吃不飽，餓也餓不死，想當年我何立在丞相府裡當差，東街西巷哪個不賣我何立幾分帳？唉——」

老翁道：「我說何總管你也太刻苦自己啦，就憑你在秦公館裡當了那麼多年差，說什麼也該有點積蓄啊，何必風吹雨打地吃這種苦？」

何立道：「唉，這個您就不知道啦，當年我何立得意的時候，只怪我生性仗義疏財，左手來右手去啦，哪有一個子兒留下？」

正在這時，忽然一個俊美無比的佳公子走了近來，這公子長得好不俊美，端的是貌似潘安，神如子都，身上也穿得極是華麗富貴，那老翁悄悄道：「老朽在臨安也住了幾十年了，怎麼從未就沒有看過這公子，不知是哪家的少爺？」

正說話，那少年踱了過來，他目光在何立的竹籮筐中一掃，忽然目光落在一塊玉牌上面，他的臉上露出又驚又喜的神色——

何立瞧他瞪著那塊玉牌，便拿起來道：「公子爺，可要買什麼古玩奇珍？小人這裡全是正宗隋唐宮中的遺物，價錢保證公道……」

那公子就伸手接過那玉牌，對著陽光仔細瞧了一會，只見那玉牌通體透亮，正當中刻著一個大「佛」字。

那公子緊握住玉牌，迴目四顧了一番才道：「這玩意兒值多少錢？」

何立陪笑道：「這個嗎，本是唐明皇年間留下的古董，若是公子要的話，就算十兩銀子吧。」

那美公子瞪了何立一眼，忽然低聲道：「我出你一百兩銀子，你過來，我有話問你。」

何立吃了一驚，但他究竟在秦太師公館裡當過總管，大小場面也經過一些，只啊了一兩聲，便連忙挑起擔兒跟著那美公子走。

那美公子轉了兩三個彎兒，到了一條靜僻的胡同，這才道：「這塊玉牌你是從什麼地方得來的？」

何立吃了一驚，遲遲不言，那公子從懷中掏出個繡囊，取出一本錢莊的銀票，撕下一張來，上面寫著：「憑票即付來人紋銀一百兩。」

何立鼠眼一瞟，已看清楚那銀票是臨安「萬字錢莊」的票子，萬字錢莊在臨安是最大最靠得住的錢莊。

何立當下吞了兩口唾沫，這才道：「公子爺，小人何立原在秦太師府裡做總管，只因得罪了三姨太，這才被趕出來的，也不瞞公子說，這玉牌也不是什麼唐明皇什麼的，那是小人在秦府裡拾來的——」

那公子臉上露出一絲驚色，但隨即問道：「怎麼拾到的？」

何立望了那張百兩銀票一眼，悄悄道：「那一年，秦太師宴請他的哥哥和一個來自西域的大和尚，結果——」

他的聲音壓得更低：「結果第二天，那兩人都死在府中的秘室，是我何立偷偷把屍體運出去埋卻的，而這玉牌兒就在那屍體身旁拾來的——」

那俊公子臉上現出無可形容的表情，過了一會，他把那玉牌兒往懷中一塞，把銀票交給何立，快步走開了。

何立瞇著一雙鼠眼，戀戀不捨地捧著銀票看了又看，這才小心翼翼地把那張銀票摺疊整齊，放在貼衣袋中藏好。

他左右望望無人，天空日已正中，正是炎炎有如火燒，他掏出那條比抹布還髒的汗巾抹了抹臉，然後挑起竹擔兒。

轉出那條僻巷，他三步作兩步地快走回家，下午還要更熱哩，有這一百兩銀子，今天還要再做什麼生意？

黑沉沉一片，看不清楚是小樹還是野草，風吹起，月亮從雲堆中露出，慘淡的照在那狹窄多草的路面上。

「沙沙！」「沙沙！」有人從路的一頭向這邊走來，昏暗的月光，映著長長的影子，漸漸地近了。

那人身形高大，鬢髮蒼然，他看了四面都是漫草野墳，不由眉頭一皺，加快腳步前去，口中喃喃道：「這墓園好大，如果今夜找不到宿地，就得與這群孤魂野鬼同眠了，老蕭呀老蕭！你一生出生入死，也不知見過多少大場面，這身宿眾墳，與野鬼爲伍倒是從未有過的經驗。」

他苦笑了一下，舉目仰望前方，黑黑地似乎並無邊際，他心一橫暗忖：「就是走到天亮，終不能在這鬼氣森森之地宿下。」

老者一提氣，又一步步往前走，起足雖然甚是緩慢，可是一跨就是數丈，這正是上乘輕功「雲梯步」，如果此時有行家在旁，定會爲他這身功力大大咋舌不止了。

忽然，他腳下一絆，身形自然退了半步，右手似乎漫不經心地在胸前劃了半個圈子，這招可守可攻，勁道含而不發，端的是一付高手身法。他定眼一看，原來是一塊木牌，他只顧趕路，是以並未注意到。

那老者不由好笑，他仔細看看木牌，只見上面刻著：

「綠林十三奇之塚。

散手神拳范立亭。」

他一呆，隨即恍然大悟，那木牌上字跡一勾一劃力透木背，彷彿如利刃所刻，那老者睨著木牌，想起自己這個生平的勁敵，數十年來恩恩怨怨都湧上心頭，他放聲大笑，震動得四周野草晃晃而動，良久，他低聲道：「范立亭，散手神拳好指力，這十三個賊胚都吃你宰了，老范這手你幹得真帥啊，我蕭一笑一生從不服人，對你老范……老范倒是有點佩服。」

他邊走邊說，心中傷感不已，這是發自他心底的話，完全是英雄相惜的情感，要知當年蕭一笑狂名震天下，後來在鬼牙谷與散手神拳范立亭過手，千招之內失手敗了一招，於是一氣之下隱居三十餘年苦練武功，後來重出江湖，最大的目的便是找范立亭再戰，不意范立亭被青蝠劍客所傷，再以重傷之軀力斃綠林十三奇，終於力竭死在終南山鐵馬岳多謙隱廬之前。

蕭一笑為此事大為遺憾，不意今夜路過「謝家墓園」，竟是當年范立亭力斃十三奇之處，他想起范立亭一生豪氣干雲，但知為人之事勇往直前，不由吐出胸中久已蘊藏的話，其實范立亭死了已八九年，屍骨早寒，如果地下有知，得知這個強敵，竟然為自己之死而惜，也該含笑瞑目了。

忽然天色一亮，笑震天南蕭一笑藉著月光一瞧，這荒草園的盡頭，原來是一條通往林子的小路，他略一沉吟，舉步便往小路走去。

笑震天南武功自成一派，昔年江湖上除了武林七奇外，便數他與范立亭武功最高，蕭一笑之師乃是南荒百蠻和尚，相傳昔日曾與少林前任方丈論經論劍，結為至友，他年近百齡，這才收了蕭一笑這個徒兒，自是傾囊相授。

笑震天南蕭一笑快步走入林中，忽聽聞林中嘈嘈雜音，遠遠之處火光明滅，他心中大奇，不由暗自戒備，在林子中轉來轉去，終於接近火光，只見一大堆人高高矮矮，席地而坐，少說也有幾十個漢子。

蕭一笑掃了一眼暗忖：「這些人一個個江湖氣極重，怕是什麼幫會開會，只是北方除了天豹黑龍二幫外，再無其他幫會，再說金人統治北方，鎭壓武林幫會不惜餘力，這些人到底是何來路，老蕭倒要瞧瞧。」

他念頭一定，便伏身樹後，窺探眾人言談。

這時正是南宋初年，宋高宗渡江在臨安做了皇帝，侷促於江南之地，卻把北方大好河山送與金人，還奉表稱金主爲君長，天下人民對於朝廷懦弱都是憤憤不平，宋朝積弱已久，對於金人畏之若虎，對於少壯軍人渡河北伐的雄心，反而處處阻止，當年御前都統制岳元帥岳飛，便因欲直搗黃龍，迎徽欽二帝，而爲朝廷以莫須有罪名處死，天下百姓憤怒之餘，不但對於金人殘暴恨之如昔，對於朝廷不辨忠良，也是大爲失望，於是忠義之士，紛紛投入幫會，企圖重振國勢。這蕭一笑二次出道一直在北方行走，後來知道范立亭已死才又息身林泉，而在金人鐵騎下也做一些鋤暴安良之事，是以與天豹黑龍二幫，略有交情。

那群漢子七嘴八舌的似乎在商量一事，最後一個老年的人站起來道：「咱們就這樣辦了，這小子武功雖高，再強也敵不住咱們八大高手的圍攻，將這小子宰了，屍首就投在前面深潭中，這潭中鵝毛不浮，老小子要找他徒兒到哪去找呀！」

蕭一笑生性火暴，聽得這許多人原來在謀一個人，不由火往上冒，暗暗罵道：「這般人怎的這等無恥，八個人想去打別人一個，還大言不慚毫無羞愧之色，這事讓我老蕭撞著了可要伸手管一管。」

他正要現身去打眾人一頓出氣，忽然背後樹葉微響，笑鎮天南何等功力，身形微微一轉，只見身後樹上樹葉叢中伏著一個少女，正在凝神聽著。

那少女見蕭一笑回頭，向他微微一笑，示意不要驚動，蕭一笑暗暗慚愧忖道：「這少女多半早就伏在樹上，我來時竟然沒有發覺，看來這少女甚是乖巧，適才定是聽得出神，是以弄動樹枝。」

那群漢子似乎事已決定，紛紛站起身來，其中一個矮子道：「這事雖然得手容易，可是後患無窮，如果一個不好露出風聲了，那小子已是這樣厲害，老的更是可想而知了。」

另一個中年漢子道：「泰安鏢局替李大人押運至金國的一批寶物被這小子劫去，害得兄弟家破人亡，這仇怎可不報，管他是什麼天皇老子，我老王也不怕。」

眾人七嘴八舌的說著自己所受之恨，蕭一笑暗暗奇道：「鏢局的也出手了，這人不知是何來路，會和這許多人結下大仇。」

忽然一個壯漢高聲道：「如果擒住這小子，俺可要砍他第一刀。」

他語聲方止，一個瘦漢陰陰道：「王總鏢頭，秦寨主武功雖高，依兄弟瞧來也未必是那人敵手，兄弟倒有一計——」

瘦子話尚未說完，那壯漢已氣得哇哇叫道：「通天神猿，你說老子不成，咱們先比比看。」

那瘦子只是冷笑，最先說話的老者道：「咱們不要未見敵人先就自相拚鬥，通天神猿老師，依你說有何妙計？」

那通天神猿緩緩道：「聽說少林寺和尚們為了一事傾巢而出，那小子前天在咸陽道上傷了一少林俗家弟子，所以嘛，咱們可施一個借刀殺人之計。」

那老者大喜道：「王兄此計大佳，那小子師父威震武林數十載，咱們把殺他徒兒的事栽在少林和尚身上，讓他們去鬥鬥。」

蕭一笑忖道：「不知是何方高人弟子？」他瞧瞧不耐煩了，心想橫直是明晚的事，此時倒不如去找地方睡它一覺，他正待從樹梢上跳走，忽然那老者沉聲道：「這是死約會，不見不散，各位老師請便。」

眾人紛紛拱手告別，那老者待眾人走盡，冷笑聲，喃喃道：「劍神胡笠獨霸關中幾十年之久，無人敢捋其鬚髮，明日老夫倒要動動。」

他邊說邊走，不久便踱出林子，蕭一笑大吃一驚，隨即嘿然一笑，暗道：「原來是胡笠徒兒，有這樣的師父，也用不著老蕭插手了。再說，我還有天大的事要辦。」

他向那身後樹上少女揮揮手，身形幾起幾落，便消失在黑暗中，那少女急聲道：「老伯伯請停步，晚輩有話相告。」

遠遠傳來蕭一笑的回答：「既是胡笠的弟子，我老蕭管得著麼？」

那聲音中氣極足，雖然身在遠處，可是字字清晰異常，那少女一急，腳下踏重了些，折斷一根樹枝，身子往下直墜，她連翻幾個觔斗，這才緩住下墜之勢，輕輕地落在樹下。

那少女雙眉緊皺，似乎有極不易解決的心事，她倚在樹上，心中想道：「好不容易碰到這樣的高手，看他那樣子分明想助我們的，可是不知怎的，突然撒手一走，看來他好像和胡大俠有仇似的。」

她胸中極是不安，反來覆去的想著法子，可是一條也不管用，最後她生氣地喃喃道：「李瓊啊，虧你還被人稱爲才女，一個計策也想不出。」

她哪知道笑鎮天南昔年爲了好友羅信章老鏢頭被殺，大怒之下懷疑到胡笠身上，這就直闖胡家莊，與武林七奇之一雷公程暻然對掌敗了半著，是以對胡笠一直耿耿於懷。「笑鎮天南」一生血性，就是有時氣量過於狹窄，是非之間看不分明，是以一聽是胡笠弟子，便一走了之。

那少女想著想著，忽然坐下身來，她心道：「我就坐在這裡等他，勸他別走這條路，他那性子是一定不肯聽的，我就拖著他不讓他走。喲，不成，一個女孩子拖一個少年男子，那成什麼話？」

忽然背後一響，她一反身，什麼也沒看見，她默默想道：「這人什麼都好，就是太驕傲些，我才說了幾句氣他的話，他就一怒而走，哼，面上裝得那麼冷冰冰的，其實心裡呀……心裡呀……」

她臉一紅，喃喃自語道：「其實他心裡一定也會說『李瓊，李瓊，你真是一個可愛的女孩子！』」

她想到這裡，不由眉飛色舞，可愛的笑容慢慢佈滿在她俏麗的小臉上，她轉念又想道：「這些人都是北方武林新起強人，他武功俊極啦，可是怎樣也打不過這許多人，爸爸又不在家，怎麼辦啊！」

一時之間，開朗的小臉上，眉毛又深深凝聚起來。夜風襲襲吹著，她衣衫單薄得緊，她一縱身躍上樹枝，手腳並用上了樹梢，只見原先掛在樹葉茂密處之外衣，竟然不翼而飛。

她大驚之下又找了好幾遍，心想自己未曾離開過這樹，竟會在不知不覺被人做了手腳，這人功力之深，真是高不可測了。

她忽然哦的一聲，暗自忖道：「一定是他，一定是他！」

她嘴角露出欣慰的笑意，就如盛開的花朵一般。

「是他跟我開玩笑來著，我就假裝不知是誰，先罵他一番再說。」

她開心極了，臉上卻裝得甚是憤怒罵道：「是哪個小賊盜了我的外衣，要不乖乖送將上來，本姑娘可要……可要他好看的。」

她本想說「本姑娘可要他小命」，後來想想不妥，便改變了語氣，忽然背後一個漫不在乎的聲音道：「小姑娘，你生誰的氣呀？」

那少女轉身一看，只見一個衣衫襤褸的青年，笑嘻嘻立在那裡，那少女似乎識得他，怒聲叱道：「小賊，原來是你，不對，你哪有那高本事？」

那青年頭上蓄著長髮，將整個面孔遮住了大半，聞言絲毫不氣，笑著道：「誰敢欺侮美麗的小姑娘，又是那不知好歹的闊小子麼？」

那少女怒叱道：「喂，躐蹋鬼，你再亂說，瞧我打不打你。」

那青年笑道：「咦，你衣服怎麼會掛在樹上？」

少女聞言向上一瞧，她那衣包好生生掛在原處，當下驚道：「是誰！是誰！喂，你瞧見麼？」

那青年道：「你問我是誰掛上的麼？這個，這個……看見是看見的，不過，不過……」

他慢吞吞磨著，少女不耐道：「躐蹋鬼，你敢賣關子？」

那青年笑道：「不敢！不敢，剛才我在樹後見著一個俊秀少年，他向我招招手道：『這位姑娘身上好香。』我便道：『你不瞧那樹上掛著她衣服麼？你去嗅嗅她衣服也是一樣。』」

那少女臉上一紅，連搖手阻止道：「別胡說八道。」

那青年道：「那人問我道：『我可以麼？』我道：『這姑娘心地又好，人又大方，有什麼不可以。』他一跳便上了樹，取了衣包就走，一轉瞬就跑得無影無蹤，這人原來會仙法的。」

少女又急又怒道：「躐蹋鬼，你憑什麼替我作主，我要不是看你可憐，老早……老早……」

那青年道：「小姑娘別氣，衣服不是好端端還來了？」

少女恨恨道：「一定是你搗的鬼，喂，躐蹋鬼，你會武功是不是？」

她雖然口中這麼說，心中卻是一百個不相信，那青年道：「會的會的，姑娘你瞧。」

他說完便毛手毛腳的向空虛打了幾拳，那少女見他腳下輕浮，發拳無力，還神氣的擺著架式，不由掩口失笑，把一腔憤怒消去不少。

那青年道：「這不是武功麼？」

少女笑道：「是的，這是最高深的武功，叫著『躐蹋神拳』吧！」

那青年大喜道：「姑娘真聰明，這拳法正是威力絕倫的『躐蹋神拳』。」

那少女掩口道：「躐蹋鬼，我可沒空跟你胡扯，喂，我問你，你老是跟著我幹麼？」

那青年道：「我也奇怪咱們老是相碰，真是大有緣份，只怕是老天爺有意做成的。」

少女聽他愈說愈不像話，羞紅臉啐了一口道：「躐蹋鬼，我好想念你喲！」

那青年見她滿臉揶揄之色，心念一動，不由想起另一個人，立覺意興闌珊，握握手道：「小姑娘我走啦，衣服穿上當心著涼了。」

那少女和他遇到過好幾次，每次都是在無聊之際，他便跑來天南地北的瞎聊一通，替她解悶，而且脾氣甚好，從不生氣，是以雖則見他衣衫又髒又破，心中並不十分討厭於他，這時和他胡扯得有趣，她是小孩心性，心中擔憂之情大是減少，忽見他要離去，竟然有點不捨。

那青年漫步走開，少女叫道：「躐蹋鬼，你倒是好心腸，只是你管別人的事管得太多，管自己的事管得太少啊！」

那青年一怔止步，回首問道：「什麼？」

少女格格笑道：「你看看你自己這樣子，頭髮不梳不洗有幾個月了吧！」

那青年神色詭秘笑道：「沒有人替我洗啊，如果有人替我洗頭梳頭，就是在小溪中我也是願意的！」

少女臉色一變，暈紅雙靨，暗暗忖道：「這人倒是神通廣大，難道前幾天我替嵐哥洗頭的事被他瞧見了?」

那青年見少女忽然害羞起來，拔步便走，心中卻反覆思量著那少女那句話：「你管別人的事太多了，管自己的事太少。」

「是的，縱使我管盡了天下不平的事，又有誰能管我心中之事啊！八年了，我一次也沒回家看看爹爹媽媽及大哥，還有三弟四弟，你們想不到你們二哥會變成這樣吧！」

他苦笑的前進，漸漸地，那挺直的腰部微微的彎下，他感到在心房上有窒息的味道。月光，涼風，長長的影子，在林子的深處……

天色亮了起來，那大樹下的小姑娘，正甜甜的熟睡著，她雙手抱在胸前，均勻的呼吸著，臉上有兩淌晶瑩的水珠，不知是露水還是淚珠?

「得得得！」蹄聲中還夾著清脆的鈴子聲，那少女睜開那明亮的大眼睛，躍上了樹觀望，只見一人一騎踏草而來，少女歡呼一聲，翻下樹來，迎上前去。

那馬上的人挺直身子，身上穿得光鮮無比，頭頂戴著金盔，馬鞍上斜斜掛著一劍一弓，那劍鞘弓背都鑲滿了光彩奪目的寶石。

那少女上前高聲道：「嵐哥，你上哪去呀?」

她聲音又脆又俏，晨風把它傳得老遠，比黃鶯的啼聲還好聽些，那馬上的人原來是個廿二三的少年，他微微點頭道：「我往關中去見師父和大師兄。」

那少女道：「嵐哥，你趕快走，有好多人要暗算你哩！」

那少年正是劍神胡笠第二弟子林嵐，他騎在馬上道：「小瓊，你怎樣知道的？」

那少女名叫李瓊，是秦嶺大俠獨生愛女，當下柔聲道：「昨晚我找……找你不著，在這林子聽到一大群人商量要謀你，他們……他們決定在今晚動手，你……嵐哥，他們已料定你今晚過這林子。」

林嵐冷哼一聲道：「小瓊，他們是誰啊？」

「有那開泰安鏢局的，有黃河四傑，還有那老鬼大力神王吳明之。」

林嵐一勒馬韁，翻身下馬，傲然道：「都是敗軍之將，還有臉來見我，我本來準備現在走，這樣說來，倒要等到晚上再動身，好見識一下這般爲金人作狗的奴才。」

李瓊大急道：「他們人多啊！」

林嵐冷笑道：「人多正好一網打盡，免得他們再四處作惡。」

李瓊心念一轉，她聰敏已極，是個文武全能才女，當下便道：「這樣好啦，咱們晚上一齊會敵去，現在先去找個地方休息一下，養精蓄銳好好打架啦！」

林嵐道：「依你，依你，不知你心裡又在轉什麼鬼念頭兒。」

李瓊吐吐舌頭道：「嵐哥，我下次不再惹你生氣了，我……我每次每次氣你，其實都是很不應該的。」

林嵐笑道：「小瓊，我會生你的氣麼？這世上除了師父，我便只聽你的話。」

李瓊見他真情流露，不禁甚是激動，她眼圈一紅道：「嵐哥，我也是一樣的。」

林嵐忽然一摸馬鬃道：「咱們先到別處去，那班壞蛋如果見著咱們，恐怕會嚇死的，如果他們現在開溜，晚上便沒好戲了。」

他侃侃而言，這種狂言他口中似乎如數家常一般稀鬆，李瓊聽得怔怔入神，抬眼一看，見他滿臉自信，她心中大爲傾慕，竟然不覺他的自狂。

驀然後面一個不在乎的聲音接口道：「那也不見得這般容易。」

兩人聞聲回頭，不遠處站著一個青年，正是那骯髒的青年，林嵐道：「閣下有何指教？」

他雖則傲氣凌人，可是到底是名門子弟，出言自有分寸，那青年一付茫然的樣子，李瓊道：「嵐哥，這人什麼也不懂，咱們別管他。」

林嵐奇道：「小瓊，怎麼你認得他？」

李瓊道：「我在路上碰到他的，這人瘋瘋顛顛，一天到晚瞎說。」

林嵐哦了一聲失笑道：「原來是瘋漢，我倒以爲他是武林高手，不然怎會口出狂言？」

李瓊瞧著那青年，只見他仍木然站在那裡，她心地甚是善良，對於這人頗爲同情，心中對於林嵐傲氣雖則不滿，可是當她一瞧到林嵐威風凜凜地站在那裡，黃金的盔甲，華貴的衣服，就如臨風玉樹一般，這正是千千萬萬個少女心目中的偶像，不由大爲仰慕，一句不滿的話已到口邊又縮了回去。

那青年忽然冷聲道：「那個老傢伙要在林中那路上撒下蝕骨散，信不信由你。」

他說完轉身便走，林嵐身形一動趕上前去，李瓊急道：「嵐哥，別動手，他不會武功。」

林嵐哼了一聲，垂手讓開，李瓊見林嵐聽她話，心中大是喜悅，走上前挽著林嵐，那青年一言不發地走了。

李瓊道：「嵐哥，你把劍法再教我一遍，免得今晚臨時抱佛腳，一招也記不上。」

林嵐道：「咱們到前面去，別讓別人瞧見了。」

兩人走到一處林外之地，林嵐便指點李瓊胡家劍法，李瓊甚得胡笠寵愛，是以特許林嵐傳劍。

李瓊練了幾遍，那精微之處卻是不能領悟，林嵐又比又劃，李瓊只是學不會，要知胡家劍法何等神妙，林嵐在劍道上浸淫十餘年，猶且未能全得其真髓，這李瓊年紀小小，仗著天資聰敏，武功雖則不錯，可是如果練起這種高深武功，卻是進境甚慢，而且她並不十分專心，心中早已盤算好計策，只是裝得不能領會，東問西問拖著時間。

林嵐自幼即爲劍神胡笠收爲弟子，胡笠富甲關中，是以從小就養成一種頤指氣使的態度，除了對師父和小情侶李瓊還存幾分顧忌外，其餘簡直放目天下無一人在他眼中，是以一出道來，遇著不平的事便管，終於和北方武林眾人結下樑子。

林嵐見這個平常千機百伶的小姑娘，突然變得十分笨拙，心中大是不耐，可是又不敢出口相責，李瓊整個下午都在練劍，似乎專心已極。

直到傍晚，李瓊把劍往地下一丟，對林嵐道：「嵐哥，咱們從早練到現在，該吃一頓好和老賊們拚鬥。」

林嵐如獲大赦，忙道：「是啊，這劍法本就難練，何況，何況待會你只要替我監視眾人，不必要你親自動手。」

李瓊笑道：「嵐哥真虧你，這般高深的劍法竟被你學會。」

林嵐聽李瓊讚他，心中大感得意，李瓊取下乾糧袋，拿出兩塊牛肉生火烤熟，林嵐餓了一天，很快便吃完了一塊，李瓊食量向來很小，用手撕了幾塊烤得焦黃的吃了，便把那塊也遞給林嵐。

李瓊忽道：「太陽下山後，咱們便隱身樹上，我們從草叢中走去，別走那林中小路，那班人卑鄙無恥，只怕真的會撒毒在地上。」

林嵐嗯了一聲，李瓊柔聲道：「嵐哥，我爹爹在山上閉門練功，我一個人寂寞死了，我也跟你去關中見見胡老伯伯。」

林嵐喜道：「那可好啊！我師哥也要回去，他久走江湖，知道許多稀奇古怪的事，我平常不好意思纏著他講，你一個女孩兒只當是愛聽故事，纏他講他一定不好意思拒絕。」

李瓊見他年紀已經廿多歲，可是還存孩子脾氣，心知他在胡笠羽翼之下，對於世事知之甚少，是以頗爲天真。

李瓊笑道：「好啊，我最愛聽故事。」

她說完便靠在林嵐肩上，林嵐嗅著她的髮香，李瓊忽然一伸手疾若閃電點向林嵐胸前，這正是人體中昏睡之穴，林嵐萬萬想不到她會突然下手，一聲未哼便昏倒地下。

李瓊輕輕扶他睡下，她目光中充滿了喜悅，看著那張白皙俊秀的臉孔，心想等他醒轉過來已是天明，那群狐群狗黨定然走了，嵐哥雖則生氣，可是事已成實，他對自己又甚爲縱容愛護，定然不了了之。

她愈想愈是得意，看看林嵐安祥的面容，高貴的風度，心中默默想道：「一個是這樣幸福，一個卻是那麼潦倒。」顯然的，她一個人坐在這深深的暗林子，不由又想起那個陪她聊天的流浪漢。

她和林嵐隱身所在之地甚爲隱秘，是以不怕被人發覺，她口中輕哼著小調子，將外衣蓋在林嵐身上。

天色已經全暗了，突然林中呼嘯之聲大作，好像已經有人動上了手，她好奇心大起，而且自恃動作輕巧，又重施故計，輕輕地踏上一株大樹。

她先找到一大片葉子隱身，然後，便輕輕撥開枝葉，只見遠遠處火光明亮，把那塊大場照得通明，場中七八個圍攻一個人，那人從容不迫，手起腳踢，嘴中還不時偷空說上一兩句，李瓊雖然聽不清楚，但見那圍攻的眾人暴跳如雷，心知定是嘻笑罵人之話。

又過了半晌，那人似乎已經打得不耐煩，招式漸漸銳利，李瓊瞧了半天，這才瞧清楚那圍攻之諸人正是日裡在這林中商量的眾人。

她愈看只覺那被圍攻的人身形甚是熟悉，那人用黑布包住面孔，手中連施絕招，不一刻便把眾人一齊點倒，他搓搓手，清嘯一聲，向李瓊這邊走來。

李瓊聽他嘯聲，忽然憶起這人，等他走得近了，連忙跳下，結結巴巴叫道：「喂，你……原來就是……就是躐蹋鬼，你功夫真俊……真俊呀！」

她萬萬想不到一個又髒又不驚人的流浪漢，竟是一個武林高手，那人見她從樹上跳下，也是一驚，伸手拉開黑布，頭上臉上依然是又亂又髒。

李瓊道：「你幹麼……幹麼要打扮成這樣，你瞧我……我師哥穿得那樣整齊，不是令別人看起來比較舒服嗎？」

那人哈哈一笑道：「小姑娘，你既知道我會武功，咱們緣份便完了，你得好生勸勸那小子，那小子武功雖然不錯，可是到處樹敵，一定會栽在別人手中。」

他沉聲說著，李瓊凝神而聽，只見他雙目炯然放光，她心中一動，自作聰明地道：「喂，我知道你一定有什麼傷心事，才會這樣的。」

那青年聳了聳肩道：「是啊，像你這樣的姑娘不喜歡我，叫我怎麼不傷心？」

李瓊嗔道：「別胡說，喂，你到哪去？」

那青年道：「四海爲家，天地爲廬。」

他說完忽然想起自己這八年來當真是以天地宇宙爲家，不覺悲從中來，口中卻說道：「告訴那姓林的，賊黨都收拾了，要他好好跟他師兄學一學，不要師父本事沒有學到幾分，比師父還狂。」

他微一沉吟，看著前面茫茫的黑暗，心想自己是個慣與黑暗爲友的怪人，也不理會李瓊，展開輕功飛跑而去。

曙光乍現，天明了。

四野茫茫，輕風緩緩地吹拂著，「躐蹋鬼」做完了這件事，心中頓時又空虛起來，天上有一隻鳥兒振翅飛過，他抬起頭來，那隻鳥在空中打了一個圈兒，又飛了回來，清脆地叫了一聲，立刻林中又飛出了一隻鳥兒，於是兩隻鳥兒比翼飛去了。

他百般無聊地緩緩踱著，輕風把他褸襤的衣衫吹得飄飄然，但是他的心卻沉重得了無飄然之感。

最後他坐在一塊大石上，眼前有無限的明媚景色，鳥兒的啼聲盈盈於耳，於是他正經地對自己說：「良晨美景，風光明媚，一方啊，你還有什麼放不下的？唱吧！高聲唱吧！」

於是他當真像是快樂了許多，陰霾從他的臉上退去，他快活地唱道：

「大兒鋤豆溪東，中兒正織雞籠，最喜小兒無賴，溪頭看剝蓮蓬。」

一片田園怡然之樂洋溢在他深厚的歌聲中，但是當他唱完了最後一個字，他又興味索然了。

於是他輕歎了一聲，喃喃道：「一方啊，你這是騙自己罷了，你的歡樂都是欺騙自己的啊，你真正的歡樂早就過去了啊……」

這個落泊江湖的青年人正是鐵馬岳多謙的次子岳一方，自從當年首陽山一戰，岳鐵馬連敗青蝠、金戈後，白冰隨著她的父親白玄霜離去，他從白冰那美麗的眼光中看到了那溫柔多情的光輝，然而那光輝卻是落在大哥芷青的身上，而芷青卻是渾然未覺，這一離別，白冰、一方和卓方三人都只留下一顆破碎的心。

岳多謙是個極爲通達的人，他知道一方卓方自幼住在深山中，他們的感情是世上最純真也是最完整的，一旦遭了打擊，那也是完全的破碎，絕非幽居深山中清溪白雲所能治癒的，於是他對孩子的希望遊歷江湖並不反對，他知道只有在江湖上磨練，才能讓豪氣來彌補這孩子破碎的心。

一方默默地坐著，朝來的清涼沁潤著他的感覺，於是他昏昏然感到一絲睡意。

驀然，一大堆人的交談聲驚醒了他，他不禁專心一聽，只聽得許多人交談著走了進來。

「……在金狗佔領下，咱們練武人士不能保疆衛土，下不能安民靖鄉，已經是十分慚愧的了，偏偏咱們中間還有不爭氣的人，爲了屁大的事爭得面紅耳赤，委實太不成話了……」

「所以俺就萬分贊成這次的河洛豪傑大會盟。」

「有四川唐家和河北譚門出面發起，我想便是平日那些自命清高的宿隱也不得不出來吧。」

「嗯，那還用說，不過唐譚二人都無意於盟主之位，聽說他們已商請了更了得的前輩做盟主，可不知是誰？」

「還有這次咱們請了岳君青少俠夫婦來見證，這聲勢可謂浩大非凡了，現在就只等岳少俠夫婦來臨……」

那夥人談著走了過去，一方呼的一下跳了起來，「岳君青」三個字在他腦海中如雷轟頂，霎時之間他像是想起了久已遺忘的往事，那些逝去的歡笑，眼淚……他不見君弟已經八年了啊……

於是他匆匆爬起身來，跟著那一夥人走去。

那一夥人邊走邊談，看來全是江湖中豪傑之士，他跟著眾人走入一個密不透風的林子，昏天黑地地轉了十多個圈兒，豁然開朗，眼前一亮，現出一個極大的房屋來，一眼看去便知是個大廳堂。

遠遠就聽見大廳中嘈雜之聲，顯見廳中已有不少人在，一方一言不發跟著走向大廳，廳門站著兩個人，一見這一夥人，就笑道：「郭老大，現在才來啊！」

那為首之人道：「不算遲吧，他們都是我的兄弟——」

說著向後指了指，一方連忙上前幾步，那管門的以爲一方也是那什麼「郭老大」的兄弟，便一句一個「久仰」地把他們迎入廳內。

一方進了大廳，在角落上坐了下來，他仔細打量四周，只見前台一排席位，正中的空著，右席上坐著一個身著大布衫子的老儒，從眾人的談話中，他得知這老兒便是四川唐家的掌門人「儒俠」唐若江。

唐門的暗器功夫在武林中是一絕，一方在江湖上遊蕩這許多年，也久聞唐若江的大名，不禁仔細打量了幾眼。

左席上坐的那個山羊鬍子的老叟卻是河北的譚清正，河北譚家在武林中是了不起的世家，當年譚百樂手創「無影七十二腿」，在北固山上隻腿敵五豪，從此「譚腿」名滿武林，直到今天，仍是江湖上津津樂道的。

譚清正摸了摸山羊鬍子，雙手一伸，待眾人的鼓嘈聲低了下去，他清了清喉嚨，緩緩道：「諸位英雄好漢莫要不耐煩，並非咱們故意拖延時間，實是咱們決定商請的頭兒沒有到，咱們怎能開會？」

瞧他骨瘦如柴，聲音卻是亮如宏鐘，眾人一聽他的言語，靜了一會，這時忽然一個高大健壯的老者走了進來，那老者一步步走上前台，譚清正和唐若江一齊站起身來，躲在角落上的一方定眼一瞧，不禁大吃一驚，暗暗道：「怎麼是他？」

眾人一瞧這情形，知道這個老者八成必是大會商請的盟主了，都不禁靜靜仔細打量——

果然譚清正大聲道：「列位好漢，老朽替列位引見這位息身林泉多年的老英雄，笑鎮天南蕭大俠！」

「笑鎮天南」在武林中是何等地位，正是人的名兒，樹的影兒，眾人呆了一刻，才爆出轟天般的大采，中間還夾著一些驚佩的呼喝：「笑鎮天南！」

「蕭一笑！」

笑鎮天南蕭一笑望著那如潮水洶湧般的歡呼聲，他的心中也如浪潮一般洶湧著，八年來與山林鳥雲為侶的生活，他的心境已如一湖死水，他的干霄豪氣也如輕風曉靄一般消失無影，但是此刻——

那狂歡的喝聲震顫了他枯寂了的心弦，也撩起了他逝去的雄心，激動的淚珠在他的眼眶中滾動著，他喃喃地說道：「蕭一笑啊，八年了，八年了，武林並沒有遺忘你，是你離開它離得太久了，也太遠了啊……」

唐若江輕輕拍著蕭一笑的肩頭，他緊接著蕭一笑的自語道：「是的，蕭兄，武林不會遺忘你的！」

蕭一笑高高地舉起了雙手，他想說幾句衷心的話，但是他卻一個字也說不出來，他只能深深地吸滿了氣，輕閉上了眼，在那洶湧著的歡呼聲中尋找昔日的影子！

譚清正大聲地道：「列位英雄好漢，有笑鎮天南老前輩出來領導咱們，你們說還有什麼事不成功的？」

眾人又是一陣震天價般的狂呼，躲在角落中的一方也深深地爲這場面感動了，他雖然年紀輕輕，但是他完全能夠領會蕭一笑此時的心情，當年父親被迫得身敗名裂山窮水盡的情景仍清晰地印在他的腦海中，於是，他也輕輕地閉上了眼。

蕭一笑抑止了自己的激動，他待眾人的嘈聲稍低，便開口道：「列位英雄好漢，俺是一個粗人，一時也想不出什麼話來對列位說，只是老朽到今天方才發現了一樁極大的錯誤，那就是老朽壓根兒不該歸隱山林，蕭一笑永遠是屬於武林的！」

在座大多是粗豪之士，蕭一笑這幾句話正對了他們的胃口，當下又是轟天般喝好起來，唐若江大聲道：「今日國難當頭，旁的不說，請問列位，從古到今，有哪個朝代的皇帝老兒讓蠻子給捉去的？咱們練了幾年武功，不能安邦定國已是萬分可恥的了，難道還要爲了私冤今天你打我，明天我殺你地發狠麼？」

眾都連連稱是，唐若江大喝道：「從此刻起，若是再有哪個私鬥通敵，叫他第一個吃我姓唐的一顆毒菩提子！」

唐家暗器威震武林，各種毒藥的暗青子更是令人聞之色變，也只有唐若江能說這大話！

然而就在此時，忽然門外慌慌張張走進一個人來，那人走進來後，對門邊幾個人一陣指手劃腳，那幾人聽了立刻也指手劃腳地驚呼起來，霎時近門的一大堆人個個都鼓嘈起來。

譚清正大聲道：「門邊的兄弟，什麼事？」

眾人齊聲嚷道：「穎淮七十二屯汪家的人！」

譚清正等人正在奇怪為什麼穎淮七十二屯「八面威風」汪嘉禾還不到，這時一聽到這話，立刻叫道：「那位英雄快請上來。」

那剛進來的是個高大漢子，但是衣衫骯髒，風塵僕僕，一看而知是拚命趕長路來的，那人慌慌張張地走了上來，喘氣道：「我家主人被人害了！」

此言一出，眾人頓時大吃一驚，忍不住都叫將起來，穎淮七十二屯的「八面威風」武功自成一家，手上功夫硬極，怎會忽然讓人殺了？

唐若江心中雖急，但仍保持鎮靜道：「你慢慢把詳情告訴咱們——」

那人喘著氣息，急急地道：「前天夜裡，三更半夜，咱們院裡忽然有人躍進來，指名叫咱家主人出來答話，主人起來後，那人一句場面話也不說，就要主人把『八面威風』的名頭廢了，把七十二屯的力量全讓給他，咱家主人涵養再好也忍不住啦，結果就與那人動上了手——」

他說到這裡，由於過份激動，又勞又累，不禁連連咳喘，好半天才繼續道：「那人武功厲害之極，咱家主人竟不是他敵手，說來慚愧，咱們那麼多人在場，既插不上手，也沒有看清楚是怎麼一回事，咱家主人就被那小子給害啦……」

此言一出，滿座皆驚，唐若江一字一字地問道：「兇手是什麼人？」

那大漢道：「咱們無一人識得那賊子，只知是個俊美的年輕小伙子，看來最多也不過十八九歲，卻想不到他武功如此神妙，他傷了咱們主人後，旁若無人地走出莊院，上前阻攔的全被他一手一個點倒在地！」

眾人一聽兇手是個少年，不由更是驚奇起來，那大漢說到這裡忽然一聲哎喲，跌倒地上。原來他自從主人遭殺後，便馬不停蹄地奔來此處，到這時再也支持不住，暈倒地上。

眾人中立刻有人上來把他扶起施救，就在眾人忙得一團糟時，忽然大門啓處，一對青年男女走了進來，那男的龍行虎步，宛如玉樹臨風，女的則是明麗無方，有如出水芙蓉，眾人中立刻有人叫道：「岳少俠伉儷到了！」

霎時眾人爆出了歡呼聲，在那歡呼聲中，躲在角落上的一方幾乎要一躍而出，緊抱住這個少年得志的幼弟！

岳君青這些年來在武林中已確立了極高的聲望，在小一輩的英雄人物中，他顯然是頭角崢嶸的一個，一方望著他那英氣畢露的神態，還有他身旁嫵媚的司徒丹，他也情不自禁地夾在人眾中喝起采來。

君青謙然地接受著大家的歡呼，他又怎料得到在這其中有一個流浪漢正自送給他世上最親愛的祝福？

一方在心中激動著，八年的落泊江湖使他的心木訥了，這些日子裡他不再想到過去；過去的辛酸和歡笑都在他麻木的心田中暫時地死去，於是他在心靈上得到了寧靜，他不再傷心，也不會振奮，只是這麼遊著，蕩著……

然而在這一剎那中，他的寧靜粉碎了，那些逝去的影子在他的心中復活起來，片刻之間，千頭萬緒似乎同時擠入他的腦海，終南山的白雲飄過他的心田，茅屋前的小溪流過他的血脈，父親的白鬚在他頰旁飄拂，母親的眼淚在他的眼光中閃爍……於是，他的淚水在眼眶裡滾蕩著。

他喃喃地輕呼：「一方，一方，你也該回家一次了……」

君青走到廳前，他驟一抬頭，只見正中坐著老當益壯的蕭一笑，他不覺一怔——

他只是應邀來作結盟大會的見證來賓，但是他萬萬沒有料到大會商請的盟主竟是八年前首陽山一別的笑鎭天南蕭一笑！

但是此時的岳君青已經大非昔比，江湖上的歷練使他成熟了許多，他微微一怔後就談笑自若地揖道：「岳某何幸如之，能夠再瞻蕭老前輩雄姿，大會之盟能得到蕭老前輩爲盟主，真是天下有幸了！」

蕭一笑原來對岳家有點不痛快，但是他乃是極其直爽的人，打過也就算了，加上八年來的修心養性，多少已使他那火爆的脾氣減去不少，再加上岳君青一見面就老老實實地捧了他一記，這一來，便是再大的樑子也自先有了幾分好感，蕭一笑當下呵呵大笑道：「八年不見，小娃兒都成了大人啦，哈哈。」

君青微微一笑，和司徒丹在側面門位席上坐了下來，唐若江在蕭一笑的耳邊說了幾句，蕭一笑連連點頭，他大聲對眾人道：「各位好漢，八面威風汪老大在江湖上是有名的仁義大哥，他雖被人害了不能參加咱們這盟會，但是咱們仍要把他當做咱們中間的一員，待會兒盟誓一了，咱們第一件事就是替汪老大報仇——」

眾人齊聲叫好，唐若江道：「莫說兇手只是乳臭未乾的小子，便是大大的來頭，咱們也要碰一碰！」

這時候，大門一開，又是慌慌張張地進來一個人，眾人認得此人，乃是唐若江門下的弟子，唐若江在前面喝道：「濤兒，怎麼此刻才來？」

那人年約二十出頭，長得黑黑長長，名叫做方濤，他一聞師父問喝，連忙答道：「師父……不好啦……」

眾人方才聽到一樁凶事，這時又見方濤如此神情，都不禁安靜下來，方濤結結巴巴地道：「徒兒在路上，碰見雲台釣叟白玄霜白老爺子遭人殺害……」

他未說完，立刻被陡升起的驚呼聲所打斷，譚清正強抑驚震，舉手壓抑住群眾的沸亂，那唐若江忽然臉色變得鐵青，厲聲喝道：「濤兒，難道你就眼看著白老爺子遇害麼？你的毒菩提呢？你的梅花針呢？爲什麼不動手？」

方濤急得頭上冒汗，結結巴巴地道：「師父，我……我……」

他話說不完全，心頭一急，仰天一跤昏跌地上。

眾人都知四川唐門家法嚴峻，唐若江定是責他徒兒何以不助白玄霜抗敵，反而私自逃走，心想這一下方濤可要慘了。

唐若江對昏跌地上的徒弟瞧都不瞧一眼，兀自鐵青著臉，譚青正的門下有兩人立刻上前要去扶方濤，只見把他才一抬起，地上赫然現出一灘鮮血！

譚清正吃了一驚，一抓上前扯開了方濤的衣衫，只見他的肩背上用一條骯髒無比的破布包紮著，鮮血正從布裡滲透出來，分明是受了嚴重的創傷。

唐若江也知錯怪了徒兒，連忙上前一陣推拿，方濤悠悠醒來。

唐若江低聲道：「濤兒，師父錯怪你啦……」

方濤見師父不再責怪自己，心中一喜，兩滴眼淚差點兒要流了出來，他只覺眼前一花，一個俊美無儔的少年到了他的面前，臉上帶著無比憂慮地道：「在下岳君青，可否請教方兄幾個問題？」

方濤一聽這美少年就是大名鼎鼎的岳君青，忍不住瞪大了眼望著他。

當白玄霜的死訊從方濤口中傳出時，躲在角落中的一方忽然之間，有如巨雷轟頂，呆了半晌，不知腦中在想什麼，這時君青和方濤的問答，一句句送入他的耳中。

「方兄可看清下手之人？」

「是一個俊美無比的少年公子！」

「一個人？」

「是的。」

「那少年武功竟勝得過白老前輩？」

「白老前輩和在下聯手力拒，仍然遠非對手！」

眾人聽在耳中，和方才「八面威風」汪老大的事一聯想，都不由暗抽一口涼氣道：「又是俊美少年！」

一方心中如火焚一般，他真想跳出來問清楚白玄霜的女兒是否遇害，但是另有一種說不出的力量阻止著他，於是他希望君青能替他問出來。

挨了許久，總算君青問道：「與白老前輩同行的還有別人麼？」

方濤的回答：「沒有！」

一方在悲傷和焦急中悄悄吐出了一口氣，然而另一個意念飛快而強烈地在他的心田中升了起來，霎時之間，他聽不到大廳中轟轟的問答討論聲了，他那矜持著的平靜心裡再也無法保持了，他只有一個意念，他要立刻去找尋白冰，哪怕是躲在暗處偷偷瞧她一眼也好，只要能看到她的無恙！

於是，他猛然拔起身形，在空中雙掌遙遙一擊，「碰」的一聲打開了大門，就如一隻大鳥一般飛了出去。

眾人咦聲中，君青緊緊握住了司徒丹的手，他顫抖地道：「二哥，是二哥！」

他飛快地一個箭步穿出大廳，他急切地提氣高呼：「二哥——二哥——」

然而外面四野茫茫，不見半個人影，他渾厚的內力把他的喊聲送出老遠，過了片刻，只在那無垠的遠處，隱隱傳來陣陣的回聲：「二哥——二哥——」

卅九　英雄歸宿

距離首陽山麓的大戰，已是整整八年的日子。唉，八年如此匆匆過去了。

黎明。

林巒起伏著，在蔚藍的天空中刻劃出清晰無比的輪廓，大樹木的影子扶疏然地躺在地上，顯得無比的和穆與寧靜。

忽然，兩棵大樹的影子中間那塊地上，現出另一個飛快移動的影子，那影子經一樹枝躍上另一枝，即使是最細小的枝梢，也不見它分毫揚動，乍看之下，使人覺得那是隻蜜蜂一般——

但是，天啊——那是一個人——

那人輕鬆地在樹梢上奔跑著，連鳥兒都沒有驚起一隻，陽光照在他的身上，竟是一個老和尚哩。

老和尚低頭看了看，那些被自己踏蹈而過的細枝，好像沒事一般動也不動，於是他掀開了雪白的鬍子，露出了一個滿意的微笑。

就在這個時候，忽然一聲隱約的怒吼傳了過來，老和尚駐足仔細辨聽方向，果然不久，又是一聲怒吼，這次可以辨出乃是來自左面。

老和尚一幌身形，落了下來，地上全是些枯乾的落葉，但是也沒有發出絲毫聲響。

他毫不猶疑地向左邊奔去，只見他身形平穩如牆，但是速度卻是快逾奔馬，他跑著跑著，那嘯聲也愈來愈清楚了，於是他一躍身，又落在一棵大樹上，靜靜向下望去——

這時場中共有六個人，六人中倒有五個是和尚，另一個卻是個面貌英俊的少年。那五個和尚一律穿著青色的僧袍，年齡都在三十出頭之間，一望而知正是少林寺的弟子。

此時五僧中一個身材高大的正在怒聲對那少年吼道：「那麼穎淮七十二屯的『八面威風』汪施主也是你下的手？」

那少年點了點頭，聳肩笑道：「不錯。」

那高大和尚喝道：「汪施主乃是穎淮地方上的仁義老大，和你有什麼冤仇，你要置他死地？」

那少年稀鬆平常地道：「我不殺他，我又怎能使穎淮豪傑聽命於我？」

高大和尚怒氣衝天，方喝得一聲「妖孽」，他身後一個眉清目秀的和尚扯了他一把，於是他頓了一頓道：「這個貧僧不管你，自有穎淮豪傑來找你索命，但是雲台釣叟白玄霜白大俠可是死在你手上？」

那少年依然點首道：「一點也不錯，又怎地？」

和尚道：「白大俠乃是少林弟子，你可知道？」

那少年道：「當然知道，那須怪不得我。」

和尚怒道：「怎麼怪不得你了！」

少年道：「白玄霜這老傢伙年紀雖大，卻是人品太壞，是他想盜取我懷中之物，我才下的毒手。」

五個和尚齊聲沉吼了一聲，那高大的和尚臉色忽然變得凝重無比，一字一字地道：「敢問小施主懷中之物可是一面玉牌，上面刻著一個大『佛』字？」

那少年臉色陡變，抗聲道：「是便怎的，不是又怎的？」

五個和尚一聲大喝，各自採取了包圍之勢，高大的和尚仰天喃喃道：「白師叔啊，弟子們今日替你報仇！」

那少年卻是優哉遊哉地站立中央，一臉滿不在乎的樣子，五個和尚齊聲道：「咱們只請施主把那『懷中之物』拿出來給咱們看一眼。」

那少年冷冷瞥了五人一眼，忽然嗤的一聲笑了出來。

那高大的和尙怒道：「笑什麼？」

那少年道：「我知道你們這批禿驢要尋的東西就是那什麼萬佛令牌，不錯，這萬佛令牌原是你少林寺的傳家寶，可是你們怎能肯定就在我身上？」

那高大和尙道：「所以咱們才要請施主拿出來讓咱們看看啊。」

少年面色一沉道：「大和尙這話怎生講得通，如果我現在說那岳家的『鐵騎令』在你身上，定要搜上一搜，你大和尙肯麼？」

那和尙不料他口齒如此厲害，不禁呆了一呆，他身後另一個矮小胖和尙接口道：「若是貧僧的確沒有做虧心事，便讓施主一搜又何妨？」

那少年道：「且不說這個，就算萬佛令牌在我身上，也還是不要拿出來的好——」

和尙奇道：「你說什麼？」

少年道：「萬佛令牌若真在我身上，我一拿出來，立刻命令你們馬上給我滾回去，你們敢不從麼？」

五個和尙不禁聽得相顧愕然，他們的確沒有想到這一點，少林寺的確有這條規矩，就是少林弟子見萬佛令牌如見極樂師祖！

那少年雙眼一轉，冷冷笑道：「再說這萬佛令牌又怎可能在我身上？我問你們，當年萬佛令牌是何人從少林寺中盜出來的？」

高大的和尚道：「百步凌空秦允！」

少年道：「這就是了，你們何不去找百步凌空？」

高大和尚道：「姓秦的自當年首陽大戰後，不見他出現武林，也許已經故去也說不定。」

少年惱道：「那你們去尋他的墳墓不就得啦，幹麼一直找我的麻煩？」

五個和尚聽得一呆，那少年繞了個大圈子，結果原來是這麼一句話，不禁氣得五個和尚全身發抖。

那高大的和尚厲聲道：「施主武功高強，難保不是秦允的……」

少年大笑道：「憑秦允這等膿包配作我的師父麼？」

五個和尚不由又是一怔，那眉清目秀的接口道：「不論如何，今日咱們務必弄個水落石出，方能甘心！」

那少年道：「如果我不答允呢？」

那聲音中又充滿了挑釁的意味。

五個少林和尚齊聲道：「那麼就只得罪施主了！」

那少年雙手一揚，冷冷地道：「各位請吧——」

他那口氣完全是讓少林和尙先動手的樣子，但是就在這同時間裡，他雙臂猛然一伸，捷逾閃電地抓向那高大的和尙，那高大的和尙大吃一驚，暴退一步，但是他退得快，那少年動得更快，拍的一聲，已是牢牢扣住了和尙的手腕。

其他四個少林和尙站在眼前，竟似無處插手，眼睜睜望著那少年扣住了高大和尙的脈門。

那少年豪放地長笑一聲道：「如此打法諒你們也不服氣，來來來，咱們再打一場！」

他右手一放，竟放開了那高大和尙，這一下反倒使少林和尙楞住了。

那少年抖手打出一掌，叫道：「來啊！」

少林和尙一齊揮掌相迎，那少年掌上一沉，他叫道：「好！大力金剛掌！」

他邊叫邊轉，反手又是一掌拍出，和那矮胖和尙一碰，矮胖和尙退了一步，少年卻喝彩道：「好一招『古佛慈航』？」

他身向左斜，掌向右推，正碰上那眉清目秀的和尙，「碰」的一聲，那和尙又退了一步，他卻叫道：「不錯，這招『普渡東昇』有了七分火候！」

只見他運掌如飛，把少林的絕學如數家珍，每一掌總是震退一人，那神情身姿好不瀟灑，直把五個少林和尙驚得倒抽冷氣，這少年看來最多不過十八九歲，就算是一生下來就練武，也沒有如此高深的功力啊！

這五個和尚在少林中是「智」字輩，在第一代弟子中也算得是好手的了，這時以五敵一，竟然被打得沒放手腳處，而對方卻似稀鬆平常得緊哩。

十招一過，那少年驀地大喝一聲：「好，瞧我的啦！」

只見他招式忽變，完全成了進手之招，霎時之間，滿天都是他的掌風指影，乍看之下，他每出一招都是一發而收，倒像全是虛招一般，然而少林五僧親身經歷之下，則就大爲不然了，只因那少年招式奇怪無比，飄渺虛無之中，卻隱隱含有無限內力，就像是雙掌上抬著一座天山在舞動一般，而他的招式又大異一般掌法，看來似指似掌，有時又有一點像是劍術的路子，一連過了十招，五人連一點邊兒也沒有摸著。

武學中論掌法，大抵重快捷的掌法，其詣在「輕」，重深厚的掌法，則其詣在「慢」，但是像這少年手中所施的掌法又快又重的，確是不可思議的了。

場中五僧懷著驚駭的心情勉力奮戰，而在那邊大樹上的老和尚也正暗自駭然，他喃喃地自語：「這孩子是誰人的弟子？掌上有如此神鬼莫測的威力？是雷公程暻然的弟子麼？不會的，老程畢生沒有衣缽傳人，那麼難道是班霹靂的弟子？……」

他仔細瞧了一會兒，又否定地道：「不會的，班焯的拳勢精深雄奇，絕非如此狠辣詭奇，那麼還有誰能教出這樣的弟子？」

場中那少年招式愈來愈奇，那一雙肉掌時而拳擊，時而掌劈，時而指點，似乎刀槍戟劍的招式都有幾分在內，少林寺的五個和尚被打得連連倒退，那少年一伸掌，一股強極怪極的韌勁發出，那正面的矮胖和尚一抽手，卻沒能抽得回去，他大吃一驚，只好力貫掌心，奮力一押——

矮胖和尚的背後，正是那身材高大的和尚，他一看情形，便知要糟，連忙一伸手搭在那矮胖和尚的背上。

那英俊少年微哼一聲，手掌一震，立時那兩個和尚臉色蒼白，於是第三個和尚立刻又伸手搭在高大和尚的背上。

少年單掌一收一縮，立刻又有一個和尚加入進來，只剩下那個眉清目秀的和尚空在一邊，這少年大喝一聲：「你也上吧，否則你們不成！」

他邊喝邊用勁，只聽得「砰」「砰」兩聲，少年進跨兩步，而那四個和尚卻倒退了兩步。

那眉清目秀的和尚知道不對，只好一伸手搭在第四名和尚的背，霎時五人內力相融，一攻而出。

那少年卻是笑口吟吟，單掌粘堆著一伸一縮，竟把五個少林和尚的力道一化而爲烏有！

這一來可把五個少林和尚差點驚得叫出來，只因這少年不過十八九歲，便是招式神奇厲害，說什麼也不應該有如此精深的內力啊！

樹上的老和尚看得皺了一下眉頭，他暗道：「不好，這少年想要一網打盡！」

他暗中想道：「萬佛金牌當年被百步凌空秦允盜取後，便一直沒有音訊，又怎會在這少年的身上重現？」他摸了摸白髯，繼續想道：「不論從哪一點看，這少年絕不會是秦允的弟子，但是除了武林七奇，還有誰教得出這等弟子？」

於是他一個一個想過來，七奇中他沒有見識到的只有金戈一人了，於是他喃喃道：「難道是他？難道是姓艾的？」

這時場中已成了僵持的局面，那少年把五個少林和尚誘上手以後，果然不出那樹上老僧所料，開始長嘯一聲，掌下內力陡發！

少林寺五僧只覺一股怪異無比的力道從五人聯合的內力中穿透而入，那股勁道好不奇特，似強又似弱，一會兒堅如盤石，一會兒又飄若浮雲，五僧在它那一收一發之間，立刻弄得手忙腳亂，狼狽不堪。

只聽得五人同時大喝一聲，一齊把真力提到十成，硬崩而出！

就在這時，忽然一縷人影如鬼魅一般無聲無息飛快地飄了過來，當雙方驚覺到那是一個人的時候，那人已如閃電一般穿入雙方夾掌之間。

只聽得雙方都是一聲驚叫，但是雙方都無法收回已經發出的掌力，轟然一擊，兩掌同時打在那人身上。

不說那少年，單只少林五僧聯手拚力之一擊，就是非同小可，霎時之間，六個人十二隻眼睛一同向那人望去，只見那人光頭長袍，笑口吟吟就如沒事人一般，正是那樹上的老僧。

這一來，六個人都駭得說不出話來，憑方才的感覺，他們的確感覺得清清楚楚，那力道硬是結結實實地打在這人身上，但是這人卻是毫不在乎，這等功力當真是通乎神明了。

那少年愣了一陣，立刻冷笑道：「我早就知道打了小的，老的就會出來啦！」

那老和尚笑嘻嘻地搔了搔腰眼間的癢，咧嘴道：「孩子你看走眼啦，看仔細老衲這付模樣像是從人家少林寺走出來的麼？」

這句話無異說明了這老和尚不是少林寺的，而這少年也著實相信，即使當今少林掌門親臨，只怕也沒有這等功力。

他在腦中一陣盤算，便作了一揖道：「敢問老前輩尊稱？」

那老和尚拍了拍袖上的灰塵，似乎十分愛清潔的模樣，笑道：「你師父可是姓艾？」

此言一出，那五個少林和尚都忍不住驚叫起來，他們一聽這句話，便知這老和尚所指的是金戈艾長一，艾長一在首陽山一戰，力挫不可一世的青蝠劍客，這事雖已過了八年，但是在武林中仍是繪聲繪影地傳述著。

豈料那少年卻是極爲輕藐地哼了一聲道：「艾長一麼！哼……總有一天我要找到他的……」

後面的一句他說得極輕，但是那老和尚卻是一字一句地聽清楚了，他不由心中又驚又疑。

那少年的臉色在突然之間急變冷酷，他厲聲道：「不管你是不是少林寺的，既然伸手要管這椿閒事，你就管到底吧，哼……」

那老和尚卻是毫不生氣，轉臉對那少林五僧道：「百虹方丈可好？」

少林五個和尚齊聲道：「托前輩的福，方丈他老人家法體康健，老前輩……」

他們正要問這老和尚怎生稱呼，但是老和尚已知他們之意，連忙使個眼色，岔開道：「見著百虹大師可爲老衲問好。」

那少年方才一拳打在這老和尚身上，老和尚卻像沒事人一般，他心中不由又是驚駭又是懷疑，這時他見那和尚整個背軀正對著自己，不由大叫一聲：「老和尚，你不動我可要動了！」

他一面發話，一面早已奮力劈出一掌，表面看來他算不得暗箭傷人，其實用心十分歹毒。

五個少林和尚齊聲叫道：「老前輩小心！」

他們知道這少年出手如風，知道喊叫提醒已經慢了一步，哪知老和尚仍然笑哈哈地望著五人，右手卻看都不看地虛空向後一抓——

那少年一掌飛快拍出，正要拍上那老和尚的背庭死穴，忽然一隻手抓向自己的腕脈穴門，他吃了一驚，頓時一沉陡然向下翻出數寸——

哪知那老和尚竟如背後長眼一般，那隻手也是跟著一翻，五指所指，全是少年手背上五個麻穴，這一來那少年不禁駭得臉色大變，急速向後退了一步，任他一身奇門絕學，但也料不到世上竟有如此神奇的閉目抓穴功夫！

那老和尚卻連頭也不回地對少林五僧道：「咱們走吧！」

少林五僧正要開口，那老和尚連忙施眼色止住，一面大踏步就向前走，少林寺的五個和尚也只好跟著他走。

那少年一語不發地望著他們走遠，那老和尚一言不發，出去半里路，這才忽然止步，飛快地說道：「這少年武功厲害之極，只不過經驗不足，這才被我一舉震住，你們快回去請示百虹方丈，老衲要先踩明他的底盤子。」

少林五僧齊聲急道：「可是敝寺萬佛令牌在他身上啊——」

那老和尚怒道：「你們想死麼？那少年潛力更比目下所示強過十倍，便是老衲也未見得能奈何得了他，你們還不快走，老衲要先弄清楚是什麼人能教出如此高手！」

五僧道：「然則老前輩法號——」

那老和尚搖手道：「你們把這情形模樣對百虹方丈一說，他就自然知道我是誰了。」

五僧中那身材高大的道：「只因此事太過重要，老前輩既然熟識方丈，想來必非外人，晚輩厚顏懇求可否就請前輩相助立下擒住此人，以免日後麻煩？」

老和尚搖頭道：「那少年真實武功高得出人意料，老衲勝他或許不難，但要生擒他就不易了，而且老衲又不能傷他，試想萬佛令牌在他身上，如不得著他的人，只是打贏了他又有何用？」

少林和尚急道：「這等人便是傷了也不打緊——」

老和尚道：「老衲自從五年前方家坪一戰已發誓封劍，不再傷人啦——你們快走吧！」

他話聲方了，人卻陡然飛走，瞬息不見蹤影。

那五個少林和尚聽到他最後一句話，不由相顧駭然，每個人都在心中喃喃狂呼：「五年前，方家坪，方氏雙凶……原來竟是他！」

原來五年前的一個冬夜裡，稱霸河洛的方氏雙凶同時被人用同一方式劍誅了，這兩人屍身一在方家坪的東端，一在方家坪的西端，東西相去整整五百里，從屍上看，那是一人所爲的，那就是說下手除惡之人在一夜之間連宰兩人，追殺往返五百里！

是誰人有如此驚人的能耐？

方家坪位於關中，於是眾人都以爲必是劍神胡笠所爲，但是胡笠卻公開聲明不是他幹的，這一來在武林中曾掀起極大的熱潮，事過五年，仍然無人知道是什麼人幹的，今日這五個少林和尚才知道，原來就是這個不肯告訴姓名的老和尚！

且說那老和尚離開了少林五僧，立刻又跑到了樹梢上，從梢尖兒上跳躍著前進，疾比輕風地回到了原來的地方。

只見那俊美的少年仍然站在那兒，這時早上的太陽已經升起來了，紅得像一隻血輪，金光從樹葉的孔隙中穿射進來，正照在那少年的臉上。

只聽見他幽幽長歎了一聲，望著那蓬勃的朝陽，喃喃地道：「一天，又是一天，唉，師父啊，自從你去了之後，這些生命的日子對我還有什麼意義？那美麗的花草，可愛的鳥啼，淙淙的流水，對於我來說，都像死一樣枯寂乏味啊……」

陽光照在他的臉上，在大樹上的老和尚發現他的俊目中滾著瑩亮的淚珠。

那少年歎息了一番，忽然轉身向林內奔去，樹上的老和尚也輕輕地跳了下來，跟蹤著追去。

那少年愈走愈快，他似對這林中小徑熟悉萬分，東一轉，西一彎，只見愈走光線愈是暗淡，可想見森林是愈來愈深了。

最後那少年似乎鼓足了全力疾奔，身形有如脫弦之箭，的確正如老和尚所言，方才他以一人之力和少林五僧爲敵時，所表現的武功固然高極，但是和此刻的輕功比起來，顯然他方才是受了經驗不足的影響，因爲他此刻的輕功已到了凌空飄蕩的地步了。

那老和尚仍然無聲無息地跟蹤著，他見那少年全力疾奔，不禁微急，雙足一蕩，身形突然加快，那一剎那間直叫人不敢相信，他的身子似乎陡然被狂風捲起，霎時之間，和前面的距離立刻縮短了一丈有餘。

老和尚微微笑了一笑，心想：「不要跑得太近，讓他發現了。」

於是，他又放慢了腳步。

他心裡微微自得地想到：「若是連我都追不上他，那豈不天下武林要讓他稱霸了？哈哈。」

這時四周形勢愈來愈荒僻古怪，似乎是塊從無人至的原始地，那少年很快地鑽進一個極其隱蔽的樹洞中。

只見那少年緩緩地走著，眼前現出一個芳草淒淒的青塚來。

少年輕輕摸著塚前石碑，那神態充滿著敬愛親切，似乎就在撫摸著親人的身子一般。

微微的光線照在石碑上，只見上面刻著一行字：

「先師胡立之之墓」

少年的身後忽然發出一聲長歎，一個蒼老的聲音道：「唉，世事如夢，一代武林怪傑，巨星竟然殞落於斯！」

少年驚駭無比地反過身來，以他的功力，這人竟然走入三步之內不被發覺，這人的輕功真到了陸地神仙的境界了。

站在身後的，白髯飄飄，赫然正是那老和尚！

少年緊張地慢慢站直身來，那老和尚道：「青蝠劍客是你師父？」

少年傲然點首，忽然之間，一個靈感閃過他的腦海，他大叫一聲道：「啊，我知道啦，你是靈台步虛姜慈航！」

四十　君子協定

於是片刻之間，這一代武林怪傑的傳人臉上現出了嚴肅的顏色，靈台步虛姜慈航是何等威名，他縱然再狂妄，到了這時也不由得心底升起一陣肅然之感。

姜慈航望了望那青草蔓生的大塚，他也看了這少年雙目中射出的奇異光芒，他搓了搓手，企圖緩和一下周遭冷僵的氣氛，過了半晌，他試探著問道：「青蝠劍客是怎樣死去的？」

那少年的面孔在一剎那間變成冷漠無情，他哼了一聲道：「家師是病鬱久纏，終至不治而去的。」

姜慈航雙目一睜道：「武林人士，刀口喝血，能如令師得一善終，亦是造化了。」

那少年道：「家師之病並非無因而至。」

姜慈航道：「天有不測風雲，人有旦夕禍福，病殂之患豈能尤人？」

少年哈哈大笑一聲，厲聲道：「和尚你這話說得倒好，若非岳鐵馬三環毀了家師一身蓋世神功，家師焉得鬱悶成疾？」

姜慈航道：「小施主，世上冤家宜解不宜結，若是當年在首陽山上岳鐵馬失手喪在令師手上，那又怎麼說？」

那少年脫口叫道：「那只怪他學藝不精了。」

姜慈航一摸白髯，冷冷道：「好一個學藝不精，這就是給老衲的答覆！」

那少年楞了一得，方始恨恨道：「和尚你伸手管閒事麼？」

姜慈航不答，卻反向道：「青年人你打算血洗武林麼？」

那少年想了想道：「各人打掃門前雪，休管他人瓦上霜，和尚管得了天下事麼？」

姜慈航道：「青蝠施主一身武學委實是百代難尋，只是爲了『嗔』字一念，終於毀了一生，青年人你少年英雄，假以十年必能成爲一代大師，難道也要自陷令師覆車之轍？」

說也奇怪，這少年本來是何等高傲，但是此刻聽了姜慈航這番話，竟然並未暴怒，他望了姜慈航一眼，冷然道：「和尚你苦口婆心只是白費唇舌。」

姜慈航心中暗暗盤算道：這少年看來不過弱冠，卻是一身上乘功夫精純無比，目下他缺乏作戰經驗，猶且厲害如斯，等到他經驗一多，那必然越發不可收拾了……武林出此煞星，老衲不能袖手……

於是他沉聲道：「施主欲雪師恨，這個老衲無權過問，但是有一句話老衲必須明言再三，施主若是濫殺無辜，必遭天譴！」

那少年臉色陡然一沉，「啪」的一掌拍出，正拍在墓旁一塊大石上，只聽到一聲悶響，那一塊石岩竟被他拍出深深一個掌印來，他厲聲道：「和尚，你待怎地？」

姜慈航望著那石塊上的掌印，心中也自駭然，他雙眉一揚，突的一掌拂出，掌緣在石上一觸而收，「嘩啦啦」一聲，石屑碎了一地，那石塊上的掌印已然不見。

他的聲音也變嚴厲：「你若濫殺無辜，雖然老衲封劍多年，卻也不能坐視！」

那少年道：「逆我者死，在下從不省得什麼叫做無辜。」

姜慈航心中暗自盤算：岳鐵馬歸隱後，程、胡蹤跡不現武林，老衲封劍已久，這廝若是當真在武林中胡幹起來，只怕武林後一輩人中，著實無人能敵……

他一念及此，忽然一個雄壯英偉的影子飄過他的腦海，他靈機一動，心中已有了一個計策，於是他暗自對自己說：「爲了武林蒼生，老衲一定要設法困住這小煞星，老天不會責怪老衲嫁禍於人罷……」

於是他冷笑了一聲，不屑地道：「青蝠劍客死於鬱疾，即使是因一身功力毀失而致，又於汪家老大何關？靈台釣叟何關？便要報仇也輪不到汪嘉千白玄霜啊？……嗯，是了，岳家鐵騎令是何等威風，那自然是碰不起的……」

那少年大喝一聲道：「和尚你不須激將，鐵騎令便怎的？我若不把岳家三環破個乾乾淨淨，便誓不為人！」

姜慈航冷冷道：「好志氣，好抱負，但是，只怕……」

那少年早知他的用意，但仍忍不住大叫：「只怕什麼？」

姜慈航雙目一翻，故意頓一下才大聲吼道：「呔，你這小子，有功夫的去找岳家的人，為什麼濫殺無辜，替天行義，老衲勸你不必再在江湖上獻醜啦！」

那少年氣得雙眼亂眨，口中卻冷笑道：「和尚亂言，不足為道。」

姜慈航嗯了一聲道：「岳家的大兒子，我老衲是見過的，那身功夫，真——嘿嘿，不必多說啦！」

少年心中一怒，不屑道：「岳家的兒子，有什麼功夫，衝著他老子，我也不放在眼內。」

姜慈航猛可長眉軒飛，面色一寒，哼聲道：「岳鐵馬是什麼人物，老衲也敬他三分，你這小子，竟口出不遜，你有什麼功夫，有什麼能耐，老衲拚著廢卻昔年封劍誓言，你再敢狂言半分，今日叫你血濺當地！」

靈台步虛姜慈航，昔年以神風步虛身法，列名武林七奇，是何等人物，何等威風，只見他聲如宏鐘，鏗鏘有若金石，那少年心中猛可一震，一時吶吶不知所措。

過了好半天，少年方憤然怒道：「不管如何，在下遲早必尋姓岳的算賬！」

姜慈航冷笑道：「怎麼叫做遲早？嘿嘿，若老衲我是你的話，便乾脆邀姓岳好好拚一場，哪管什麼姓汪的事？什麼姓白的事？嘿嘿……」

那少年明知他是相激，但是再也忍耐不住，大聲道：「我便立刻去尋姓岳的算賬又打什麼緊？老和尚，你也太小看青蝠劍客的弟子了！」

姜慈航不動聲色，一字一字地道：「鐵馬岳家威名滿天下，老衲敢打賭施主必難逞意！」

那少年白皙的臉孔上閃出一絲激動，他叫道：「半年之內，在下手執鐵騎令旗來見和尚，和尚屆時尚有何話可說？」

姜慈航長笑一聲道：「施主敢與老衲打賭一次麼？」

少年道：「如何賭法？」

姜慈航道：「半年之內你若能拿著鐵騎令來見我和尚，我和尚就爲你做任何十件事，若是到時施主你沒能做到，那麼老衲只要你依我一事——」

少年道：「什麼？」

姜慈航道：「我要施主你放下屠刀，隨老衲到深山中尋個地方皈依我佛。」

少年狂笑道：「和尚好慈悲心腸啊——」

姜慈航正色肅然道：「這是一搏十的賭注，施主你可敢點一下頭？」

那少年冷笑著道：「和尚，你這激將也激得太明顯了吧，我可不是傻子——」

姜慈航心想：就是因爲你不是傻子，老衲才如此激將呀。

他微微哼了一聲道：「不管什麼傻子不傻子，老衲問你賭是不賭？」

那少年雙眉一掀，昂然道：「賭了！」

姜慈航道：「且慢——老衲還有一個條件——」

少年道：「什麼？」

姜慈航道：「半年之內，未曾得到鐵騎令之前，你不許開殺戒，否則便是施主你輸了。」

少年怒極反笑道：「沒聽說打賭還有什麼附帶條件的，和尚我看你……你是糊塗了吧！」

姜慈航道：「可是老衲也答應施主一事爲附帶條件……」

少年不禁聽得驚詫無比，他瞪大了眼望著姜慈航，姜慈航道：「老衲答應你絕不洩露施主之身分來歷！」

少年一聽此言，心中猛然一震，暗暗道：「我真糊塗得該死，這樣重要的事竟然想不到，若是我的身分當真洩露了出去，那麼我的計劃一切都完了，第一個，劍神胡笠便會出來管我，干涉我的行動，那豈不太糟？」

想到這裡，他不禁出了一身冷汗，但是忽然之間，他又倔強地想道：「便讓胡笠知道，管便管吧，難道我怕你們？」

但是他立刻又想到師父每次提到武林七奇時的嚴肅神情，於是他又心寒了……

驀地，他抖手一掌向姜慈航當胸推出，那掌勢飄出無聲無息，輕如羽鴻雪花，其實暗藏最上乘的內家小天星掌力，卻見姜慈航伸手之間，大袍袖一伸一捲，單掌也自拍出，兩隻手掌相隔尚有三尺，那掌風已然相接，姜慈航穩立當地文風不動，而那少年卻覺得有一股奇異無比的勁道悄悄從自己掌風之中滲透進來，他連忙鼓足真氣，又是一掌拍出，方始將那股力道化解。

他不由心中又驚又怕，想不到武林七奇果真深不可測，那胡笠功力可想而知，心中再無猶疑，大聲道：「好！每人一個附帶條件，賭便賭！」

姜慈航道：「君子一言？」

少年道：「快馬一鞭！」

姜慈航拍了一下掌道：「好——施主怎麼稱呼？」

少年道：「關彤！」

姜慈航站在那兒，他想：實是老衲親口在佛祖面前發誓封了劍……岳芷青啊，只好偏勞你了，實在當今武林捨你其誰？過了一會，猛可拔起身形，哈哈笑了一聲，身形如大雁般翩然而去了。

天色漸漸暗了。

那少年依然坐在青蝠劍客的塚頭上。

這地方極是隱蔽，只要姜慈航不說出去，沒有人會找到這來，因此他很放心而鬆弛地坐在墳頭上。

他在想，如何應付不可一世的武林七奇中人？如果這批老鬼仍然要伸手管閒事的話……

他具有一代武林怪傑青蝠劍客的畢生武學，但是他發現上一輩的武林七奇的功力仍是無可抗衡的。

「現在剩下來，只有一條計策了……」

關彤這樣對自己說著。

於是他默然望著那青草雜生的墳墓，石碑旁有二三支小野花，瘦弱的花莖像不勝支撐似地前後擺搖著。

黑，僅餘的光線也沒有了，剩下的是黑，無窮盡的黑，還有黑暗中的墳墓和少年……

黑暗中，他的思想像輕風一般地飄出了現實，飄到那遙遠的年代，那遙遠的地方，於是他又看到了自己的童年，一個十歲拖著兩條鼻涕的孤兒，整日與骯髒和醜惡為伍，他稚小的腦袋中，以為天地之間只有辱罵和欺侮……

「也不記得是那一天了，忽然我碰見了一個白髮蒼蒼滿臉病容的老人，那就是師父，師父見了我，瞪著眼從頭到腳把我細細地摸了一遍，忽然一言不發，望著蒼天口中喃喃自語，眼睛中流下兩滴眼淚，然後又仰天哈哈大笑起來，他說：『老天有眼，我找到了，我找到了，我的一身絕學有人傳了。』

師父問我願不願意跟著他學武，我那時雖不知道學武是什麼意思，可是我從第一眼起就覺得師父是個好人，我非跟著他不可，後來，他就帶著我到了深山中……

師父啊，保佑我吧……」

他輕吁了一口氣，緩緩站起身來，走到石碑的前面。

「要想立刻在內力上能和七奇抗衡，我只有照著師父的遺方行事了。」

他輕聲對自己說著：「這方子乃是天竺苦行和尚抗拒魔劫時苦修元神的秘法，也不知師父是從哪裡弄來的，而且從來只是傳說，卻不曾聽說有哪一個人練成功過的，也不知有效沒有？」

「但是現在除了這，又有什麼辦法？……姜慈航方才那一掌真兇啊！」

黑暗中一陣「嗦嗦」之聲，他從懷中掏出一張羊皮紙來，他在黑暗中竟然視物如畫，把皮紙上寫的密密麻麻的字從頭到尾看了一遍，然後他坐在墳頭上，盤膝運功起來，那姿勢似跪似坐，大異武林中打坐之法。

過了一會，他全身冒出一陣陣青霧，那霧由淡而濃，由濃復淡，最後他一躍而起，只聽得他喃喃地說著：「照這單方，只差三味最重要的藥物，而這三件藥物的下落，我都已經查明啦……」

月光位移，眼前一亮——

他攤開了羊皮紙，皮紙的反面他記了許多重要的線索，只見上面寫著：

「雙龍百合……山西大同無風神刀黃海」

「九首玉芝……洛陽艾字老藥店」

「金錢參……嵩山少林寺」

他喃喃道：「只要這三味稀世藥物拿到手，只要這單方靈驗，那時我就無敵天下了！」

於是他一字一字反覆地念著他採下手的目標：

「山西大同……洛陽……嵩山少林寺！」

「大同……洛陽……嵩山……」

他低下頭來，伸手撫摸著石碑上凹下去的字跡——

「師父，保佑我……」

四一　天外有天

山西大同——

陰沉沉的天，官道上，行遠道的人都不敢料定這天兒到底是變好還是變壞，是以泰半裹足不前，馬路上只有少數的行人，穿梭行走。

將近申牌時分，大道上的行人更減少了許多，使得這一條原本熱鬧的道路，變得冷冷清清。

遠方驀然傳來一聲馬嘶，蹄聲得得，不消片刻便奔出一匹駿馬，馬上的騎士是一個年約廿多的少年，英挺挺的坐立馬背上，清秀的眉目中，卻隱隱流露出一股桀傲的氣派。

馬兒來得近了，只見那匹駿馬呼聲喘喘，口角沁出白沫，顯然是勞乏過度，但馬上騎士卻視若無睹，不時猛力拍打馬兒，只聞一聲長嘶，馬兒奮力疾馳一陣，猛地前腿一曲，騎士早料如此，身形一飄，超過馬頭，掠在地上。

這時由於行人稀少，是以沒有人注意到少年這一手，否則，沒有人能相信他們的眼睛，常人竟能飛在空中。

少年身形一掠而下，同時，那馬兒猛的一陣抖哆，噗地橫翻在地上，昏絕過去，分明是疲乏而致。

少年頭都不回，身形連頓，霎時便消失在官道盡頭。

不消幾個起落，已來到鎮集上，只見燈火輝煌，已是入夜時分。

少年順著街道而行，在暮色中，那英挺的面容上，不時閃浮著一絲殘忍而冷酷的表情。

忽然少年一抬頭，瞥見不遠處有一座大樓房，燈火輝煌，只見當門掛出一面大牌，上斗大的字，敢情是一家酒店客棧。

少年微一沉吟，腳下加快，不消一陣便走進店中，叫了二份食品，獨個兒吃喝起來。

店中人聲嘈雜不堪，熱鬧的很，是以根本沒有人注意到這少年的來到，而這少年也一聲不響的在角落中，卻不時用那犀利的目光，掃射著大廳中每一個人的面孔，像要找出什麼差錯似的。

大約過了兩頓飯的時間，一部份的人膳罷都漸離去，只剩下少數幾撥人，仍圍坐著閒談。

少年猛可瞥見左方大方桌上一夥人，爲首的是一個中年漢子，精練無比的模樣，但引起他注意的，卻是那漢子佩著的一柄單刀。

這一把單刀，長度和尋常的兵刃也差不了多少，但奇怪的是，那刀兒的柄上，卻突出數個極為醒目的怪狀花紋，而且刀穗是杏黃色，和那花紋不相配。

少年心中一怔，暗暗忖道：「難道就是此人？」

心念一轉，卻隱隱聽得那夥人中，有一人道：「……張大哥……這一趟……成功……」

由於距離隔有三四張大桌子，那些人的口音又不清楚，是以那少年雖運足耳力，仍不足以聽辨清明。

少年心中不斷盤算道：「大同無風神刀黃海老鏢師，這漢子所配的刀，分明便是無風刀，但卻喚叫著『張大哥』，難道——黃老鏢師有了傳人？」

這一念及，自想必無錯，心中一喜，暗暗道：「難道是師父暗中保佑，這巧便能遇上？」想起師父，心中不由百感交集，忖道：「我——前幾日和老和尚賭約，唉，可真不知師父如何想像——我關彤是何等人物，岳家傳人再強，嘿，卻也不放在眼內！」

那邊張大哥一夥人似乎也談過興頭，陸續有幾個人離席而去，關彤冷眼旁觀——靜候那張大哥的動態。

張大哥似乎仍未有去意，續續喝了幾盅老酒，打發走圍坐的一批人，最後一個人站起身來，不走向店外，卻向店內走去。

關彤一怔，會意忖道：「原來他是住在這兒——」

心念一動，扶案起身，付了飯錢，跟隨過去。

關彤走了兩步，一個店小二跟上來道：「公子爺要住店麼？東廂有上好雅房——」

關彤正想回絕，忽然靈機一動，心想：我如此跟進去，必然大大引人起疑，倒不如假裝訂個房間，可以名正言順地住在裡面監視這姓張的——

於是他閃目一望，只見姓張的已經轉入一個房間，他指著對面的房間道：「這間房子空麼？」

小二道：「有，有，公子爺有什麼行李？」

關彤背上只背了一個小小的包袱，他微笑道：「沒有什麼——這個給你。」

他丟了一小錠銀子在小二手中，小二連聲稱謝，帶著他入了那間房間。

關彤待小二走後，他扣上了房門，靜靜坐地榻上盤膝運功，周圍十丈的些許聲音他都能聽得清楚萬分，直到夜色已深，他才聽到對面房門「卡」的一聲，於是他如一隻狸貓一般閃到了門邊，從門縫中看出去，果然那「張大哥」悄悄從他房內閃了出來，他一身黑衣，那柄無風刀也帶在身上，向兩面張望了一下，便一躍而到了外面的天井。

關彤悄悄跟了出去，只見「張大哥」跳出院牆之後，身形便開始加快起來，那身輕功竟然頗見功夫，關彤跟在後面，不禁暗暗稱奇，不料一個鏢局裡的角色，能有這份真功夫。

那「張大哥」繞了幾個轉兒，來到一個大宅子邊，他一飛身躍上了牆，接著跳了下去，關彤等了片刻方才一掠身形，輕若鴻毛地飄上牆內一棵濃密的大樹上。

只見那大宅一片漆黑，只有東角燈火明亮，那「張大哥」逕向東面走去，關彤尾隨在三丈後，「張大哥」到了東廂，輕輕在窗下敲了兩敲，低聲道：「師父，是我。」

裡面一個蒼老的聲音：「白龍，進來——」

那「張大哥」從側門走了進去，關彤輕功已到了爐火純青的地步，他一步跨出，就到了紙門窗下，一點聲音也沒有發出。

他把紙門弄濕了一個小孔，從孔中望進去，只見一個白髮蒼蒼的老人坐在裡面，那老人一見了「張大哥」，便道：「白龍，你知道爲師喚你來做什麼？」

那「張大哥」道：「師父可是爲了那一趟鏢？」

老人道：「誰說不是？這趟鏢的數字雖然不大，可是上次你在沙家得罪了沙老二，這次他是無論如何不會放你過去的了，你可千萬得小心謹慎，千萬不要折了咱們家的威風。」

那「張大哥」臉上露出凜然之色，握緊拳頭笑道：「弟子張白龍從小就受師父深恩，那沙老二便是三頭六臂，我也不能折了無風神刀的威風……」

關彤聽到這裡，心中再無疑慮，「碰」的一掌開了紙門，躍將入內。

屋內兩人大吃一驚，一時說不出話來，只怔怔瞪著關彤，關彤劍眉一挑，大聲喝道：「老兒，無風神刀黃海就是你？」

那老人仔細打量了關彤兩眼，忽然哈哈大笑起身道：「哈哈，不敢，黃海正是老漢！」

關彤冷哼了一聲，開門見山的道：「在下素慕黃老英雄義氣千秋，特敢相求一物……」

那黃海的弟子張白龍一聽他如此說，立刻凶起來了，大聲喝道：「不錯，咱們黃當家輕財好義，不時接濟落魄好漢一點，可是也沒見過你這等凶法的啊，動手就推倒了門牆……」

敢情他以爲關彤是來打秋風的了，他話尚未說完，「啪啪」兩聲清脆之聲，張白龍臉上已吃了兩個耳光，他抱著臉一看，關彤仍然悠閒站在對面，像沒事人一般，他不禁勃然大怒，起手就是一拳，對準關彤胸口打過來，關彤見他拳風虎虎，竟是上乘拳法的路子，心中不由暗暗稱奇，只見他一幌身，雙手一揮，那張白龍不知怎地，忽覺雙脅一麻雙臂使不出勁來，蹬蹬退了三步。

那老人似乎看出關彤身懷一身絕藝來，他雙眉一皺道：「小哥兒有話好說，如果老夫老眼不花，小哥兒可是沙老二請來的高手？」

關彤哈哈大笑起來，指著黃海道：「老兒，你可真是老眼昏花了，我關……是什麼人，那什麼沙老二又算得什麼東西？豈可相提並論？」

這話狂妄無比，黃海心中暗驚，他按住正想怒罵的徒兒，緩緩道：「嘿，那麼小哥兒要的是什麼？」

關彤老實不客氣地道：「雙龍百合！」

此言一出，黃海臉色大變，但他立刻強作鎮靜地道：「小哥兒恐怕弄錯了吧，什麼雙龍百合？老漢從來沒有聽說過。」

關彤道：「姓黃的何必裝呢？老實說你拿了雙龍百合一點用處也沒有，何不乾脆一點？」

黃海道：「小哥兒你恐怕弄錯了吧……」

關彤臉色一沉，冷笑道：「十年之前，有一個姓白的藥商把這雙龍百合放在你這裡，請你押送到山東，但第二天那姓白的就忽然遭人擊斃，於是雙龍百合就到了你黃大爺的手中啦，嘿嘿，在下說的有哪一點不對？在下早就調查清楚啦，你老兒就乾脆一點罷。」

黃海聽得臉色大變，他真不知道這公子哥兒般的人物怎麼這樣厲害，把當年的事打聽得清清楚楚？

只見他白鬚簌然，呼的一掌拍在桌上，大喝道：「你……你這小子以小人之心度君子之腹，我……我黃海是頂天立地的好漢，當年那姓白的藥商突斃，在下仍然守諾把雙龍百合送到山東，可是卻沒有人來取貨，十年來我無時無刻不在等那白家的人來取……」
關彤呵呵大笑起來，他嘲弄地道：「哈哈，你這話太幼稚了，天下有這等好人麼？哈哈，既然那雙龍百合不是你的，你又說你不存私吞之心，那麼更應該給我了——」
黃海臉色凜然，他的雙目中射出精光，他指著關彤道：「正因是他人之物，老夫有此保護之責！」
關彤呆了半天，他打心底從沒有想到這世上還有這種道理，在他以爲東西既不是黃海的，黃海做個順水人情是理所當然的事，到此時他心想道：「看樣子是不動手不行了。」
於是他厲聲喝道：「黃老兒，你給是不給？」
黃海氣得發抖，但他究竟是歷過無數大場面的人物，心中仍在苦苦追憶這少年會是什麼來路？
黃海的徒弟張白龍可忍耐不住了，他走前一步道：「咱家師父五年前就封刀不幹啦，現在鏢局裡的事全歸我姓張的負責啦，你有種就衝著我姓張的來罷！」
關彤理也不理，只對黃海喝道：「姓黃的，你答應不答應？」
黃海一字一字地道：「不答應！」
關彤道：「好，你別怪我要動手了！」

他話聲方落，忽然左面木門「碰」的一聲被人撞開，一下子衝進來十多個人，齊聲大道：「何方狂徒，撒野竟敢撒到咱們頭上來啦！」

關彤微微瞥了他們一眼，看來這批人全是局裡鏢師，敢情聽到這邊爭執的情形，都趕來了。

張白龍見這批人趕來增援，心中大爲一定，當下喝道：「這廝無禮之極，咱們不要放過他！」

關彤沒有理他，突然轉過頭對著眾鏢師大喝一聲：「都與我滾出去！」

這一聲喝好比一個焦雷，那一群鏢師都嚇得退了一步，過了一下，當先的一個大叫一聲，躍過來對準關彤就是一掌，關彤一聽掌風又是一驚，因爲那鏢師分明是相當精純的內家琵琶掌力，他身形一錯，欺身到了群眾之中心，雙掌信手連揮，連撞了好幾個人的掌力，竟然個個不凡，他雖然出道不久，但他一口氣傷殺了好幾武林中成名的人物，上次和那幾個少林僧過招，那幾個少林和尚也算得是少林青年一輩中的高手了，但此時他竟覺得這群鏢師中頗有幾人功力不比那些少林和尚遜色。

其實關彤不知道，這幾個鏢師全是北方武林有名的好手，內中有幾人曾是有數的獨行大盜出身，難怪武藝皆有獨到之處了。

關彤凝神接了兩招，忽然身形轉快，有如穿花蝴蝶一般在眾人中穿飛起來，只見他出手如飛，不消片刻，那十幾個鏢師竟無一漏網個個全被點住穴道動彈不得，一個個以不同的姿式僵立原地。

那黃海及張白龍全都驚呆了，他們就沒看清這少年是如何下手的，這許多好手就一個個被點住了，這等點穴不要說見過，就是聽也沒有聽說過，都駭得一時說不出話來。

關彤冷笑了一聲，上前如穿梭一般繞行一周道：「方才你們沒有發揮出威力，這次不算，咱們再來過。」

他雙手式招式挑，一霎時便把所有的鏢師全解了穴道。

關彤這一舉動可是大大觸違了武林規矩，須知這些人也都是江湖上成名露臉之士，在這種情形下，說怎麼也無顏再動手了，只見他們一個個面面相覷，又是驚怒，又是慚愧。

其實他們此時若是再聯手起來和關彤一拚，關彤絕無法在短時間內取勝，只因關彤方才施出一手怪手法，又在眾人無防備之下，這才一舉得手。關彤可不懂得這些，他仍大聲喝道：「嘿，你們怎麼不動手？要我先動手麼？」

眾人不知他是初出茅廬的「雛兒」，只道他是存心相辱，不由一個個氣得怒目相視，那無風神刀黃海忽然顫然地站了起來，張白龍連忙上前扶道：「師父，你的腿……」

關彤側目一瞥，原來黃海的左腿癱瘓，難怪他一直坐著不肯起身，黃海見徒兒上來相扶，他一伸手按在張白龍的肩上，顫巍巍地向關彤走來。

關彤見黃海臉上透出絲絲寒氣，心中不禁有些發毛，黃海走到三步之外，停下身來，他凝視著關彤，冷冷道：「少年人，你勝了老兒，便拿去吧！」

說完他又轉身對眾鏢師作了一揖道：「諸位老兄若是看得起黃海，便請不要動手。」

關彤心中一震，他開始覺得這黃海委實有幾分英雄氣概，但當他看到黃海那隻左腿，他不禁微哼了一聲，暗道：「我關彤豈能和殘廢之人動手？」

黃海從關彤那一聲冷哼中似乎完全懂得了他的意思，於是在一刹那間，他的臉脹紅起來，他額上的青筋不住地跳動著，他扶在徒兒肩上的手也在不停地顫抖著，於是他一言不發，伸手劈面一掌打出——

關彤猛覺一股極怪極猛的掌風打來，使他絕不相信是出自這一個老弱殘廢的手中，關彤身形如電，不退反進，從黃海掌風中穿過。

他雙手當胸一抱，冷然道：「我不高興動手——」

黃海道：「你要想得逞，就得先過老夫這一關！」

關彤心想，我便不動手難道還過不了你這關麼？

他一言不發猛可閃身而前，身形宛如游魚赴水，極其曼妙地從黃海身邊閃過，卻不料黃海猛可大喝一聲，抖手劈出兩掌，那掌勢快如閃電，卻是絲毫不帶風聲，關彤正待欺身而過，卻被一種莫名的力道給逼了回來，他不禁暗吃一驚——

原來此時黃海所施的乃是從他畢生絕學「無風神刀」中化出來的掌法，關彤吃了一驚，身形忽然一變，對準黃海的掌勢直衝過去，黃海一掌從極妙的方向遞進來，關彤卻是冷哼一聲，身形陡然加快倍餘，以一種令人無法相信的速度，先於黃海的掌力而擦過黃海右肩，進入裡面！

這正是青蝠劍客當年和百步凌空秦允比賽輕功時所用的獨門身法，黃海等人如何識得，只覺得他在陡然之間宛如化成了一縷輕煙，那黃海原來以爲必然擊中的目標，在突然間失去，他那一股蘊藏無風的內力再也持不住，身形向前一跌，「卟」地跌坐在地上，氣喘如牛。

眾鏢師和張白龍齊聲怒吼道：「小子你站住！」

關彤冷冷回過頭來，黃海坐在地上，臉上汗滴如珠，他喘氣道：「白龍，進去把雙龍百合拿給他！」

張白龍道：「師父——」

黃海道：「徒兒，你不必多說，快一些……咱們不能失信！」

張白龍只好走進內屋，關彤覺得心中有一種很奇怪的感覺，他知道那批鏢師必然都在怒目瞪著他，但他沒有回頭看，只負手立在原地，望著牆上的人影子。

過了一會，張白龍走了出來，他手中拿著一個褪色的紅布包，到了關彤的身旁，哼了一聲，把紅布包向關彤腳前一丟，關彤看都不看，一揮袖，便把那布包捲在手中，瀟灑之極。

於是他轉過身來，看都不看眾人，大踏步走將出去，他心中有一種悶悶的感覺，彷彿覺得這屋子裡的氣勢十分沉重，他希望快一些離開這房屋。

當他走到門口，他聽到一聲暴吼：「小子，看刀！」

他身形一轉，聽風辨向，伸手一接，一柄亮閃閃的飛刀落在他手中，他轉過身來，只見張白龍如一隻瘋虎一般立在他師父的身旁，所有的眼睛都射出火山般的憤怒，關彤的眼中也透出了陣陣殺氣，他覺得自己的血液在體內愈流愈快，那是他要殺人時的感覺，他的手拈著那柄飛刀舉將起來，正對著張白龍——

然而忽然間，姜慈航那白髯蒼蒼的容顏閃過他的腦海，他長吸一口氣，又緩緩吐了出來，「喀」一聲，那柄飛刀被他一隻手折成了兩斷。

他飛快地走出屋門，快步走離，他的口中，一直喃喃地道：「我不能殺人，我不能殺人……否則我就輸了……」

洛陽，洛陽在望了……

關彤騎在奪來的馬匹上，沒命的狂馳，懷中藏著的千年稀藥，心裡感到無限的興奮。

他自小受青蝠劍客偏激思想的薰陶，一切行事，完全以自己爲主，爲自己著想，根本不曾念及別人的好歹。

他因奪藥成功了，便衷心感到興奮，但別人的苦痛，卻半分打不動他剛硬的心腸。

駿馬狂馳，這已是第三匹馬了——從大同黃海處奪來的那一匹，早已倒斃在道途中，他想也不曾想過，便又奪了一匹，接著又換了一匹馬，一共是三匹馬，一日一夜，已將馳到洛陽。

有了上一次成功的經驗，三件已得其一，關彤可真放下心來，數月來的鬱悶有若雲霧之撥散，那張冷峭的俊臉上，也透出數分可愛的溫和。

洛陽古城已然在望，關彤逐漸放緩馬速，輕輕扣住長韁，這時正是下午時分，官道上行人熙攘擁擠。

愈近城門，愈是熱鬧，到底是古代大城，一片昇華氣氛。

關彤自幼生長在深山叢林中，從未接觸著城市，這幾月忙忙碌碌，馬不停蹄，雖已路過不少處大城大鎮，但他從未注意。

這時心境開朗，而且又不急著趕事，倒也樂得歇歇，欣賞這些熱鬧的情景，是以放緩馬速。

順著人潮進入城門，街道上繁華美麗，關彤生性雖然冷酷，但究竟年紀尚幼，未脫稚氣，東望西看，一時也迷糊起來。

他逐漸對這浮華世界生出了一種古怪的愛意，大半個時辰後，他才落店，隨便叫了數樣菜，好好吃了一頓。

連日奔波，雖然他身懷極高的內功，但畢竟也抵耐不住，於是開了一間小屋，用心調息了一番，好容易才恢復精神。

關彤心想晚間去打探，反倒有些許不便，不如明日白天去尋尋，想來這也不會十分困難，敢情這艾字藥店，十分興盛哩。

關彤徹夜運功，晨間但覺精神煥發，身體內感到一種跳脫之氣，心下暗喜，內力又進了一層。

關彤這時心中可一點也不焦急，慢慢用了早點，等了一刻，見日上三竿，鎮中人馬喧嘩，店鋪都開門後，才緩步蹓出。

關彤邊行邊想，忖道：「那消息上明白的說，那九首玉芝在洛陽——艾字老藥店……想來這藥店一定甚為有名了！」

隨即轉念又道：「但是——」

驀然，他瞥見街道左端有一個人筆直走著，僧帽僧衣，手持禪杖，一瞧那裝束，分明便是少林的弟子。

關彤本不懼怕少林僧人，忽然，一個念頭在他心裡閃過：那金錢參在少林寺中，我雖已有計劃，但卻不必事先表明身分，賜以對方防備之機會，我還是避避的好——

心念一動，身形一閃，鷹目已瞧清那僧人並未注意到自己，無聲無息間，已隱入右方那堆矮屋後。

那僧人匆匆而行，一會便經過矮屋，關彤正準備閃出身來，忽又瞥見一陣馬蹄響處，馳出一個彪形大漢。

那大漢瞧見行在馬前的僧人，陡然臉孔上閃出一絲猙獰的表情。

關彤咦了一聲，停下要踏出去的腳步，靜靜觀察。

果然不出所料，那大漢陡然一夾馬腹，馬兒一痛，刷地便向前一竄，前蹄一揚，猛踢向那僧人的背心。

那僧人斗聞身後風聲大作，心中一驚，閃電般向橫一拂，下盤不動，上身橫移半尺，馬兒雙蹄落空。

那大漢似乎明知用馬攻擊，必然不能成功，一抖馬鞭，馬兒一掠而過，剎時間右掌撥開，用力拍向右方。

這些動作靈活已極，在街上行走的人，竟沒有一個看出毛病，那僧人斗覺勁風襲體，心中莫明其妙，左手禪杖輕輕一頓，右掌張如蒲扇，由內向外，一托而去，並帶有三分揊勁。

呼的一聲，那大漢一掌走空，掌力不但被接，而且一股絕大的力道反攻而去，使他坐立不穩。

那僧人陡然掌心一吐，一股力道發出，將那匹激衝的馬匹托起，向外一送，那騎士登時感到壓力一輕，連人帶馬，被封出五六尺以外！

大漢雖明知那僧人利害，卻再也料想不到，功力高強如斯，一驚而怒，嘿嘿一聲，壓低嗓子道：「領教了！」

那僧人有如不聞，面色不動半毫，輕輕邁步走了開來。

大漢下不了台，狠狠一哼，才揚塵而去。

這只是一剎時的事情，僧人平靜的似乎沒有發生任何事一樣。

暗處的關彤，可真猛吃了一驚，暗暗忖道：「這是什麼僧人，內力竟達此境？」

他這種內家高手，自然一眼識貨，見了僧人方才平淡的露了一手，不由心中暗暗問道：

「我有這等功力麼？」

可怕的是，他的答案，不能肯定是否。

關彤暗中思索，又忖道：「好在方才沒和這個和尚朝照，否則萬一鬧出手來，可真棘手哩！」

關彤想著，想著，那僧人已行得遠了，踏出來，望了那僧人一眼，只見他行走的是那麼平穩、莊重，但最難能可貴的是，那步履中並沒有顯露出一絲一毫有武學的象徵，是這樣的平淡無奇，以至關彤這等高手，如不是方才目擊那一幕功夫，簡直不信他有這般功夫。

第二次，關彤感到心驚。

從山中出來，關彤以為自己的功夫，是天下罕見，世鮮敵手。

就算有，也只有老輩的數個，這個觀念，第一次遭到挫折，是在姜慈航的談話中，所提及的岳家傳人——岳芷青。

以姜慈航的那一掌，關彤自己必非敵手，但他口中所言的岳芷青，又是那麼出奇，第一次，他感到心煩。

這個僧人，看來年紀也不過三十左右，但內力已強勁如斯，關彤的唯我獨尊心理，又逢到第二次挫折。

他幾乎有點近乎灰心，暗想這世上果真是無奇不有了，人外有人，天外有天，這些本來都是他極端歧視的，但事實如此，又豈容他的忽視？

在深山中，他日以繼夜的苦練功夫，有頂尖的師尊教導，但一下得山，隨便逢上一個和尙，功夫便強勁如此，難道自己這身功夫算不了什麼？

但他立刻又想到，師父曾不只一次的道：「徒兒，你的功夫已是一流的了！」

師父——

師父的話不會錯，他深深相信。

事實上，他也應該相信，這幾日連逢的高手，在浩浩江湖又豈能揀選出十個或更少一些？

關彤剛剛平靜的心，又激起煩亂，那俊臉上又流出一股戾氣，胡思亂想，愈來愈惱，不由一頓足，咬牙克制忖道：「管他，只要能得這三味藥，練成那一劑方兒，到時候就是逢遇上武林七奇，也不必膽寒心驚了。」

心中雜思一定，腳步不由輕快得多，微微加快速度，同時雙目左右掃視，想找出那艾家老藥的招牌來。

但這一次沒有上回那麼幸運，幾乎轉了將近個把時辰，仍然沒有瞧見，而城中的街道，也快走完了。

道路一轉，忽然街景大變，一異方才那種繁華的現象，而且根本就沒有店舖，只有幾棟木板房屋。

關彤不明究竟，但猜也猜得出，忖道：「大概這裡便是貧民區吧！」

本來想收回足步，忽然隱隱約約聽到左方木屋中有一陣哭泣之聲！

這一聲哭啼好生怪異，關彤心中竟是一動。

像他這種鐵石心腸的人，心中本不易感動，但一觸動情感，再也把持不住，匆匆循聲尋去。

到得屋前，只見木屋根本沒有大門，一目可洞悉屋內景像。

一張竹床倚牆角，上面坐著一老一少。

那小童想是心中不痛快，哭聲不絕，說也奇怪，每一聲哭泣，都似乎打動關彤緊扣的心弦。

關彤滿懷憐憫的瞧著那小孩，只見他大約四五歲左右，滿臉飢色。

關彤站在門口好一會，那老者正滿面愁苦的呆坐，並未發現有一個陌生的同情者在注意著他。

關彤輕輕一哼。

那老者驚訝的揚首一看，只見一個俊美的青年對他滿懷善意的一笑，輕聲說道：「老先生好？」

那老者吶吶的道聲：「好，這位——相公是——」

關彤輕輕一笑道：「晚輩叫作關彤——呵——」

那幼童這時因見有人進來，好奇的止住哭聲。

老者打量了關彤一番，低聲道：「關相公有何貴幹——」

關彤道：「看這模樣，老先生可是有什麼困苦麼？」

老者仰天一歎，並不作答。

關彤驀然一驚道：「敢問老丈，這位小弟弟，半月前可曾罹一怪疾在身？」

那老人一驚，詫道：「相公何以得知？」

關彤微一沉吟，道：「但可是這小弟弟已有所遭遇，治癒此疾？」

老人突然顫抖站起道：「一點不錯，一點不錯，你——你怎知——」

關彤臉色一喜道：「這可好，老丈可否相告，這孩子是何人所治？」

老人呆了一會，才道：「是一位老醫生——」

關彤一怔，道：「原來如此！」

老人可不懂他的意思，呆了半晌。

關彤失望的道：「小可想向老丈打聽一人，但卻大異心中所料——」

老人迷糊的噢了一聲。

關彤伸手掏出二錠十兩的銀子，說道：「小可斗膽猜測，老丈是否有所困難，這兒有點銀兩——」

他到底江湖經驗不夠，不知如何接下去才好。

老人伸出顫抖的手，簡直不能相信自己的耳目。

關彤微微一笑道：「老丈？」

老人接過銀子，淚流滿面道：「相公可是老朽的大恩人——」

關彤奇怪自己怎麼會猛生如此心情，但仍滿面微笑道：「哪裡的話！」

那老人慢慢道：「老朽自知無能報答——」

關彤搶著道：「什麼話，小生若要等待報答——」

老人點點頭，明白他的話，說道：「……但，無論如何……老朽理當報答相公大恩！」

關彤一沉吟，忖道：「他滿心誠懇，看來拒絕他一片好意，必然不能成功，對了，他在這兒住的時日好像很久了，我何不問他那艾字老藥店——」

心念一動，說道：「小可也沒有什麼事需要老丈效勞，只是——老丈可否爲小可打探一家在這城中的店舖？小可是客經此地，一時尋找不著。」

老者道：「是什麼店舖？」

關彤道：「老丈可聽過——艾字老藥店？」

老者一怔，道：「艾字老店，呵，正是他！正是他！」

關彤吃了一驚道：「什麼？」

那老者道：「這可真湊巧，那艾字藥店的主人，正是爲小孫治癒奇症的人！」

關彤呆了一呆，心中飛快忖道：「我分明看出這小孩七脈不通，但卻爲人打通，不料這人竟是艾字藥商，這麼說，這藥商竟也身懷武學？」

心念一轉，那老者已道：「艾字老店，在城西的街道側旁，有一條小巷，走進去便是了！」

關彤驚了一下，忖道：「城西的街？我曾去過哪！」

那老者似已看出他的疑念，道：「那小巷，很隱密的，巷口經常停有數輛馬車！」

關彤大悟，拍拍前額，身形一掠，已退了出來，口中說道：「謝謝老丈指點！」

老者一驚，關彤已走得不見蹤影！

關彤擠身走過那數輛馬車，那幾個粉金的大字，出現在眼前。

艾字藥店。

關彤心中忖道：「那老者說此店主人治癒他的小孫，我希望這回能不以武力相爭才好！」

想著，想著，已踏入藥店中。

藥店中充滿著一股子草藥味，有點兒清香，有一點辛辣，這味道很古怪，不習慣的人，簡直覺得有些難受！

一個年約六旬的老人，坐在台前，見關彤踏入店內，忙起身招呼道：「相公要採購藥物麼？」

關彤雙目一翻，兩道寒光一閃，忖道：「這傢伙看不出有功夫的模樣！」

口中道：「老先生便是店主麼？」

老者點點首，說道：「相公有何指教？」

關彤煩惱的一皺眉，單刀直入的道：「我需要一些藥物，貴店有沒有這味藥——」

他故意頓頓才道：「九首玉芝，有沒有存貨？」

關彤的雙目，一瞬不瞬的瞧著那店主，想能看出一些端倪。

老者平淡的啊了一下，道：「九首玉芝？本店內沒有啊！」

關彤不能在他的臉上找出一絲一毫跡象，不由失望的道：「沒有？唉！」

他故意歎口氣，那老者嗯了一聲，道：「相公還要別的藥物？」

關彤心中實在也弄不清對方到底是假是真，一時也不能發作，忖道：「我故意惹他一下，看看他的行動再說！」

他心念一定，驀然伸手抓起櫃台上的一隻藥罐，亂搖一搖道：「這是什麼？」

那老店主噢了一聲，道：「這是甘草地露，相公要麼？」

關彤伸手一放，砰一聲，那瓦罐登時打碎在地上，同時冷冷道：「要這種藥，去醫你的命麼？」

那老店主一皺眉，露出一個很煩惱的表情。

他微微一咳，道：「相公失手啦，不過這種藥很普通，沒關係，沒關係！」

關彤一弓身，假裝去拾那碎片，小姆指一圈一彈，一片小瓦有如疾矢，射向那店主的小腿。

那店主也一彎腰道：「不要拾啦，沒關係！」

關彤雙目如電，只見那小片有若刀擊，憑空無故成爲瓦粉！

他心中一沉，忖道：「果然是武林人物！我不可魯莽。」

心念一轉，慢慢直身，心中不敢大意，慢慢道：「那九首玉芝，真沒有麼？」

那老店主點點頭，一聲不響！

關彤聳了聳肩，踱了兩步道：「既是如此，那麼就算了。」

那老人乾咳了一聲，客氣地道：「相公不坐坐了？」

關彤道：「謝謝你，不坐啦。」

他緩緩慢步走到店門口，那老人十分多禮地站起來送客，關彤左腳堪堪跨出門楣，驀地反過身來，伸手一把抓出，他這一抓當真是快若閃電，是青蝠劍客手創的大擒拿手法之一，那老人咳了一聲，雙掌向外一翻，五指有意無意地往外一彈，關彤猛覺那彈出五指有如五顆鋼鏢襲來，而且各指自己腕上一個要穴，他不由從心底裡驚叫一聲不妙——

只見他雙足身影都不移動，單臂向下一沉，劃了一個圈兒，極其巧妙地正好把老人五指全都閃了過去，陡然向前一推，全身內力猛然孤注一擲——

那老人輕哼了一聲，雙掌攏在袖中，輕描淡寫地一拂，兩人都是肩頭一沉，這一下強對強，硬碰硬，關彤身不由己，蹬蹬退了兩步，一個踉蹌，到了門檻之外，他雙目中射出驚異無比的光芒，那老人卻是面色絲毫不改，若無其事地伸手捶了捶背，一副龍鍾老邁的樣子。

一霎時間，關彤只覺心中空空茫然，各種驚、駭、懼、怒的感情混在一起，自己也分不出哪一種情緒多些，那老人看都不再看他一眼，就像沒有事情發生過一般。

「他是誰？是誰有如此功力？」

但是此時的關彤再也沒有心思去想這個問題，他只飛快的轉過身來，帶著滿懷的驚駭和失望，疾步走開了。

艾字老藥店中仍然平靜如故，夥計們根本沒有發覺到這驚心動魄的一幕，一個小夥計走上來多事地問道：「老闆，咱們店裡不是有那麼一小瓶『九首玉芝』麼？怎麼不賣給客人？」

老人雙目中射出駭人的光芒，他一字一字輕聲地道：「不要亂說話，那一小瓶子我要留著自己用！」

又是黃昏的時候了。

太陽懶洋洋的，山上的野草也是懶洋洋的。

倏地，一匹駿馬從那一面翻上了山坡，又從這一面飛奔下去，這是極端動的表現，替原來寧靜的畫面添上突出而又令人激越的色彩。

「哈！哈！哈！」馬背上傳來不停的少女嬌笑聲，原來馬上真的騎了一個人，但是因爲她身材嬌小，又緊緊抱著這匹沒有轠繩的馬頸，在飛移的影子中，難怪令人不能立刻覺察她的存在了。

「瓊妹！小心！瓊妹！小心！」一位少年登上了山坡，緊向那匹馬追去。

「哈！哈！哈！」馬上的人不知是真沒聽見還是裝的，那笑聲好像得意極了。

後面那少年就是那公子哥兒般的林嵐，但是對於淘氣而又可愛的李瓊可真是一點辦法也沒有，當然他那股子傲氣更不知道飛哪裡去了，只好一面拚命追，一面用著有點像哀求的口吻叫著：「好妹妹！當心，放慢一點嘛！這匹野馬的性子可剛烈得很呵！」

「唔！」馬上人一聲驚呼，跨下的駿馬突然拚命往上亂跳，把李瓊嚇得趕忙用力抓緊了馬鬃，兩腳用力一夾，想把馬兒停下來。

可是這匹野馬原是難見的異種，一向放肆慣了，哪裡被人騎在背上過？這下被李瓊整得好痛，不由激發了性子，身子猛地一挫往前電射而出。

李瓊被這幾下突然的動作弄慌了，而馬背上除了馬鬃之外，再也沒有其他地方著力，但她又不敢太過用力，除了任馬奔馳以外還能做什麼。心裡雖慌，嘴裡卻硬是還要逞強，高聲叫道：「嵐哥快點！你看我這馬兒好會跑啊！」

林嵐也已看出了苗頭，心想：「這下你可知道厲害了罷，看你嘴上裝硬，其實還不等於在說：『嵐哥！我的馬發野了，我可收拾不來，你快些趕來幫忙罷！』」

林嵐想到這裡心裡甜甜的，因爲他一向以英雄自命，處處總想能表現自己，好使李瓊成爲嬌弱的小鳥，永遠受到自己的保護而不能離開，可是李瓊精靈極了，明明知道林嵐這種心思，卻從不讓他得意，有時候偏偏要裝出姊姊的姿態，說林嵐這裡該怎樣那裡又該怎樣，惹得林嵐自己跟自己生氣。

李瓊在馬上不住驚叫，林嵐使出全身功力往前緊追。

林嵐雖說有公子哥兒的脾氣，本身功力倒是十分了得，這一人一馬相距原有二十幾丈，才這麼一下，林嵐便只落後十丈了。

李瓊知道林嵐一定就要趕上來了，可是馬兒如發狂一般，她可一點不敢大意，當然也笑不出來。

林嵐雖然只要再一加勁就可追上這匹野性子的馬，卻並沒有立刻趕過去，他心裡在想，要怎樣才能制服這匹馬，而又不讓李瓊有任何危險？

他不敢躍上馬背，怕李瓊罵他輕浮，在馬後根本沒法可想，只有到馬頭那邊冒險試一試。眼看再衝下去就快到樹林了，林嵐再也不敢遲疑，一聲輕嘯，陡地拔空而起，兩腳一點不曲，雙臂微向下一劃，整個身子便像一隻大鳥般飛到馬前，真是快比流星趕月，衣角在空中帶起「刺！刺！」的響聲。

林嵐心中飛快的想到，現在唯一的辦法是把馬的速度慢慢減下來。於是再也顧不得什麼體面不體面，陡地暴縮如球，一下閃到馬腹之下，雙手按在馬胸前，全身一挺，整個身子便橫在空中，雙手之中立刻產生一種推力，使飛馬的衝力驟然減小。

他這一招確是巧妙到了極點，他原來是往前衝的勢子，在空中藉著一曲一伸的變化，硬把向前的力化爲向後，而且還能控制著慢慢才把力量使全。

這匹野馬果是不凡，被林嵐使出內家真力仍然前進了十來丈，林嵐筆直的釘在馬胸前就像石柱一般，倒飛了十餘丈才輕輕落下地來，雙腳一穩，那匹野馬雖然四蹄亂劃卻一動也不能動！

那匹野馬原就吃過林嵐的苦頭，掙扎了幾下也就不動了。

李瓊神魂方定，趕忙跳下馬來。

林嵐滿頭是汗，站在馬旁說道：「瓊妹！我早說過這是匹難見的異種野馬，秉性強悍，何況剛收服不久，野性還沒全除，你看方才有多險！」

李瓊一看站的地方離樹林只有三丈多遠，要是連人帶馬亂衝進去，怕不重傷才怪呢？可是她明知林嵐說的是實話，卻心道：「你這小子看我方才受了那麼大的驚恐，不但不講幾句安慰我的話，只是說些廢話，還像我不該似的。」

「什麼強悍不強悍，根本就是你怕跑累了，所以故意把我攔下來，不讓我痛痛快快的過次癮！」

她嘴裡雖這樣說，心頭卻知道林嵐對自己關心得很，看他滿頭汗珠的惶恐樣子不覺甜甜的一笑，但馬上又故意呶起小嘴。

林嵐公子哥當慣了，一向只有自己強辭奪理的份兒，現在被李瓊搶白一陣可是講不出話來，只有結結巴巴的叫著：「瓊妹！瓊妹！……」

「哪個是你瓊妹，要你叫得那麼親熱！」

林嵐可是心頭慌了，怕李瓊真的是生他的氣，因爲雖然李瓊曾說過不讓他叫她瓊妹，可是這幾天不也一直在叫她瓊妹嗎？於是忙道：「小瓊！我剛才完全是一番好意，哪裡是存心不讓你過癮呢！」

李瓊噗哧一笑道：「好了！好了！算你是天下第一好人，全是我一個人不對，我不騎馬了，把牠放回山上去，這樣你可高興罷？」

林嵐忙道：「不！不！我不是這個意思，你騎！你騎！」

他嘴裡說心裡卻想：「這匹野馬是異種，得來豈是容易，就因爲你死命要騎，我費了好大的勁，幾乎掉到泥淖裡才把牠馴服下來，你現在一不高興就要把牠丟了，真是的。」

原來林嵐驕縱慣了，從來只知道自己想不到別人，李瓊明明是逗著他玩的，他卻信以爲真。

李瓊道：「嵐哥！你一定跑累了罷，我們到林中去坐坐。」

林嵐高興的答道：「小瓊你真好，這匹馬呢？」

李瓊道：「就讓牠在那裡罷，看牠那樣子已經服你了。」

兩人走到林邊一棵倒下的樹幹旁邊，林嵐拿出汗巾把樹幹上的落葉拂掉，又用腳把地上的亂枝踢開，兩人輕輕坐下。

林嵐取出水壺，遞到李瓊面前道：「這裡的水不多，你喝罷，我不渴。」

李瓊見林嵐處處愛護自己，心中頗爲受用，喝了一口清涼的水，一種說不出來的舒服感覺一直從嘴裡經過喉嚨進入腹中，渾身的毛孔都像輕鬆起來。

她偷眼向林嵐望去，他那豐逸的面容、挺直的鼻樑，那雙炯炯有神而又含情默默的大眼正向自己注視著。

李瓊不勝嬌羞地倚在林嵐的肩上，把水壺輕輕遞給林嵐柔聲道：「嵐哥！你喝！」

林嵐用手輕輕撫著李瓊的雙肩，一股少女特有的醉人幽香，飄進林嵐的心裡，他醉了，他忘記了世上所有的一切，他幻想自己是一位聰明英俊的王子，而身邊的李瓊便是世上最美最美的公主。

李瓊又何嘗不是在陶醉中呢，她輕閉的秀眼在長長的睫毛下多美，面頰微帶著紅暈，小巧的嘴上不正浮著淺淺的笑意。

人最奇怪了，他們用言語表達一切，但是當兩個最親愛的人在一起時，言語似乎成了多餘的，因爲他和她的心已經一同到了另一個世界，緊緊的偎在一起，那裡是完全靜止不動的。

突然林外一聲馬嘶，沉醉中的兩人都醒了過來，李瓊發覺自己倒在林嵐的懷中，兩人目光一遇上，李瓊羞得臉好紅，連忙坐起身來。

停了一會，李瓊抬頭偷眼一瞧，正巧林嵐也正在看她，兩人都一齊別開臉去，李瓊噗哧一聲笑出聲來。

林嵐也跟著笑了起來。

李瓊道：「你笑什麼？有什麼好笑！你要再敢笑我，看我以後理你才怪呢。」
林嵐連忙說道：「瓊妹！你笑的時候真美！」
李瓊撒嬌道：「那麼我不笑的時候就不美嗎？」
林嵐笑道：「呵！呵！你不笑的時候當然也美得不得了囉，尤其是躺在……躺在……」
李瓊雙手在林嵐肩上捶著道：「你敢說？你敢說？」
林嵐聽了哈哈大笑起來。
李瓊把臉轉開，往林外望去。
斜陽的餘輝，替青碧的山林染上金黃的色彩，倦怠的鳥兒也成群的飛回林間，那匹神駿的野馬，正低頭細嚼。
李瓊一拉林嵐的手，指著快要躲開的夕陽道：「嵐哥！你看太陽公公多可笑，他一天在空中拚命快跑，到了要離去的時候總是要展現一下他最得意的丰彩，好像怕人家會把他忘了似的。」
林嵐道：「是啊！他一定是特別喜歡你，才肯讓我倆都能見到他美麗的丰彩，要不然爲什麼我一個人的時候總是看不到呢？」
李瓊淺笑道：「嵐哥！我真希望我們每天都能看到這美景。」

林嵐如何聽不出她隱含在話中的愛意，便在她耳邊低語道：「我們會的，我們以後每天都能欣賞這美景的。」

李瓊只「唔」了一聲，但兩人心中卻有說不出的快樂。

林嵐像是自語般的細聲說道：「瓊妹，將來我倆成了江湖上最有名的大俠後，我們便隱居到一個什麼人也找不到的地方，每天在山林間遊樂。」

李瓊道：「我不會做飯，我們每天玩，不吃東西，不是成了神仙了嗎？」

林嵐道：「那有什麼關係，我們可以讓我師哥知道我們的地方，他一定會常常帶些好吃的東西來，那麼我們就不怕挨餓了，這不真的跟神仙一樣了嗎？」

李瓊覺得林嵐天真得好玩，不覺笑道：「是啊！那時候我們一定輕飄飄的，恐怕會被風吹上天去哩！」

說完兩人都笑了起來。

突然林嵐站了起來喝道：「什麼人在林子外面鬼鬼祟祟的！」

林外一個冷哼哼的聲音道：「狗東西還不給我過來，想跑？」

只聽「拍」的一聲，林外那匹馬怪聲狂嘶起來。

林嵐「刷」的一聲衝出林外，只見一位少年抓住那發狂野馬的尾巴直往後拉，嘴裡叫著：

「叫你過來你就得過來！」

林嵐一聽那少年把自己當做畜牲一齊罵，不禁大怒道：「哪裡來的小子，敢到我面前來撒野？是活膩了不是？給我站住！」

那少年臉色一變，兩眼露出凶光，正想立刻動手，忽然看見李瓊走了出來，心中一轉，怪聲怪氣的說道：「我在樹上聽你兩個卿卿我我地肉麻，差點連前天吃的飯都吐出來，正想騎這畜生走開，誰知牠想跑，被我一吼嚇住才只好過來，你們叫住我幹什麼，難道這個野種是你們兩個養的不成？」

這人可是陰損到了極點，李瓊氣得混身發抖。

林嵐狂怒道：「小子！我要你的命！」說著一揚雙掌，如惡虎一樣向那少年撲去。

那少年只是冷哼一聲，根本不把林嵐這力可驚天破石的一招武林絕學放在心上，直到離身不到三寸時，突然一個轉身，不知怎樣橫移開三尺，恰好把林嵐含怒一擊完全讓開！

那少年負手冷語道：「你不用劍絕對不行！」

林嵐如瘋了一般，猛然一躍，如凶暴的巨鷹般向那少年撲去，雙手十指挾著股股銳勁，就如十柄利劍！

那少年似乎對於林嵐具有這番身手稍感驚異，臉色突然沉了下來，那付冰冷狠毒的勁兒，令人不寒而慄！

林嵐眼見只要十指再略前伸立刻可以把那人斃在指下，心中突然一震，心想別人不過口頭上得罪過自己便要他的命，似乎太過份了，心念一轉，兩手一分便向少年雙肩抓去。

那少年對於林嵐這招由劍招變化而來的絕學似乎很熟悉，前身微幌便把對方凌厲的十指讓開，右手呼的劃了一個半圈阻止林嵐這招絕學以後的變化，左手閃電般拍向林嵐胸前！

林嵐沒料到那少年竟能預知自己招式的變化，身在空中無處借力換式，只有強吸一口真氣暴升三尺，但少年似乎也料到林嵐會這樣，右手突然挾著極強勁道向上拍出，在這種情形下，林嵐受傷是難免的。

李瓊脫口驚呼道：「不要傷他！」

那少年陡地一收雙掌，暴退一丈道：「你放心，在他沒有使出劍法以前，我絕不會傷他！」

原來這武功奇高的少年正是離開洛陽不久的關彤。

青蝠劍客一身武學雖博，然以劍法最為驚人，關彤雖不知林嵐是劍神胡笠的弟子，但從方才十指所化劍式看來，劍術必十分高強，所以他一定要林嵐使出劍法，他便可從中取其可取！

李瓊撲到林嵐懷中哭道：「嵐哥！走罷，他不是好人，我們別理他。」

林嵐怒道：「小瓊你走開，那小子真不是好人，我要把他宰了！」

林嵐拔出長劍，李瓊拉他不住，只有低頭而泣，她心中暗道：必要時我一定拚命幫他，要死也死在一起！

林嵐一步一步向關彤走去，目中噴著怒火。

關彤自負得很，冷冷望著林嵐。

林嵐已經犯了少爺脾氣，這一劍出手恨不得立刻取了對方性命，他驀地一揚右臂，長劍化成一片光幕向關彤罩去。

關彤心中靈光一現，覺得這招深奧無比的絕學自己也很熟悉，他雙手各向一方劃去，竟同時使出兩招不同的劍式，奇奧之處不在林嵐那招之下！

兩人在間不容髮之下，互相避開對方招式，又各攻出一招！

在神光電閃的一瞬間，林嵐只覺一股冷風襲向自己右手，心頭大驚，但還來不及變招，手腕一麻，長劍便落在地上，完全不知關彤是如何從自己那招絕學中攻進來的，他雖然感覺到對方熟知自己招式，可是劍神胡笠的弟子一劍在手，卻被一個不知名的小子空手擊落，實在太令他羞愧了。

李瓊一見林嵐落敗，早已奔了上來，林嵐見關彤已住手，便喝道：「小瓊別上！」

他這喝聲中帶著極端憤怒的意味，李瓊只好又退開。

關彤冷笑一聲，用腳尖一挑地上的長劍，長劍如電飛向林嵐，卻是劍柄在前。

林嵐把劍接到手中，膽子又壯了不少，喝道：「小子再吃你家小爺一劍！」說著右手輕輕劃出一劍，這次林嵐存心要挽回面子，所以強行壓住心中怒氣，使出劍神胡笠近年新創的絕學。

林嵐功力原不弱，只是公子哥兒慣了，又沒有臨敵經驗，慌慌張張出手，所以三招不到就栽了觔斗，這次全力使出劍法，果然不同凡響。

關彤見林嵐鄭重出招，再也不敢大意，也是全心應敵。

兩人鷹飛兔走，霎時已各攻了五招，關彤見林嵐出手一招比一招奇奧，身法手法也愈來愈精巧，他不得不把功力提到七成，只見他東指西劃看來雜亂無章，其實無一不是驚世絕學。

林嵐這時心神已全部專一在招式之上，早忘了為何打架，他只覺得對方招式太過詭異神奇，自己雖然絕招奇學不斷使出，卻只能勉強招架下來，更加不敢絲毫大意。

兩人又攻了十來招，關彤見林嵐招式太過神奇，如果不是林嵐功力不夠，不能完全發揮它的威力，自己絕不會這般輕鬆了，想到這裡殺機頓起，一連兩招怪異絕倫的招法，立刻逼得林嵐身手一窒，但闞彤立刻又想到自己現在必須儘快到少林寺去，得到那藥後，自己功力立可大增，那時天下誰也奈何自己不得，但現在最好放了對方，否則碰上對方師長倒是很大麻煩。

闞彤大喝一聲，功力提到十成，「巴」的一聲，將林嵐的長劍以一種極為怪異的力量擊落地上，闞彤一聲不響，飛身而走，剎時已沒入暮色之中，速度之快令人不敢想像。

林嵐呆立當場，像是失了魂，李瓊替他撿起長劍，林嵐默默把劍回鞘，兩眼飽含淚珠，低頭往前奔去。

李瓊知道林嵐這時心中難過到極點，跟在後面拚命追，口中喊道：「嵐哥！等我！你到哪裡去？」

林嵐嗆然答道：「我找我大師哥去！」

在林嵐的心中，他大師哥是什麼事都有辦法的。

四二　桃紅劍白

一道半邊兒破牆旁，是一條水聲淙淙的小溪，溪旁桃林繽紛，景色醉人。

一個神色間微帶憂愁的年輕人，匆匆地從牆角轉了過來，沿著溪岸與牆邊走著。牆的陰影投在他的身上，使他默默地有若幽靈。

他微感不安地伸手入懷中，觸到了一塊冰涼的方形之物。他喃喃地道：「萬佛令牌，萬佛令牌，願你助我遂了心願。」

忽然，他機警地止住了腳步，眼角微微瞟了周遭一眼，略一躊躇，便閃入了破牆之後。

約莫過了半盞茶的光景，前面的桃林之中，傳來了索索的人行聲。

又過了半晌，轉出了一群人，他們的眉色之間也甚是沉重。爲首是一個粗布服的老漢，端的是龍行虎步，只見他每走一步，地上便留下了三分許深的腳印。

牆後那少年暗暗尋思道：「此人功力如此精深，莫非是武林七奇中人不成？」

但隨又搖搖頭，自言自語道：「不對，七奇門人之輩縱橫江湖，從來便是單槍匹馬，那些人又不像他兒子。不過，管你是岳鐵馬好，還是其他人也可以，我少不得總要碰碰你們這些目空一世的老傢伙。」想著，他情不自禁地重重哼了一聲。

那老漢忽地止步，頭微微一轉，雙眼威武地瞪向這邊。

那少年心中一股傲然之氣，油然而生，他正想挺身而出，但一轉念，自己恩師的大仇未報，還是先到少林寺取了東西再說，便悻悻地強自按捺了下來。

那群人本來也都停了下來，只是大家都不出一聲，好像完全聽命於那老人似地。那老人冷冷地又望了少年藏身之處一眼，方才緩緩走去。

少年等一干人都走淨了之後，才從破牆處走了出來，他望著那些人的去處，呸地向地上吐了一口唾沫道：「請看今後之域中，將是何人之天下？」

他驀然仰天長嘯，心中傲然之氣，盤旋不已，然後匆匆而去。

那群人走得不遠，都聽得仔細，其中一個年輕人忽地臉色大變，怔在當地，旁邊一人厲聲喝道：「濤兒！你幹什麼？」

領頭那老漢轉身用手止住那人的喝罵，沉聲問道：「方賢侄，是不是遇上了正點子了？」

方濤滿面悲憤地點了點頭。

那老漢忽然仰面哈哈大笑道：「我蕭一笑可要碰碰那後起之秀，哼！」

人群中忽有一個高大漢子向蕭一笑跪下道：「我家主人殺身奇冤，指望蕭老前輩報了，我汪安生不能代主復仇，自當一死隨之於地下。」

說著，手中朴刀往脖子上一翻，眾人大驚，但哪還來得及搶救，汪安的屍身早已倒在塵土上。

眾人一陣錯愕，蕭一笑連連頓足，老淚像珍珠般地掛了下來道：「好！好！不愧是八面威風汪嘉禾門下出來的。」

這是蕭一笑看重汪安的義氣，其實汪安不過是七十二屯的一個莊丁，並不夠資格稱之為汪氏門下的。

要知蕭一笑為人最是衝動，又講義氣，所以當年曾為了好友羅信章之死，打破三十年靜居的生活，出山力拚劍神胡笠。

蕭一笑頭也不回，大踏步往關彤發聲處走去。眾人除了留下一兩個人料理汪安的後事之外，其餘的也默默地跟在他身後。

眾人一方面是激於義憤，另一方面也是心中十分好奇，想見見這心黑手辣的少年高手，所以一發都走得如風也似地。

行了半晌，穿入桃花林中，遙見一個穿了白色衣衫的人，背袖著雙手，慢條斯理地走著。

只見他腳步雖是從容不迫，但身子可移動得極爲迅速。

蕭一笑忍不住心頭之氣，揚聲喝道：「前面的小子給我站住！」

他這話說得甚是無禮，完全不合「笑鎮天南」的身分，但唯其如此，武林中人才說他口直心快，是個直肚腸的好漢。

蕭一笑何等功力，直震得大家兩耳生聾，桃花受到空氣的激盪，飄飄然地落下了幾許繽紛，遠遠望去，煞是好看。

關彤聽了心中也是一驚，但他爲人深沉，連頭也不回，忽地止步，靜立在當地，只是把頭仰得高高地，凝視著初升的旭日，一字一字地道：「諸位找在下有何見教？」

方濤與他會過，聽他說得輕鬆狂傲，戟指指著他背部大聲問道：「閣下說得好輕鬆，請問白老英雄那筆賬如何交代？」

唐若江見愛徒激動得雙唇都在不住地微抖著，心中一陣難過，忙牽牽方濤衣袖，用目示意，禁止他說話。

眾人聽從方濤一言中的，不啻一針見血，都屏住大氣，想聽聽這怪少年如何回答，不料關彤輕輕地唔了一聲，嘴裡喃喃地念道：「姓白的，姓白的？唔！莫非是少林門下那個老匹夫？」

語氣之中，輕慢已極，眾人不由怒髮衝冠。唐若江見方濤仍要再說話，忙搶先喝道：「你與白老英雄又有何仇？」

關彤冷冰冰地道：「你們問姓白的去！」

眾人中，譚清正第一個忍不住，重重哼了一聲道：「好！好！你小小年紀，死了自然可惜，莫怪我們手毒！」

關彤也忍不住大聲道：「會家過招，必有死傷，只怪姓白的學藝不精，還要出來混世面！」

蕭一笑用手止住眾人，冷峻地望望關彤的背部道：「八面威風汪嘉禾可是你下的毒手？」

關彤又聽得是他的聲音，如此威猛，心中更加吃驚，一時之間，武林七奇的名字一個一個地在他心頭掠過，但他只是聽青蝠劍客提及過七人的特徵，而在急切之中，哪裡認得出來。

他嗤了一聲道：「正是！」

說著，右腳輕輕地在地面上點著，一副不耐煩的神態。

噗地一聲，譚清正穩穩地跨前了一步，他與汪嘉禾數十年的交情，心中一股熱流翻滾不已，使得他不能自抑地道：「汪大哥仁義稱世，又有什麼可誅之處？」

關彤喝斷他的話道：「在場各位，莫不是成名多年的英雄，難道真個沒見過紅紅的血，白白的肉不成？俗語說得好，拳腳沒眼，你怎地偏不知趣，要我一件一件告訴你不成？其實憑姓汪的這點氣候，還想統轄淮上英豪，頂多是誤人子弟，就憑這一點，我殺了他又有何話說！」

眾人聽他前半段說的還有些歪理，但後半段實在太不像話，不禁都氣上心頭，只有蕭一笑忽地哈哈大笑不已。

關彤震於他的聲勢，有些惱怒地斥道：「又有什麼好笑！」

蕭一笑忽地止口，那震人心魄的笑聲也突然止住，他這手已是功力大大不凡，到了氣隨意發的程度，難怪有「笑鎮天南」的威名。

他冷冷地哼了一聲道：「笑你好大的口氣！」

關彤忽然轉過身來，兩道劍眉直衝髮際，仍背著雙手，嘻嘻笑道：「太早了一點。」

眾人除了方濤以外，都和他是初見，方才又是背著大家，所以此時有乍見廬山真面目之感。他那份身陷強敵而漫不在意的氣態，卻是常人所不能企及的。

蕭一笑閱人多矣，方才也竟沒看清他是怎樣轉過來的，心中暗暗嘀咕，心想七奇中以輕功見稱的，只有「靈台步虛」姜慈航和「百步凌空」秦允二人，這廝眉眼之間便有股邪氣，想來是秦允的後人。

蕭一笑輕捻短鬚道：「秦允是你的什麼人？」

關彤微皺眉頭，因爲他極不高興人家誤會他是秦允之後，因此，他鄙然地淺笑了，也沒見他有何動作，身子忽然倒退了幾步，只見他雙腳已在一退之際，在地上速速大寫了四個大字：「一匹夫耳。」

眾人當然知道他是指秦允而言，心中更是吃驚，他竟連七奇中的人物都不放在眼裡，而且除了蕭一笑之外，大家在錯愕之中，竟連他如何寫下這四個字都沒看清楚，蕭一笑只覺得他的身法有些熟眼，但又記不起來。

蕭一笑把頭微微一仰，右掌在胸前微微一晃，一股無形勁風，掃向關彤身前，關彤早已窺出破綻，那拳風並不是奔自己而來，微微感到驚愕，不知這老漢葫蘆中賣的是什麼名堂。

掌風過處，眾人一聲爆彩，關彤順著大家的目光，低頭向腳前的地面一看，只見原先那四字的旁邊，又整整齊齊地刻寫了四個大字：「何方小子」。

加上原先四字，變成了「何方小子，一匹夫耳。」這分明是老漢在折辱自己，關彤心中暗暗吃驚，不料眼前這個其貌不揚的粗服老漢，竟具有如此威猛的氣勢。他心中滴滴溜溜地打了一個轉，暗道莫非是班神拳或雷公不成，但他心中的怯勢，轉瞬之間又被天生的一股冷傲之氣所壓服，他雙目冷冷地向眾人掃了一遍，鼻中重重哼了一聲，緩緩地把背剪著的雙手放到身前來。

大家的內心隨著他緩緩移動著的雙手而拉緊了。因爲，這雙手曾殺了兩個江湖上成名的英雄，也代表著一種令人莫測的武功。

關彤一字一字地道：「諸位願意單鬥還是群毆？」

蕭一笑不屑地把頭一偏，看著道旁的桃樹。其他各人互相望了一眼，忽有一個老漢踏步而出，對大家一抱拳道：「諸位給我唐若江一個薄面。」

譚清正一怔，本來他應該挺身而出，但因他是此次大會的發起人，不可在初出師時折了銳氣，所以才遲疑了半晌，此時只得笑著對唐若江道：「這小子心毒手辣，唐兄不必留情。」

他這話說得極其江湖，其實是點醒唐若江不可疏忽，以免遭了關彤的毒手。他又哪裡知道關彤與姜慈航有了誓約，除岳門之外，絕不再殺一人呢！

人叢中，方濤三步兩跌地走了出來，他還未來得及出口，唐若江臉色猛然一沉，喝道：「濤兒！」

方濤心中又急又亂，明知師父是爲了自己傷勢才出頭的。他結結巴巴地道：「師父，我……」

只因唐門家傳極嚴，方濤也知道師父絕不允自己幫手，心中一急，額上汗珠迸流，兩眼一黑，金創已然迸發，一跌摔在地上。

唐若江連多看他一眼都不，只是向譚清正微微一揖，譚清正和他相交數十年，哪有不知道他的心意，忙微笑著上前扶起方濤道：「濤兒有我照顧。」

唐若江心滿意足地笑了一笑，眼光中流露出又愛又憐的神色，輕輕地掃在方濤昏厥而蒼白的臉上。

他毅然地收回了目光，又向蕭一笑默默地一揖，蕭一笑素知他是個漢子，也慌忙回禮。

眾人目送唐若江大踏步地走前了三步，心中都為他略略地捏了一把汗，因為四川唐門雖以暗青子著名，武林中聞之色變，但不知他手底下其他的功夫如何。

關彤臉上一無表情地看著唐若江跨近了三步，蕭一笑在旁冷眼旁觀，憑他那付見多識廣的眼睛，竟然從這年輕人的臉上，找不出一絲大戰前應有的前奏，他心中不禁暗暗發毛，暗道：「難道這小子是石頭作的不成？」

唐若江穩穩地跨前了三步，離關彤只有丈多遠，便揚聲道：「這位小弟怎生稱呼？」

他倒是先禮後兵，不愧為名家風度，哪知關彤最討厭別人追根究柢，心想，你要知道，我就偏不讓你曉得，他翻了翻白眼道：「說出來也嚇死了你，你還是不知道的好。」

唐若江再好風度，再大氣量，也萬萬禁不住他這一激，便嘿嘿笑了一聲道：「我四川唐若江向不誅無名之人，你不說也好，尚可留下一命。」

那少年聽到唐若江這三個字，微微一怔，但迅即朗聲大笑道：「你以爲我怕了你唐家不成，哼！天下暗器之最的岳家三環，我也不放在眼裡。」

唐若江被他說得臉上微微一紅，怒道：「小子，你要明來，還是暗動？」

旁觀諸人都瞪大了眼睛，看這年輕小伙子如何應付四川唐門的暗青子。

關彤並不知道什麼叫明來，什麼叫暗動，但他天生一付傲骨，也不願問唐若江，他乾笑了數聲道：「過街老鼠見不得光，我看閣下哪能光明正大的起來？」

這話把發暗器的人可損透了。

唐若江不怒先笑道：「動招不問兵器，或者只講究氣度。」

這話分明是指關彤妄殺武林英雄，反譏他不夠光明正大。

關彤道：「閣下賜招吧。」

唐若江凝神靜立了半晌，這般時刻中，周遭靜得真是連地上落支針都能聽出來，在唐若江的腦中，片刻之間，數百種歹毒的暗器名目，如流光閃電般地浮起又消失，他緩緩地把右手放入囊中，心中念道：「白兄助我！白兄助我！」

白玄霜那付良善的面目，在他心中縈迴著。

關彤目送著唐若江把手放入腰帶上繫著的一個皮囊之中，他心中也有一股說不出的滋味，自從他出道以來，也曾遇到了姜慈航這般的高手，但是，卻不曾和像唐若江這等使暗器的名手對過招，雖然，他曾數招擊敗了方濤，但他也知道，方濤和唐若江的功夫是無法比擬的。

青蝠劍客曾兩度為岳家三環所敗，最後終於抑鬱而終，即使名列七奇之首的金戈艾長一，也在岳家三環之下，輕輕地送出了七奇之首的名號。

關彤心中最不能放心的，便是岳家三環，但他沒有與暗器作戰的經驗——雖然岳家三環已不能算是暗器，而是運氣指揮自如的兵器。

因此，關彤沉著地接受了這重要的考驗，假如他栽在唐若江的暗器之下，他根本就沒有資格去向名滿天下的「岳家三環」挑戰。

唐若江開始移動了，但是，他的手並沒有離開布囊，他的雙腳迅速地移動著，每一步都是短促的。

他繞著關彤迅速地轉著，好像一隻飢餓的老鷹，在牠的獵物頭上盤旋著。

關彤的右手放在劍柄上，雙目緊瞪住唐若江的右手，兩腳在原地旋轉著，他的左掌藏在衣袖中，微微發抖，潔白的皮膚上已漸漸地透出了微小的汗珠。

但他的臉容是高傲而鎮定的。

唐若江愈轉愈快，他是在找關彤防禦上的漏洞，但關彤卻一步也不放鬆，使他無機可乘。

如是轉了十數個圈子，兩人的面容也愈爲沉默起來。

旁觀者的呼吸隨著唐若江的步伐而加快，只有蕭一笑微皺著雙眉，靜靜地注意著關彤的身形，他那緊瞪住關彤的目光，就好像唐若江是不存在似地。

每轉一圈，唐若江便趨近了關彤一些，距離的縮短，意味著唐若江下一步行動的前奏。

不知不覺之間，唐若江的大拇指已從布囊中取出，但其餘的四指仍插在布囊之中，忽然，唐若江大吼一聲，一雙腳速踩倒步，把他那壯碩的身體，硬生生地從快速的轉動中扳了回來。

呼的一聲，關彤也迅速地停止了轉動，他的雙目一直沒離唐若江的右手。

但在唐若江停止旋轉到關彤的轉身之間，有極短的一瞬間，關彤的右側是對著唐若江的正面的，因爲關彤的佩劍是掛在左側，所以關彤在往回轉的時候，右手必定會離開劍柄些，雖然，這必是極短促的一瞬間，但這都在唐若江的計算之中。

在場諸人，除了關彤之外，都沒見到唐若江大拇指微微一動，夾在虎口的一枚鐵蒺藜便應聲而出。

大夥兒只聽得空中有一種極難聽的嗚嗚之聲，尖銳得令人心寒，大家心中都在吼著：「唐氏毒蒺藜！」

這是世上最陰毒的暗器，可見唐若江心中的憤恨——白玄霜和他是生死之交。

於是，大家幾乎是沒有看清怎麼回事，只見眼前閃起一道迅速的光芒，是倒映在旭日下反射出來的光芒，那光芒就像天空中的閃電般，但卻沒有雷聲，而且又迅速地消失了。

只聽得關彤一字一字地揚聲道：「黑劍取蠅，誤傷寶器，尚請見諒！」

大家這時才注意到，那嗚嗚之聲已然停止，不由大驚，紛紛把目光看向地上，只見那令武林英豪聞名喪膽的鐵蒺藜，已變成了如雨點般的粒粒碎片，散在地上，譚清正仔細望去，只見地上果然有一隻小蒼蠅的屍體，一劈為二。

蕭一笑微微點頭，唐若江臉色微白，敢情連他也沒看清方才關彤的那手快劍。

關彤右手仍把住劍柄，臉微微偏過去，望著桃林深處，緩緩地道：「下一位是誰？」

其實唐若江和關彤只過了一招，雖然屈居了下風，但並不能算是落敗，但是關彤既已把話說了出口，雖是他理屈，但唐若江是成名多年的人物，哪能再和他糾纏下去？況且唐若江莫名其妙地被他破去了鐵蒺藜，雖然這並不是最上等的破暗器手法，到底也臉上無光，而他心中也有了幾分怯意，更把眼前的年輕人看成了莫測高深。

旭日照在唐若江微揚的衣角上，顯得一片紅色，反映著唐若江的臉色，更是一付尷尬表情。

譚清正知唐若江此刻心中的難過，他心頭上也抹上了一絲陰影，他下意識地用右腳在地上微微地踢著，彷彿是要即時使出他那名滿天下的「無影七十二腿」似地。

這令人窘迫的沉默，不過是一眨眼的功夫，關彤語聲方息，眾人中有一個漢子揚聲道：「唐老爺子請先息息，我郭某兄弟三人不才，先替河洛同道，和這廝算算汪大哥的血賬。」

說著，便有三條漢子排眾而出，唐若江素有儒俠之稱，這時也不失風度，微微對場外諸人一抱拳道：「蕭兄，譚兄及各位朋友，我唐某愧不能為大家出力，就此告辭了。」

方濤這時已醒了過來，這時也啞聲道：「師父，咱們走吧！」

蕭一笑看重唐若江為人，知道他遠居蜀中，而來蹚河洛這場渾水，正和自己一樣，是為了大夥兒著想，所以聽得他這般說法，知道也留不住，慌忙回了一個大禮。

關彤眼角微揚，便把諸般動作看在眼裡，他心中迅即想道：「這老漢不姓譚便姓蕭，姓譚的是譚清正無疑，但姓蕭的又是誰？」

一時他便想不起來，但他迅即轉身，對唐若江深深一揖道：「小可有事在身，不能遠送，尚請唐大俠見諒。」

眾人不料他會文縐縐的來了這一手，唐若江也是頗為訝然，只得應聲回道：「我瞧閣下必有非常之意，但望鋒芒稍斂。」

關彤心內雖是大不高興，但裝佯便裝到底，只得又一揖道：「敬謝唐大俠指教。」

唐若江師徒便在眾人的目送之下，快快地離去了。

那挺身而出的三個漢子，便是郭盛、郭昌、郭明，人稱「淮上三傑」，上次一方混進河洛大會，便是跟在他們身後的。

這三個人都是血性漢子，也不知道死是什麼意思。

關彤待眾人都定下來了，冷冷地朝他們看了一眼道：「難道河洛沒有其他的人物了麼？」

郭盛道：「這話難說，什麼樣的價錢什麼樣的貨，小子，咱們走著瞧好了。」

淮上三傑也不再答話，口中呼哨一聲，三人迅即分開，包圍了關彤，成了鼎足之勢，關彤見他們的動作也頗為清淨俐落，倒也不敢太輕視他們，他雙眼輕輕一轉，便已看清了周遭的情況。

他心想：「如果不顯些手段，這三十多人，可也不容易打發。」

郭氏三傑口中又是呼嘯一聲，三人便展開了圍攻，他們兩進一退，敢情是和關彤耗上了。這套拳法，他們練了何止千百次，配合之佳，卻是使關彤急切之間不能取勝。

其實關彤心中另有想法，原來他素知譚門「七十二無影腿」之名，知道今兒遲早要和他耗上的，方才雖勝了唐若江，那只是眼睛看得準，出手快而穩，相信眾人也看不清自己下盤的功夫如何，他現在為了使譚清正估計錯誤，便故意把下盤的功夫顯得弱了些，好讓自己有奇襲的機會。

須知高手過招，哪能分神，合郭氏三傑之力，再加上關彤藏了計謀，所以十五招過去竟然仍是車輪般地在場中轉著。

譚清正在旁看得清楚，心中雖是奇怪，但他何等敏銳，早已看出關彤每在旋轉身體的時候，左腳掌總是轉過了頭幾分，然後再一跳而回正常的位置，這雖是一個極小的失誤，但是已足以致關彤於死命了。譚門以腿快著稱，這時，無數招下盤絕著在他腦中掠過，他在匆忙之中，已臨時湊出一套破關彤的腳法。

但蕭一笑在旁卻看得心中嘀咕，他拉拉譚清正的衣袖，右手輕輕地在老譚的左手掌中寫了「左足」兩個大字，意思是提醒譚清正，關彤的左足步法裝得有些可疑，但譚清正卻還以為是英雄所見略同，便微微地點了點頭。

場中戰到第十六招，關彤猛然悟到，敵人三十多個，如果個個戰下去，豈不要被他們累倒？

這時郭氏三傑的拳風愈來愈厲了，處處往關彤的三十六大穴點去，關彤打得火起，見郭盛的左掌如風般地往自己印來，他身向右斜，掌向左推，左腳一轉，再輕輕一跳，正碰上郭盛的左掌，只聽拳風激盪聲中微微地咔嚓一響，郭盛悶哼一聲，連退了三步，左掌已齊腕折斷，這時，正是郭明自他身後攻到，見狀忙搶發一招，雙掌直取關彤，關彤頭也不回，反身長袖一探，郭明爲救兄長，拚力受他這一拂，只覺到衣袖拂過之處，十指發麻，腕如刀割，但他掌風卻擊在關彤身上，但覺去勢往兩旁一滑，再加上一拂之力，身不由主地便往右邊跌衝了過去。

郭氏三傑之中，一招之內，竟傷了二人，只剩下老二郭昌，這一招本輪著他和老大郭盛齊進，但哪料到禍起倉猝，他一時竟不知所措，呆了半晌，方才大吼一聲道：「我和你拚了！」雙拳直搗關彤胸前，其勢驚人。其實他是打花了眼，須知這招完全是不合拳理，關彤一幌身，左掌由下翻出，本可結結實實地印在他小腹之上，但這掌下去，郭昌焉有活命之理，眾人看得真切，不禁大聲驚叫了出來。

譚清正和蕭一笑同時撲了出去。

但正在生死俄頃的一剎那，關彤心中忽然一記霹靂，把他從盛氣之中打醒了過來，原來他的內心對他大吼道：「老和尚的賭誓！」

他本已答應姜慈航，在取得鐵騎令之前，決不再殺岳家之外的任何一人。

於是，他急地變掌如推，輕輕在郭昌股上一推，加上郭昌自己前衝之勢，郭昌便摔出老遠之外。

郭昌的人還未落地，關彤雙手已迅即抽回，仍舊倒背著手，他頭一仰，口中清清爽爽地吐出了幾個字道：「敬請無影腿譚大俠賜教！」

他按下心先擒了賊王，打了蛇首再說。

他背著眾人，好像不知道有人撲了出來似地。

但蕭一笑身子已離了地，既聽他口口聲聲挑老譚，自己怎好下場子去，而且他也看準了郭昌並無大礙，他心隨意動，右手往上一伸，已自抓住了一枝柔弱的桃枝，只見枝樹輕輕一彈，他壯碩的身子便好像三兩棉花似地，飛上了桃樹。

譚清正呼地一聲，落在地上，他乾咳了一聲道：「老夫候教。」

闞彤緩緩地轉過身來，右手放在劍柄上，左腳仍是留著那破綻，他不發一語，右衣袖一揚，凌空一劍，劍如驚鴻一瞥地在大家眼前掠過，眾人大吃一驚，以為他猛下毒手，但譚清正卻面不改色地哈哈笑道：「閣下還有如此閒情逸致，佩服，佩服！哼！」

眾人這才定神看去，方見到闞彤左手中已不知何時多了一朵鮮紅欲滴的桃花。

闞彤把手中的花湊近了鼻子，轉了兩轉，深深地嗅了嗅道：「干戈不息，愧對名花！花兒花兒，我今送你到瑤池玉樓去吧！」

說著，自顧自地用雙手不停地把桃花在手中搓著，眾人見他雙手間竟冒起了縷縷白煙，再見他雙手一分，哪還有桃花的影子？竟都化成了氣，散去了。

他這一手，真個震住了眾人，便連樹上的蕭一笑也不禁暗暗吃驚，覺得這少年竟有意想不到的內功。

譚清正暗思：「這廝上盤功夫不錯，只有找他那左足上的破綻破他。」

他主意打定了，便一歪嘴角笑道：「小朋友好深的功力！」

闞彤卻臉色一沉，目如寒星地道：「譚老師是河洛領袖，你且先劃下道兒來，今日之會，是每一位在場的都陪在下走兩招，還是怎地？」

譚清正一怔，不料他會說出這番話來，心想這年輕人真是厲害，嘴上的功夫可也不差。他沉思了一會兒道：「是又怎樣？不是又怎樣？」

闞彤應道：「假如諸位朋友都有這個雅興，我可沒空，還是一起上來，大家切磋切磋，不然的話，哼哼！」

他這話說得十分狂妄，根本沒把譚清正放在眼裡。

眾人面面相覷，作聲不得，原來闞彤一句話，便把事情給講死了，大夥兒要說不放過他，豈不是現在都要上了嗎？如此一來，場中的譚神腿的臉又要掛到哪裡去了呢？如果說就此算了，那麼白玄霜和汪嘉禾的兩筆血帳又怎生還法？將來傳出去，河洛淮穎的英豪便丟盡了臉了。這下倒真是進退兩難。

其中也有明曉事理的人，一想准上三傑丟了個大人且不說，便是四川唐門的儒俠唐老爺子，也敗在這少年的一手快劍之下，而方才他倒取桃花那一手，也是妙絕人寰，知道自己這方雖是人多，倒也不見得能佔上便宜，而挺身而出道：「蕭老師，譚老師，我等都聽你們兩位的吩咐。」

這話也說得乖巧，把責任輕輕推在蕭譚二人身上，而且也套定了那少年，不得不和蕭一笑也大戰一場。

譚清正自己有破關彤的把握，但他身爲此次大會的發起人，豈能說出讓我單鬥的話來？蕭一笑在樹上哈哈一笑道：「小子，難道你能死上兩次？」

關彤只覺他內力精深，聲音震耳，他雖是心驚，但卻狂激無比地扭轉頭來，嘴角微微向下一撇，鄙夷地冷笑了一聲。

蕭一笑只覺這少年目光之中，就好像萬丈深的冰洞一樣，令人有深不可見底之感。

譚清正一揚雙掌，怒喝一聲道：「咱們上手吧！」

關彤漫不經心地轉過頭來，怪聲道：「好呀！」

譚清正怒哼一聲，當胸便是一掌劈到，關彤身形不動，右掌一揚一立，也是一股勁道發出，只聽得轟然一聲，譚清正被震退了半步，而關彤卻絲毫不動，但雙足已陷入硬土地中半分。

旁觀眾人暗暗咋舌，蕭一笑心中大驚道：「這一招像煞雷公的身法，難道此人是雷公門下不成？」

當年蕭一笑為了至友之事，曾上胡家莊尋仇，和雷公鬥過幾招，所以知之頗詳。

譚清正受這一震之力，血氣逆流，歇了半晌，方才定下心神來，他暗道這廝內力果然驚人，只可智取，不能力拚。

他心意已定，便在關彤身邊遊走起來，關彤也怪，並不隨著他轉，只是右掌當胸，左掌附背，兩眼望著清空，一付怡然自得的樣子。

眾人都暗道：「這下這小子難逃公道。」

只有蕭一笑眉頭暗皺，蓄勢待發。

譚清正本想誘他轉身，好乘機攻他破綻，不料關彤卻裝出這副怪樣來，反而叫他無機可乘。

譚清正愈轉愈快，只見他那身白衣，繞著關彤，迅速旋轉，把關彤的身形都遮了去，只有蕭一笑在樹上看得清楚。

蕭一笑忽然驚噫一聲，原來他見到譚清正就地一滾，雙腿速伸，猛向關彤攻去。

關彤雙腳仍是不動，彎下腰來，雙掌亂拂，在在不離敵腿的要穴，但他就是不轉身，譚清正見自己滾地堂的身法，竟然仍誘不動他轉身，被關彤用這從沒有見過的打法破了。

眾人只見關彤手忙腳亂，又喝了一聲好。

譚清正一擊未臻全功，就地一滾，又站了起來，卻把身子在關彤附近兩臂之遠處，慢慢地轉著。

眾人緊張得連大氣也不敢喘，原來此時譚清正面色沉重之極，雙目凜凜發光，雖是平常的一步一步，但暗含著多少種的妙招在內，他腳尖的方向，也是每步不同，關彤此時也不敢再托大了，便慢慢地隨著譚清正旋轉，雙目不離他的兩隻腳。

譚清正暗喜妙計得逞，眼看便要轉到一圈，關彤左腳一動，正要再轉過原來的方向，譚清正料準他一定轉過了頭，然後輕輕躍回，他猛喝一聲，心隨意動，「無影七十二腿」已然如奔雷般地彈出。

眾人只見眼前一花，三聲暴喝俱起，竟比天雷還要震人心耳。

原來關彤故意留下破綻，待他一腿踢出，勁道尚未及收之際，驀然暴喝一聲，全身彈起，忽地頭上腳下，雙掌如鷹爪似地，快如閃電，猛住老譚的腿上拍去。

譚清正素以快腿著稱，不料關彤以快打快，竟比他更快，這時若被他擊中，一生英名便折在此地。

關彤正要得手，忽覺身形陡然不穩，一股無形力道，猛然把自己往右面一拉，他大驚之下，一翻身落地，又跌衝了一步才止住。

只見原先在桃樹上的老漢，不知何時已到了自己身邊。

蕭一笑斥喝道：「年紀輕輕，心地太糟，哼！我最看不順眼這等小子。」

關彤血氣上湧，怒道：「你敢陪我走幾招麼？」

「笑鎮天南」蕭一笑冷笑道：「小傢伙也不過爾爾，這又何難？」

關彤長劍出鞘，厲聲道：「看小可可有一絲含糊！」

譚清正對蕭一笑一抱拳道：「蕭兄，一切拜託了。」

說著，回到了眾人堆中，大家臉色也是與他一般沉重，蕭一笑仰天呵呵大笑，笑聲方息，戟指道：「我蕭一笑今天可要使你心服。」

「蕭一笑」這三個字，是何等震人，「笑鎮天南」的名號，僅次於武林七奇，當年與散手神拳范立亭的名頭，在有些地方還比七奇要響，只因七奇都是幽居的人，平常不大露面，只有范立亭與蕭一笑兩人常在江湖上走動，盡做些俠義的事，後來不知何故，「笑鎮天南」竟也不問起世事來了，這是前話，別過不提。

關彤退了半步，口中喃喃地道：「便是岳鐵馬我也不怕，又怕了你姓蕭的不成？」

蕭一笑收斂了嘴角上的笑容，對關彤冷冷道：「小子，上啊！」

這倒真是老狂遇少狂，狂到一堆來了。

關彤陡然長嘯一聲，手中長劍點向蕭一笑眉心，蕭一笑看準來勢，下盤釘立，上身陡然平移半尺，堪堪避過來勢，等他劍勢一衰，右掌平拍，直取關彤平背五大麻穴。

蕭一笑對關彤這一招，與當年首陽大戰岳多謙戰青蝠一般，是英雄所見略同可不謀而合。

關彤長劍劃一個半圈，正自脫出蕭一笑的掌力。

蕭一笑如出柙之虎，每拳都有千斛之力，虎虎生風，直把地面的土灰掀了一層起來，吹得眾人都張不開眼。

但是關彤的劍卻組成了一道滿天劍網，一收而成一道玉珀的光芒，破風而入，直攻蕭一笑的三十六大穴。

兩人用的卻是最上乘的輕功，但見兩人愈打愈快，直如兩團光影，在場中飛奔，把眾人看得眼花撩亂。

關彤與蕭一笑接了近三百招，真是愈戰神態愈爲亢奮，此時兩人早已把作戰的理由給忘了，全神陶醉在雙方的招勢之中。

蕭一笑心中暗暗納罕，只因關彤的招式極雜，他左掌猛如神拳右側又有胡家的三分味道，足下輕功也帶上了百步凌空的一點氣質，蕭一笑饒是見多識廣，也摸不準眼前這年輕小伙子的來歷。

只因當年首陽大戰，七奇合戰青蝠，青蝠是個聰明絕頂的人，便吸收了七奇的絕招和優點融合在自己獨特的武學之中，只是班焯的霸拳，被獵人星無故一打擾，並不得見，而岳家三環，青蝠雖是兩敗之後，仍不能揣摸得透，所以關彤不會，而其他的各門功夫，都被關彤學去了一點。

蕭一笑愈戰心愈驚，剎那之間，把一付狂感都拋在腦後，臉色也變得鄭重起來。關彤的內心在狂吼著，因爲他要戰岳鐵馬，蕭一笑便是一個極佳的試石。

戰到第三百六十一招，蕭一笑漸漸不耐煩起來，他大吼一聲，右掌迅速拍出，五指直抓關彤劍尖，只見他食指迅速一彈，關彤劍尖竟硬生生被他彈出了一分，他左掌可也沒閒著，乘關彤劍網上有如此一個小漏洞之際，無聲無息，快如勁風似地遞了進去，直取關彤前胸！

關彤哪見過這等拚命打法，頃刻之間，各門各派的千百絕招都在他胸中顯現，但無一可救眼前之危，他心頭憤怒地道：「難道我關彤便死在姓蕭的手上麼？天哪！姓岳的豈不逍遙！」

「岳鐵馬」三個字，在這電光火石般的一剎那，在他心中湧現，他心念一動，心中大喜，脫口喊道：「雲槌！」

只見他左肘劃了個半圓，右手執著劍柄，猛可從左臂下閃電翻擊而出，這一式來得好生奇特，真是令人意想不到，而且招式之猛，威力絕倫！

說時遲那時快，蕭一笑只覺一陣威猛無比的罡風，直取自己胸前，猛聽得關彤喊著「雲槌」二字，心中大驚，然而一切都太遲了，他左掌一翻，右臂一封，只聽得震天價似地一轟，兩人硬生生地對了一掌。

雲槌的威力何等驚人，天下只有范立亭的「寒砧摧木掌」差能比擬，但青蝠饒是聰明絕倫，光憑首陽一戰極模糊的印象，又如何能深知雲槌的妙髓？蕭一笑這招是存心驚駭，手下只用了九成真力。

眾人歇了半晌，方才如夢初醒，只見兩人各退了三步，蕭一笑右臂衣服上劃了一道口子，原來是關彤劍鋒僥倖之傷。

關彤只覺得體內血氣翻騰，但蕭一笑也是老臉變色，眉色之間，有幾分痛苦的形狀。

這年輕小子竟和「笑鎮天南」戰了個平手！

此時，整個桃林真是冷靜極了，而且令人奇怪的是，不知何時，整個林中的桃樹，都變成了牛山濯濯的禿枝，滿地都是繽紛桃花。

於是，一個年輕人手中曳著長劍，慢慢地在滿地桃花上行過，走出了林子。

旭日照在他那俊秀的臉上，也映出了他那深沉的眸子。

他喃喃地道：「上天下地，唯我獨尊！」

那是金戈艾長一在首陽大會中的狂語，但竟會重現於一個少年之口！

他忽然摸了摸懷中的萬佛令牌，毅然地道：「少林寺！少林寺！」

他忽然放大了腳步，匆匆而去。

旭日浴著大地，一片通紅，桃林中，眾人惘然若失，只有蕭一笑仍喃喃地道：「雲槌！雲槌！」

四三　電光虹影

天上的烏雲愈集愈密，本來已是夠黑的了，這時更是黑得一絲光線都沒有，連野外的空氣都令人覺得有無比的沉悶。

闞彤緩緩放慢了速度，他抬起頭看了看天，一顆星光都沒有，他輕歎了一口氣，喃喃道：「今夜又要下雨了，這一路上可找不著投宿的地方哩。」

他微微皺了皺眉頭，他那白晳而俊美的臉上流露過一片迷惘的顏色，他心中想道：「萬萬沒有想到那艾字老藥店中會有這種高手，我可從來沒有聽說過有哪個武林高手是開藥店的呀！」

「為今之計，顯然只好先到少林寺去一遭了。」

他想著想著，身形又無形中加快了起來，漸漸，天空的烏雲更密了，而他的身形也隨著加速，有如脫弦之箭！

一道電光如銀蛇般掠過天空……

接著，「轟隆」一個大雷，震得整個大地都似乎一跳。

關彤望著兩邊的聳天古樹，在黑暗中有如一個個碩長的巨人，搖曳著滿頭長髮，張牙噴味，舞衣揮袖。

狂風怒雷下，這不可一世的少年第一次感到自身的渺小，他想：「如果有一個造物的神，那麼它的力量真是可敬可畏的。」

又是一道電光閃過……

電光中，他看到了三個碩長的人影投在地上──

於是他瞿然而驚，他停下身來，仔細向前方打量過去，只見黑暗中果真有三個人靜靜地站在前面，一聲不響，但是他突然直覺地感到周遭的空氣中充滿著緊張和嚴重，他微微捏了捏拳頭，他心想：「他們是等我？他們會是誰？」

經過那一場大戰，使他深深地感到在他尚不能無敵於天下之前，他與天下武林爲敵實是不智之舉，所以目空一切的關彤此時竟感到一絲緊張。

他試探著，裝著滿不在意地走前三步，每一步都如肩負著千斤之軀，但是落腳之際，卻輕得宛如四兩棉花，他提聚了全身功力──

又是一道電光閃過……

「呀……」

關彤輕叫了一聲，因爲在這一剎那之間，他認清楚了那三個人中的兩個，一個是劍神胡笠的徒弟林嵐，另一個是那刁蠻姑娘李瓊……雖然他並不知他們的名字。

轟，一聲雷過，接著又是一道電光閃起……

於是關彤看清楚了三人中的另一個，那是一個白白胖胖的公子哥兒，年紀似乎不比林嵐大多少，但是看上去要穩重老練多了，關彤見那人生得面如美玉，一派富貴堂皇之相，關彤自幼是何等貧苦，他每著華麗衣服實是一種自卑感的表現，這時一見了這三人，個個都是華麗富貴，大家氣派，他心中不知怎的，忽然生出極端的反感，他心中一氣，那本性就立刻流露出來，他原有幾分的緊張此刻是一分也不存了，於是他忽然肆然哈哈仰天大笑起來。

他的笑聲清亮的在黑暗中傳出去，四周都有空曠的回聲，顯得格外淒清……

黑暗中，一個溫和而穩定的聲音：「聽說閣下稱言不用劍子也能叫胡家神劍出手？」

關彤聽了心中一怔，暗思自己哪曾說過這番話呀？但他繼而一想，不由恍然大悟，心想：「必定是這小子吃了敗仗回去胡言亂語搬弄是非了，哼！搬弄是非又怎樣？難不成我關彤還怕了你嗎？」

於是他哈哈大笑道：「是又怎樣？」

那個溫儒的聲音道：「是那你便試試罷……」

關彤冷笑一聲，他想起劍神胡笠，這個在名義上應是他師叔的武林奇人，他不禁心中怦然而跳，他想：「在我未能無敵天下之前，我還是不要和七奇人物動手吧。」

於是他裝著毫不在乎地，自言自語道：「哼，打了小的，還怕老的不出來麼？」

那聲音帶著一絲怒意，略略提高了一些！

「只要閣下勝了在下手中劍，在下發誓閉口不敢再言隻字！」

關彤心中暗喜，便索性續狂道：「好吧，一切依你，你們三個一齊上也可以。」

那人向前跨了一步，冷冷道：「如是在下輸了，那麼在下等隨便閣下處置，但若閣下輸了又如何？」

關彤道：「依你說怎地？」

那人道：「若是在下僥倖勝了一招，那可得請閣下到關中胡家莊一行？」

關彤哈哈笑道：「那敢情好，這可成了賭鬥了，不過我覺得我一人與你們三人賭鬥，可太不公平——」

那人道：「依你怎麼說？」

關彤心中一動，已有了一個計策，當下道：「咱們賭鬥三場，拳劍輕功暗器任憑君挑，第一場若是在下勝了，那可要麻煩三位去洛陽辦一件事，第二場若是在下勝了，那就請三位多跑一些路，設法替在下尋找鐵騎令主岳家老大岳芷青，至於第三場麼——若是在下勝了，那就請三位屈就在下之隨從三月——」

那人聽他如此一番話，便是修養再好也忍不住重重哼了一聲道：「閣下說到這裡，可全是說是『若是閣下勝了』的話，敢問若是閣下敗了呢？」

闕彤打的算盤是叫這三人到洛陽艾字藥店去替他取九首玉芝，此外他感到自己一個獨來獨往，實在有點勢單力孤的感覺，是以他想使這三人跟著他，也可命他們辦些瑣事，這乃是他的如意算盤，這時聽那人如此一說，不禁臉色一紅，信口答道：「第一場若是在下敗了，在下就跟三位到關中去，第二場……第三場……」

他原來根本沒有想到「敗」，是以一時說不出來，那人冷冷笑了一聲，闕彤一賭氣，發狠道：「第二場若是在下輸了，在下送給三位一條胳膊，第三場若是在下輸了，那麼在下送上頭顱一顆！」

那人不料他會說出這種話來，不竟呆了一呆，闕彤不知怎的忽然發怒起來，他怒吼道：「不必嚕嗦啦，你究竟敢是不敢？」

林嵐在旁叫道：「咱們有什麼不敢？」

那人道：「好，這是你自己說的。」

關彤道：「閣下是劍神的掌門弟子吧？」

那人道：「不錯，在下孫卓然。」

關彤道：「好，我信得過孫兄的話，堂堂胡劍神的掌門弟子言必有信，可不會像那紈袴弟子膿包現世——」

他說著望了望林嵐，林嵐怒目圓睜，正要發作，他師兄孫卓然伸手止住，他揚首對關彤道：「第一場怎麼比法，尚請閣下示下——」

關彤道：「聽由尊便！」

孫卓然雖是富家弟子，但是生性豪爽，也不多說，只道：「好，第一場咱們比劍，不過第二場由閣下定罷！」

「嚓」！孫卓然拔出了長劍。

「嚓」！關彤也抽出了佩劍。

黑暗中，這兩個少年高手，相對立著，立刻他們發現對方的持劍姿勢中內蘊著無窮的內力和奧秘，那寒汪汪的劍身中發射著隱隱的潛力。

關彤一身絕學，他微一抖劍，試了一招，劍尖從孫卓然的臉邊不及半寸之處飛過，然而孫卓然卻是眼睛都沒有眨一下，他文風不動地盯著關彤手上跳動著的劍尖，關彤心中暗道：「到這個地步，他仍然穩如泰山，看來我是無法試出他的高低來了。」

他的劍尖在空中跳動了一圈，然後呼的一彈而去！

孫卓然乃是胡家莊的大弟子，一身功夫盡得劍神真傳，他真是劍術大宗師之後，輕輕一揮，長劍發出嗡的一聲，筆直地對著關彤的劍刺去，他們出劍都是疾如旋風，是以兩人都不敢繞劍圈擊，說時遲，那時快，「叮」的一聲，兩隻劍尖在空中碰個正著，一縷火花在黑暗中突的飛出。

黑暗中，暴雨將至，已經不再看得清楚兩人的身形，只在空中不時看到迅速飛舞著的劍光！

電光閃爍，照著兩人行雲流水般的身形，瞬息而滅。

然而在林嵐和李瓊練過武的眼中，卻能看得清清楚楚，只見孫卓然劍出如飛，從兩脅之間刺出兩劍，又準又穩，真已得到胡家莊神劍中的精髓，關彤左刺三劍，右擋一劍，退了一步！

林嵐忍不住大叫道：「好啊！大師哥好一招『后羿射日』！」

關彤冷哼一聲，正待也是一招「后羿射日」施出，忽然轉念一想，暗道：「不行，我若一施出『后羿射日』，那豈不立刻被他認出我的身分？天下除了胡家莊和恩師之外，還有誰能施出胡家神劍？」

於是他把即將出手的一招硬生生地收住，他沉著臉，壓低著嗓子，凝視著孫卓然道：「你也接我一招！」

他前跨半步，右手長劍一吞一吐，左掌向內劃了一個圈兒，霎時內力泉湧，滋滋之聲從劍尖上發出，終於「嗡」的一聲，劍尖筆直地飛刺孫卓然的咽喉，這正是青蝠劍客手創的奇招，內含五個變化，其陰毒狠辣之處，遠在胡家神劍之上，關彤施將出來，尤其又快又狠，有如長蛟出洞！

孫卓然雙肩一沉，舉劍平眉，反手一劍刺出，正好從關彤劍子將到未至之間穿過，直點關彤「神庭」，這一招所取的時間差一絲毫都不能成，一旁的林嵐看在心中又是大大喝采！關彤何等功力，他橫推直挑，全是致人死命的毒招，孫卓然大喝一聲，劍如神御，飛浪而迎。

轟隆隆……

轟隆隆……

巨雷就如在頭頂上爆炸一般，接著，嘩啦啦的大雨落了下來，那聲勢好比倒瀉天河，藉著狂風的威勢，雨水分不出雨點兒地沖將下來，就如大海怒濤一般，淋得樹葉啪啪作響。

大雨巨雷中，映著那兩隻長劍上下飛舞，閃爍著陰森森的光亮，孫卓然委實不愧為一代劍神的衣缽傳人，名震天下的胡家神劍在他手中施出隱然透露出一代大師的味道，人們從他的身上彷彿可以看到神劍胡笠的青春時代！

關彤只覺平生尚未遇到如此過癮的一戰，他的劍法也是愈施愈熟，愈施愈神妙，這些全是青蝠劍客這一代怪傑在最後失去功力的七年中所創的，較之當年首陽大戰與胡笠兄弟交兵時，又是另一番威力！

大雨傾盆，李瓊全身被淋得透濕，她張著小嘴望著那沒有底的黑暗和那寒氣逼人的劍光飛舞，她芳心一陣劇跳，不禁感到一些怕意。

於是，在黑暗中，她悄悄地伸過手去，輕輕地抓著林嵐的衣角，接著，她感到林嵐的手有力地握住了自己的手掌——

轟隆……

雷聲愈打愈響，就像山崩地裂的聲音一般，襯得那傾盆大雨也生像是益發浩然了。

孫卓然萬料不到這不明來歷的狂妄少年在劍術上竟有如此的威力，他打得性起，運劍如風，胡笠一生浸淫劍道，其中無數劍術妙諦，已是超過古人蔚然自成一家，而孫卓然在此悉心調教下，便是胡笠晚年方始悟出的道理也傳授於他，是以他年紀輕輕，劍道之中，竟然已有古樸純厚，返璞歸真的味道了。

關彤擋了幾招，心中駭然而驚，孫卓然的劍式中流露出一種凜然不可抗拒的威風，他大喝一聲，劍長偏鋒，施出了青蝠手創最毒辣惡毒的「鬼愁二十式！」

霎時之間，形勢大變，兩人都是以快搶快，尤其是關彤，怒目切齒，每一招式都令人膽戰心寒，只要被稍爲碰著一點兒，那立刻就得血濺五步之外，開膛破腹，絕無倖理。

漸漸，孫卓然也全放開了手，一些師父告誡不可浪用的狠毒招式也上了手，於是，孫卓然不再保有那溫文儒雅的和穆，他的臉上也露出了殺氣——

劍光在空中飛舞，大雨滴也在空中飛舞！

關彤的招式愈來愈詭奇，每一招式，都暗含著三五個陷阱，只要孫卓然有半點疏忽，那是神仙也難逃一死了！

孫卓然躲過了兩次危機，他心頭不禁怒火上升，暗道：「這等毒辣的劍式當真是聞所未聞，幸好是碰著我，若是旁人，那還有活命嗎？」

想到這裡，他忽然又想起一事：這人究竟是誰，他的招式我就沒有一招是認得的，中原武林使劍的少年高手我全見過，便是岳君青似乎也不及此人穩辣呢——

他略一分心，關彤一連三招攻出，他奮力削出一劍，霎時之間，關彤攻出的三招忽然全斂，孫卓然不禁猛吃一驚，他乃是一代劍神之後，天賦機智無比，以最快的反應向前猛跨——

關彤這一招乃是「鬼愁十二式」中的最後一招——「閻羅亡魂」，是鬼愁十二式中最毒辣的一招，任何人一著了道兒，便無倖理，孫卓然跨得雖快，但是關彤的劍飛快地刺了過來，孫卓然大喝一聲，採取了最後的一招——

只聽見「嘶」的一聲怪嘯，孫卓然身形騰空而起，一道光華閃處，長劍已如飛龍橫天脫手而出——

這一擲乃是孫卓然功力所聚，劍尖與空氣急速地磨擦，已達炙熱地步，雨點落在上面發出「滋滋」的怪聲！

關彤逼不得已地一閃，然而這一閃，已足使孫卓然脫離險境，孫卓然猛可一扭身形，飛快地反縱而起，打算把那柄長劍抓回手中，因爲只要他抓回手中，那麼他仍不算敗落，關彤如何不知他意，也是猛一縱身，身劍合一從中攔截——

那長劍挾著嗚嗚怪嘯直向李瓊和林嵐之處飛去，林嵐一把抱住李瓊滾在地上，關彤冷哼一聲，左手一指，中手指上一枚黃金戒子脫手打出，「叮」的一聲正打在劍身背面——

那黃金戒子又小又軟，然而藉著關彤的內力，竟然和劍身一撞，那長劍斜斜飛落下來——

等到倒在地上的林嵐和李瓊發現時，劍尖離李瓊上背脊僅距三寸，眼看無論如何是無法躲避的了。

這時，劍尖距李瓊僅有一寸，而孫卓然飛縱過來，手掌距劍柄尙有一尺，只見突然之間，孫卓然暴叱一聲，頭髮根根直豎，右手伸得筆直，那柄長劍突然如受極大吸力，竟然倒飛而上，呼的一聲跳入孫卓然的手中！

然而就在這時，孫卓然感到背上寒風襲體，他心中暗叫一聲：「完了！」

他奮力向下一彎身，但是依然來不及了，「波」的一聲，鬬彤的劍子刺穿了他的左肩胛骨。

孫卓然悶哼了一聲，鮮血如泉水一般湧了出來，他伸手在自己左胸上方一點，止住了穴道，李瓊大叫了一聲，一個翻身爬了起來，抓住孫卓然的手臂，心中又愧又急，眼淚也流了出來，她張口叫道：「大師哥……你……那麼多血……」她想要不是爲了救她，大師哥豈會敗落？

大雨淋在孫卓然的臉上，身上、左肩的血液被雨水沖稀了，一道道地流下來，與透濕了的衣衫混和著，分不出哪些是雨，哪些是汗，哪些是血。

他抬起頭來，望著李瓊的大眼睛，也扯動嘴角做出一個微笑，林嵐撕下了一幅衣襟遞過來，李瓊趕忙包紮上去。

關彤望著孫卓然，這富貴之家的弟子，何嘗受過這等苦楚，那白皙而俊美的臉上現出拚命忍痛的神情，他心中不禁覺著有點不忍，但是這不忍之心方始升起，他又不知怎地覺得惱怒起來，於是他哈哈冷笑了一聲，大聲道：「哼，真是英雄好漢，這點傷算得了什麼？來，咱們再比第二場吧，第二場咱們比輕功好了。」

孫卓然聽了這話，緩緩抬起頭來，他推開李瓊和林嵐，沉聲道：「比便比吧——」他抱著左肩，向前上了三步，忽然一個踉蹌，跌倒地上，李瓊和林嵐連忙上前扶起，孫卓然望著林嵐臉上露出憤然之色，他知道這個不知天高地厚的師弟要上去拚命了，他臉色一沉，正色道：「師弟，今日你一定要聽師兄一句話——」

林嵐道：「什麼？」

孫卓然道：「咱們胡家的威名絕不能葬送在今日，你快扶起我，咱們回胡家莊，三月之後，我孫卓然要叫這小子棄劍投降！」

林嵐正要開口，李瓊柔聲道：「嵐哥哥，聽大師哥的話吧……」那邊關彤眼見林嵐、李瓊一左一右地扶著孫卓然，他冷哼一聲，心中又惱怒起來，大聲道：「喂，姓孫的，不敢比試了嗎？」

孫卓然知道師弟絕非這人對手，自己卻又無能為力，心中一急，險些昏了過去。

關彤嘲笑叫道：「比輕功啊，不大費什麼力呀！」

正在這時，忽然林外一個清朗的聲音道：「是呀，是比輕功呀，可是我到底比不比呢？」

那聲音停了一下又道：「人家說我管別人的事管得太多了，是呀，我是太愛多管閒事啦，自己想想也不好意思，可是這廝鬼叫鬼叫地狂妄得緊，我到底要不要同他比一比呢？」

那人竟這麼大的嗓門在林外自我口心相商起來，關彤喝道：「是什麼人？」

外面那人道：「是我。」

接著一個蓬頭垢面的少年走了進來，李瓊大喜叫道：「躐蹋鬼，是你？」

「躐蹋鬼」裝著吃了一驚，笑道：「呀，小娘子，又碰著你？」

關彤還道他們是一夥的，便冷冷笑道：「便是你代他比也不妨呀。」

那「躐蹋鬼」冷笑了一聲道：「喂，你叫關彤是不是？」

關彤道：「不錯，有何見教？」

「躐蹋鬼」臉色頓時如同罩了一層寒霜，一字一字地道：「雲台釣徒白老爺子可是閣下下的毒手？」

關彤笑口吟吟地道：「不錯，又怎樣？」

「那麼白老爺子的令嬡如何了？……」

關彤大笑道：「那小妮子麼？哈，我關彤從不與婦人孺子動手的，放她走了。咦——你是誰？關你什麼事？」

「躐蹋鬼」在百般緊張中得到了一絲安慰，他悄悄噓了一口氣，那多少年來的感情死結在他心中仍然是一個死結，就如八年前一模一樣，一點也沒變，他在暗中閉上了眼，喃喃對自己說：「只要你無恙，只要你無恙，我們見不見都不重要了……」

關彤見他不回答，他心中以爲這廝必是白家的什麼人，所以他大叫道：「姓白的，怎麼啦？」

「躐蹋鬼」冷哼道：「誰姓白？」

關彤道：「那麼——嘿！閣下貴姓尊名？」

「岳一方！你聽過嗎？」

此言一出，所有的人都大吃一驚，他們都想不到岳鐵馬的二公子會是這副蓬頭垢面的模樣，關彤面色陡然間變得鐵青，但是一霎時之間，他又恢復了原狀，他想到鐵騎令並不在岳一方身上，於是他只輕描淡寫地道：「令兄現在何處？」

岳一方搖了搖頭道：「不知道。」

關彤道：「岳兄可是要插一手？」

岳一方故意尖聲叫道：「咦，方才你不是說比鬥輕功嗎？」

關彤道：「對，對，你代這位劍神大弟子比鬥也可以——」

岳一方道：「什麼代不代，是我岳一方同你賭。」

他這句話聽上去似是嘻笑嘲罵之辭，聽在孫卓然的耳中，他可是暗暗感激，試想關中胡家莊何等威名，豈能讓別人來代赴決鬥之約？

關彤道：「你這人倒奇怪，好，就同你比又何妨？」

一方搓了搓手道：「方才聽你說第一場第二場的，敢問第一場如何，第二場又是如何？」

關彤道：「第一場若是在下輸了，要隨他們到胡家莊走一趟，在下若是贏了，就請他們到洛陽去辦一件事，第二場麼，若是在下贏了，他們得代在下查出令兄岳芷青現在何處，在下輸了的話，——嘿，在下就把一條胳膊送給他們……」

一方手一擺，大叫道：「好極，在下同你賭輕功，若是在下輸了，在下照樣替你尋出家兄所在，另外在下本人隨你處置，若是在下勝了呢，那麼你們第一場的賭鬥就作廢，另外——」

關彤雙目一睜大喝道：「另外什麼？」

一方嘻嘻笑道：「另外你那條胳膊我還是要的。」

關彤怒極反笑，大喝道：「那麼你便試試吧——」

一方道：「如何比法呀？」

闞彤仰首觀天，傾盆大雨中視力不及兩丈，他指著後方，朗聲道：「這後面百丈之遙有一棵合抱古松，咱們從此跑過去，在樹上留下一個掌印，就反身跑回，誰的掌印先留在這棵松樹上，誰就算贏。」

他說著指了指身邊的一棵槐樹。

一方道了聲「好」，闞彤退了半步，與一方站個平行，他拾起一個石子交在一方手中，道：「就請岳兄把這石子拋上天空，以落地之聲為準起步。」

一方接著石子，他屈指一彈，那石子帶著「嗚」的一聲怪嘯破空而去，霎時就隱沒在黑暗之中，他們兩人表面輕鬆，實際緊張無比的等待那落地之聲。

過了好一會，仍不聞石子落地之聲，闞彤不禁心中暗暗佩服，心想岳家暗器天下無對，指上功夫當真了得。

「叭」！

傾盆之雨中，石子落地的聲音輕脆地傳出，只見兩條人影疾逾閃電地奔出——

一方長吸一口真氣，一口氣連縱三次，每一躍都在八丈之上，霎時就到了三十丈外，當真是乘風駕奔亦不能過，他心無旁騖，不敢分心，腳下猛加內力，霎時又飄出了十餘丈——

但是他耳朵中聽到另一個衣袂破空之聲，他看也不看便知是闞彤已到了與他並肩而馳的地位，於是他猛一換氣，身形猛挺，七十丈的距離瞬息而過，一方一口氣也不敢放鬆，他凝目前視，果然依稀可見一棵巨大的松影矗立在大雨黑暗之中。

他的身旁發出呼呼地聲音，身體成了一個弓形，衣服漲得有如一個布袋狀——

距那古松愈來愈近，二十丈，十丈，五丈，三丈，一丈，五尺……

一方身在空中，上半身向前猛然一折，右掌伸出，猛向樹幹上按去……

就在他手掌即將按在樹幹之一霎那間，他看見另一隻手掌了，也正飛快地按向樹幹——

於是，「拍」的一聲，兩雙手掌同時拍上了樹幹，也同時借這一掌之力，翻身後轉，呼的一聲，兩條人影已在五丈之外，只留下樹幹上的兩隻掌印在大雨中淋洗著。

在回程中，兩人無聲無息地拚著足程，一方覺得自己萬難把五尺外並肩而馳的闞彤拋後半步，同樣的闞彤也有這種感覺，眼看百丈的路程又過了大半，兩人竟然仍是不分上下。

到了最後二十丈，闞彤忽然長嘯一聲，施出了青蝠劍客的輕功絕學，呼的一聲，硬生生把一方拋落一步，他這手古怪輕功絕招，便是靈台步虛姜慈航那日見了也覺心驚不已，一方心中一急，猛可向前一衝，但是他發覺闞彤身形左右搖幌，在極不穩定的情形下，速度卻又快了一些！

他暗中叫一聲要糟，抬眼望處，只見距那槐樹只有十丈之距——驀然，一條人影飛快地從槐樹林後穿了出來，正攔在關彤的面前，關彤身形略側，速度絲毫不受影響地想擦肩而過——

哪知那人身形竟也一側，又是恰好攔住，關彤功力當真驚人，竟然仍有餘力向右猛一拉，不料那人也是向右一跨——

關彤心中大急大怒，暴喝道：「滾開！」

同時雙掌猛進，一股強勁無比的掌風直向那攔路之人擊去，那人絲毫不相讓，雙拳一抱，對準關彤遙空一擊，只聽得轟然一聲大震，那人居然昂立當地，一分也未移動，關彤的身形卻是一緩，只聽得「啪」的一聲，一方已經在那棵大槐樹上留下一個深深的掌印。

關彤呆了一呆，胸中怒火上升，臉上如同罩了一層寒霜，岳一方也十分驚訝地反過身來，只見那攔路的人一襲白衫，身材修長，一方揉了揉自己的眼睛，瞪大了雙眼看去，果真不錯，他大叫一聲：「卓方！是你！果然是你！」

他猛衝上去，一把抱住卓方的雙臂，卓方也叫著：「二哥，二哥……」

他們忘了一切，四隻手臂緊緊地擁抱著，鼻息之間，他們都嗅到了那親愛的味道，手足情的溫暖，滋潤著一方那枯寂的心田。

「二哥，八年了……」

一方再也矜持不住，淚水涔然而下，他抱著卓方的手在顫抖，他的喉頭哽咽著，一個字也說不出。

大雨嘩啦嘩啦地沖瀉著，一方吸了一口氣，讓清涼的空氣漲滿了他的肺，他低聲地道：「爸媽可好？」

「好——」

這一個字，在一方的心中激起了無數的漣漪，那些熟悉的往事一一閃過心頭，他覺得天旋地轉，自己彷彿已經回到家了……

關彤目睹這一幕，他冷冷地走到卓方的身後，一字一字地道：「你就是岳卓方？」

卓方機警的跳開了一步，也冷冷地道：「不錯！」

關彤對一方道：「這場賭賽可不能算，咱們再來過——」

一方踱了過去，雨水淋濕了他的頭髮，使他的頭髮蓬亂地披在頸間，他抬起手來把頭髮向上一攏，在頭頂上隨手打了一個結，雨水把他臉上的污垢全部沖洗乾淨，露出了他本來的面目，這使那邊的李瓊大大吃了一驚，她可沒有想到這個「躐蹋鬼」竟是這麼一個英俊的美男子，小姑娘不禁瞪著一雙大眼睛，牢牢地注視著他。

一方道：「成，那你第一場賭賽也不能算——」

關彤怒道：「怎麼？」

一方聳了聳肩，正想憑一張利嘴胡亂編造一個理由，忽然那孫卓然朗聲道：「岳兄盛情可感，第一場就咱們認輸，劃下道兒來吧！」

關彤道：「那就請閣下到洛陽『艾字老藥店』內去爲在下取一味叫做『九首玉芝』的藥材——」

一方聽完哈哈大笑起來，關彤道：「笑什麼？」

一方笑道：「如果在下猜得不錯，閣下必在艾字老藥店吃了一點兒虧吧——」

關彤瞿然一驚，脫口道：「是便怎樣？不是又怎樣？」

一方道：「你曉得那艾字藥店中的掌櫃老頭是誰麼？」

關彤道：「誰？你怎麼知道？」

他問了這一句話，心中可存了十分緊張的情緒。

一方哈哈笑道：「這幾年來，北方哪個地方我沒有到過？那老頭兒雖然變了一些樣子，又故意裝得老態龍鍾，又裝了一頭假髮，哈哈，可瞞不過我岳一方呀，告訴你，他便是金戈艾長一！」

關彤倒抽了一口冷氣，但他口頭卻冷冷道：「艾長一嗎？在下三月之內，必去找他！」

一方聳了聳肩，不再說話。

關彤想到那天在艾字藥店門口的一掌，他已無心多留，只想趕快得著那二味藥物，他心想：「眼下這些全是武林中少年輩中最高的人物，我雖自信尚可取勝，但是比起武林七奇，那著實尚差一籌啊……」

這時孫卓然大聲道：「咱們雖是輸了，可是叫咱們去強取他人之物，莫說那人武功蓋世，便是一個凡夫俗子，咱們也不屑一爲，要殺要割，聽由尊便罷了。」

關彤原意是要借他們三人之力去洛陽大鬧一通，並無傷他們性命之意，至少在目前他還是惹不起胡笠的，這時他心中亂極，只想立刻趕上少林寺，先取得「金錢參」再說。

一方見他沉吟，便叫道：「你到底要怎麼樣啊？」

關彤無心多說，忽然道了一聲：「一切都罷了——」

話聲未了，他已如大鵬鳥一般騰空而起——

一方叫道：「喂，不要那麼急著走啊……」

關彤理也不理，飛快地消失在黑暗之中。

雷雨依舊，只是天邊已經露出一絲魚肚白色了。

卓方對一方道：「這廝好深的功力，不知他找大哥是要幹什麼？」

一方道：「不知道呢，大哥現在何方，你可知道？」

卓方道：「他此刻大約就在河南境內，聽說去解決開封石老大的糾紛——」

一方道：「那——他們可能會碰上頭——」

卓方想了想，沒有說話。

這時那孫卓然已經把傷口包紮妥當，由林嵐扶著走了過來，他對一方卓方二人一揖到地道：「兩位相助，又承保留在下顏面，在下銘感五內，他日若是有用得著兄弟的，必然千里馳赴。」

一方連忙還禮道：「孫兄劍法無雙，那廝實在是聲東擊西用詭計勝的，算不得什麼。」

孫卓然苦笑道：「那廝可真不知是什麼來歷，在下自幼浸淫此道，自問凡是施劍的，總不會看不出門路，但是對於此人，卻是莫測高深，陌生得緊。」

他頓了一頓又說道：「三年前在下曾與令弟岳君青少俠印證過幾手劍法，令弟可好？」

一方想說什麼，但他忍住了，卓方笑道：「君青麼，他這些日子也在江湖上亂跑，也不知他行蹤何方……」

孫卓然道：「見著令尊，請代為家師問候，自首陽一別，家師無日不在惦念令尊大人，時常說要是能與令尊聚過一年半載，真乃平生一大樂事。」

一方卓方謙遜兩句，孫卓然道：「那麼，咱們先走一步了——」

一方卓方向林嵐李瓊點首爲禮，李瓊望著神采手然的一方，想起那天在林子裡的「躐蹋鬼」，她不禁噗嗤一聲輕笑了出來。

一方對她微微一笑，她隨著林嵐轉過身去，不知怎的，她的芳心中竟然感到一種難言的惆悵。

孫卓然道了聲：「後會有期，二位珍重——」

便帶著兩人快步走了。

雨漸漸小了，雷聲亦斂，一方和卓方相對望著。

也不知過了多久，反正天邊一道曙光已從將散的黑雲中透射出來，卓方握著一方的手道：

「二哥，咱們回家去吧！」

四四　少林之行

林中一片漆黑，月兒兀自無力地掛在天上，那金黃色的光華，雖然是無孔不入，但在層層相疊的樹葉阻隔之下，竟透不進一線兒。

黑暗中，一個人在森林中狐起兔落地奔跑著，他口中喃喃地道：「岳家兩個小子一定會去找他們老大，我得在三日之內得了兩件藥物，否則似是敵不了岳家三環。」

他奔跑了半晌，又用右拳一拍左掌道：「活見鬼，艾長一竟會開起藥鋪來了，哼！」

他的速度是何等驚人，這一大片林子，不出半頓飯的工夫，便被他橫越了。他匆匆地走出了林子，只見月光之下，身前橫著一條小溪，他正要一躍而過，忽然河對岸一叢樹木之中，也無聲無息地走出了一個人，倒把他嚇了一跳。

見那人倒背著雙手，眼睛怔怔地望著明月，口中不知在吟哦著什麼，那人抬著頭，也不看前面的行路，但輕輕幾步，跨到了溪邊，雙腳卻停了下來。

關彤本想不理他，自己趕自己的路，但那人與他幾乎是同時到了溪岸，而且恰巧是面對面的位置，關彤見他是一付讀書人的打扮，也不想用武技驚嚇了他，忙道：「這位仁兄，借光。」

那人聞言呀地一聲，才把目光放平，有些不好意思似地笑了一笑道：「在下欣賞明月，不覺忘形，請仁兄原諒一二啦！」

說著把身一側。關彤只見他生得劍眉星目，唇朱齒皓，只是臉上已添了幾分風塵氣息，想來數年前必是一個俊美絕世的佳公子。關彤平素對自己容貌也頗自負，這時見了這人，卻不知怎地，卻看呆了似地，雙腳釘在地上。

那人見關彤直看著自己，不禁有些奇怪，口中卻又出句話道：「月下清溪，相映成趣，浮光掠影，微波浮金，如一幅月下小遊圖。」

關彤聽他出口的都是文縐縐的，但一雙目光之中，卻具有無上武學的慧根，心中暗暗納罕，但他生性孤僻，見那人是飽學之士，心頭不知怎地，又湧起了一股莫名的反感，只因他少年飄零，沒受良好教育的機會的緣故。

關彤的目光一冷，便跨過了小溪，連招呼都不打一個，便往前走去。忽然，他聽得那人微咳了一聲道：「這位台兄自林子那邊來，可容在下這裡打聽一人？」

關彤頭一偏，眼角一閃，見那人也已跨過了小溪，不禁心中一驚，原來方才關彤雖沒看清那人何時走到溪邊的，但還自以爲是行色匆匆，未曾注意罷了。但現在人家與自己不過一步之遙，卻連人家何時跨過了溪流都不知道，此人的武功難道真的是已到了登峰造極的地步？

關彤制住心中的驚意，慢條斯理地轉過身來，那人道：「閣下可曾見到一位穿白衫，身材修長的人？」

關彤更是一驚，脫口而出道：「他是你的什麼人？」

那人極表欣慰地道：「還好，還好，卓方跑的還不遠。」

關彤見他答非所問，更揚聲道：「閣下可是姓岳？」

那人怔了一怔道：「不敢，草字君青！」

岳君青，這三個字是何等震人，關彤不自覺地退了一步，但他迅速地覺察到這是失態，於是，他又迅速地跨回了一步，這一退一進，好像是一陣清風，輕輕地拂動了楊柳枝一般地，令人不易查覺到。但是，在月光之下，他瞥見了岳君青的臉上浮現了一絲奇特的表情。

關彤憤怒了，他認爲岳君青是對他方才的一退一進，而有所輕視。他下意識地把眼光飄向岳君青的雙指，於是，他失望地發覺君青並沒有戴著岳家三環。

青蝠劍客當年自視極高，他始終認爲自己只敗於岳家三環之下，而並不對岳多謙其他的功夫有所心服，所以在關彤心目之中，他的任務並不只是在挫辱岳門以雪師門之恥，主要的是要破岳家三環。

這就是何以關彤不惜獨闖少林的理由。

他的情感起了極大的波動，由於青蝠的敗死，使關彤的心理喪失了平衡，他對於武林七奇，尤其是岳鐵馬，有一種潛在的恨意，其中又多少帶了由自卑而生的自大。

但是他的理智卻極力在鎮壓住自己的情感——小不忍則亂大謀呀！

於是，他冷峻地睨了岳君青一眼道：「昨夜小可曾遇令兄於此林之南。」

君青雖是宅心仁厚，但此時也覺得他的目光中有一股陰森森的感覺，心中微微一愣，直到他聽了關彤的話才大喜道：「多謝閣下指示。」

關彤迅速轉身，一拂袖道：「岳兄請上路吧。」

他話聲止處，身形已如箭矢般地穿入林中，岳君青迷惘地看著他的背影。

他歇了半晌，一拍手掌笑道：「丹，還不出來？」

話聲止處，林中傳來一串銀鈴似的笑聲，河對岸的林子中，走出來了一個嫵媚的少婦，她對君青扮了個鬼臉道：「告訴你這個書呆子，說話可得當心點，你偏不信。」

君青跨過了小溪，執著愛妻的手道：「這人形跡可疑，你幫我想想他的來路好不好？」

司徒丹一扁小嘴道：「唷唷，書呆子不是學富五車的嗎？」

君青道：「此人功力之高，恐怕是七奇門下，但是你我在這七八年中，大部分的少年英雄都會過了，這人卻眼生得緊，最近武林中出了什麼年輕的新人物沒有？」

司徒丹噗嗤一笑道：「你我剛從哪裡來，又要到哪裡去？」

君青一怔道：「這又和那人有什麼關係？我們剛從少林寺來，現在要去找蕭老英雄他們去呀。」

原來上次在河洛英雄大會中，君青夫婦乍聞白玄霜之死，便和大夥兒散了，逕往少林寺去打點各事，如今事情方了，便下山來找蕭一笑他們，路上卻遇到了卓方，卓方是因爲芷青帶了鐵騎令和岳家三環，去開封排解石老大的糾紛，而在側面行動來配合芷青的。石老大是開封黃河船幫的老大，船幫分內外兩幫，內幫是土生土長的，外幫的逃難流離到了開封的，兩幫爲了飯碗，常爭地盤，最近又醞釀著一次規模空前的大械鬥，其中尙夾雜著金人的興風作浪，前次河洛大會，也是圈子內爲了應付此次大械鬥而召開的，但不料中途卻插上了關彤誅殺白玄霜、汪嘉禾的意外枝節。

岳家最重民族氣節，所以特派君青夫婦參加大會，而且讓芷青持著鐵騎令直接到開封去勸阻此事，但又派卓方暗中幫助芷青，也就是說，除了退休的岳鐵馬，和失蹤了的一方之外，岳門傾巢而出了。

君青是書卷氣很重的，卓方卻一心趕路，所以君青夫婦很快又落後了一日的腳程，這是閒話，別過不提。

司徒丹玉指一戳君青的額頭道：「你的心思都埋在詩書中了，你想想咱們在少林寺聽得了什麼事？而蕭老英雄他們正在找什麼人？」

君青一聽，便知道了她的意思，不禁連連頓足道：「原來竟是他，那你怎麼不早講？」

司徒丹道：「少林五僧曾說過他身懷萬佛令牌，功力奇絕，現在他又鬼鬼祟祟地從這古林中穿過，直往少林寺而去，你和他一上手，若不能生擒活捉他，讓他溜了，可是後患無窮，書呆子，你想通了沒有？」

君青一急，一把抓住了司徒丹的袖子道：「丹，我們快去找大哥和蕭老英雄去，這傢伙可能是金狗的人。」

原來君青誤以爲關彤故持神秘是因爲有了特殊的政治色彩，誰也不會輕易想到是青蝠的徒弟出來復仇的，因爲在青蝠敗廢之前，他是沒有徒弟的，而青蝠在首陽山再次敗於岳家三環之後，便消聲匿跡久矣，漸漸地，人們忘懷了昔年青蝠劍客的雄姿。武林中一流高手的命運，往往就是如此，像慧星一般，崛起的快，沒落的也快。

司徒丹被君青一扯，只得也放開了腳步，但她嘴中可故意大笑地道：「別急別急，少林寺有行腳小僧智伯在，那小子要勝也不是一時三刻的事呢，只怕他拿著萬佛令牌要賴。」

他們的身形已沒入了黑暗之中，但仍傳出了司徒丹銀鈴似的笑聲道：「平時要你快走，你卻慢得像蝸牛爬牆，哼！老夫子也嘗到心急的味道了吧！」

他們的聲音漸漸地遠去了，隔了一會兒，林中又傳出了一聲冷笑道：「哼！我倒要鬥鬥行腳僧智伯，岳君青，看我手下可含糊不？」

這人竟是闕彤！

旭日懶洋洋地跳上了地平線，發出暈紅色的光芒，這是一個極其平常的清晨。

山猴吱吱呀呀地在樹枝上跳著，不時還摘下一兩朵山花，拋來拋去，互相嬉戲著，突然，牠們停止了遊戲，驚奇地注視著一個陌生人。

那是闕彤。

闕彤在春晨的陽光之下，覺得渾身暖暖地，長途跋涉的勞苦，因爲略微的休息而恢復了不少。他大步跨出了林子，只見山路在眼前忽然一寬，竟是一片用大石塊砌成的場子，場子的中間，豎著一支高入天際的石旗桿，場子的盡端，是一列高高的厚牆。

於是，他把目光轉移到了一塊橫匾上，他深深地吸了一大口氣，只見上面龍飛鳳舞似地刻著四個劈窠大字——大雄寶殿。

「少林寺」，這三個字如千斤萬鈞似地在他心中鳴著。

他緩緩地走過了石場子，他的影子孤寂地投在白大理石砌成的地上，一步一步地跳躍著前進。

他走上了少林寺的踏階，兩旁的山神猙獰地望著他。

關彤輕輕扣起了門環，然後一放手，那沉重而亮晶晶的黃銅環，撞在紅木大門的包銅皮上，發出了一聲極爲清脆的聲音，山谷中迅速地起了不絕於耳的回聲。

忽然，在石方場上，投現出了密密痲痲的影子，他們的出現是無聲無息的，也是井然有序地。

這是少林寺守山的數十道卡子中的一部分——人怕出名，樹大招風，少林寺的戒備是十分嚴格的，但爲了不誤傷進香的遊客，除非是來人先上了手，寺中的和尚是不能出手的。

關彤恍若未覺，又敲動了一下門環。

影子向前推動了數步，已遮去了石場子一半，爲數不下百數十人，但卻沒有一絲兒聲音，一切都好像是在幻境中發生的。

關彤雙手一背，頭微微一點，那銅門上又響了一聲，這手功夫真露得驚人，但眾和尚仍是靜悄悄地。

突然，在關彤背後響起了一聲：「阿彌陀佛！」

關彤一抖肩，已然如鬼魅似地轉了過來，他這一手前次連蕭一笑都被他鎮住，果然，那和尚的臉上流露出一絲驚訝的表情，但轉眼又恢復了常態道：「這位檀越請了，敝寺山門非至旗桿頂端的影子落在門環上是不開門的，施主也不必白費心。」

關彤略一打量那旗桿道：「這也容易。」

說著便大步走向旗桿，眾和尚不知他的玄虛，都冷眼看他下一步的行動。

此時桿影還差三分，便可升到門環處。關彤走到旗桿前，雙手一抬旗桿下段，口中道：「委屈，委屈。」

眾和尚都微噫一聲，原來桿影竟暴漲了三分，不多不少，恰到好處，原來那千石重的大旗桿，竟被關彤拉起了一些。

只聽得雲板數響，大山門已應聲而啓。門中走出了兩串六十個看門僧，個個寶相莊嚴，不愧爲天下第一古剎。

關彤傲然地回掃了身後諸僧一眼，大步往山門中走去，忽聽得頭上一聲阿彌陀佛，關彤抬頭一望，只見階上大門前已站定了一個老和尚。

鬫彤走到階前，老和尚道：「施主好深的功力，但須知一分根底，便是一分能爲，這百年古物被施主無心毀去，豈不可惜？」

老和尚雖是明說旗桿，其實暗指鬫彤，鬫彤心中猛然一震，只因他出道以後，迭遇高手，也著實領悟一分根底，一分能爲這八個字的真味。

但他是來者不懼，懼者不來，憑著他那一股少年英銳之氣，千里迢迢走到少林寺來，豈會被這八個字輕輕嚇退？他怡然笑道：「老和尚說得好，請問什麼叫做根底？」

只因佛家素主空無之說，老和尚一怔，哈哈笑道：「施主若要知道，可隨老僧進來。」

鬫彤知道少林僧人，莫不是窺武功堂奧的，此時也不必太賣弄自己的實力，便施施然走上了台階，老和尚是知客僧慈通法師，已有六十多歲，也著實見過了不少大場面，他見到鬫彤一付從容的樣子，心中暗暗吃驚，不料這二十來歲的青年，竟已具備了一代宗師的氣度。

慈通法師率著十來個僧人，領著鬫彤往院落中走去，其他的僧人默默地目送了他們之後，都井然有序地散了去，回到了自己的工作崗位區，好像根本沒發生什麼事一樣。這是長期訓練的成果，其實每一個人都看出了來人是非易與的。

慈通法師領著眾人，並不往正殿走去，卻三折五轉地在寺中穿來穿去，鬫彤心中雖是納罕，但更使他吃驚的是，一路上遇著了何止百餘僧人，但每一個都是中氣極旺，內力已有些火候的人，同時僧人與僧人之間，除了禮儀上的招呼之外，誰都不多說一句，好像他這個外人不在場似地，對於少林寺管理的井井有條，不禁使目無餘子的關彤也暗暗心服。

慈通法師和關彤走到了一個偏院，只見院中有一片大蓮花池，此時蓮花未開，但見一張張芭蕉扇似的荷葉，靜靜地浮在水面上，那紅色的舊泥牆，倒映在水中，更顯出一絲令人安泰的寧靜。

關彤一見這曲院風荷似的佳景，便知道老和尚是在指點他「根底」兩字，因爲荷葉雖飄浮在水面上，但似是有根之物。武學中的根底就像荷葉的根一樣，光從表面是看不出來的，但若非有根，則必定會被浩浩武學之海所吞噬的。

這根底二字，是指「武德」，關彤如出柙之猛虎，如去鞘的利刃，其勢猛不可擋，其鋒不可輕犯，但誅殺過多，未免有損武德，英銳之氣，超過了節度，便流於浮燥與放縱了。

於是，姜慈航的話和他的形容又在關彤的心中浮現了，在這一刹那間，幾乎使關彤放棄了恩仇的意念，但這不過是有如驚鴻一瞥似地的一刹那，因爲，青蝠劍客那枯槁的容貌與破碎的心情，又深深地盤據了關彤的一思一念，他感覺到一股不能自制的衝動，他的雙目漸漸地變赤了。

一陣微風過處，他心中起了陣陣漣漪，一圈一圈地傳送到四周，彷彿把關彤的思路也帶到了遙遠的彼岸。

慈通法師用手向池水一招，猛喝一聲道：「回頭是岸！」

說也奇怪，一池的水紋都轉向這邊，關彤仍在沉思之中，被他一語喝醒，心中一個寒噤，也用手一拂道：「前亦是岸！」

那水紋便又掉轉了頭，如波如濤地衝向對岸，如比起聲勢來，關彤竟佔了上風，慈通法師暗吃一驚，歎道：「敢問施主光臨小寺有何見教？」

他這知客僧也怪，到現在才問及關彤的來意，但是關彤這客人可更怪，他從容不迫地吐出了三個字：「金錢參！」

他的作風真乾脆，一個廢字都沒有。

慈通法師右手微捻念珠，也一字一字道：「萬佛令牌可是在施主身上？」

關彤大驚，轉了半面，對著老和尚，瞪視了半晌，也看不出一絲奇異的表情來，他幾乎不相信自己的耳朵了。

慈通法師微微一笑，從袖中抽出一卷東西，向關彤一揚，關彤望那物一瞧，見他手上執著的竟是一幅人像，圖中那人的氣度甚是傲揚，竟活生生像是把關彤印在紙上了。

關彤一轉念，便猜到是少林五僧回寺之後，竟把他的面貌特點全暗記在心中，然後畫了這幅畫，難怪他身入少林之後，眾僧人好像早已看穿了自己的身分，也決不多言多語，於是，他對少林僧人的估計，又提高了不少，因為這等超人的記憶力，若非平日精於攝心大法有極深內力的人，是辦不到的。

他傲然地道：「這話難說。是便怎樣？不是又怎樣？」

慈通法師按捺不住，穩穩跨前了一步道：「施主扣留此萬佛令牌有何用意？」

這話分明暗指關彤想以萬佛令牌來命令少林弟子，關彤見他氣鼓丹田，便暗自戒備，口中卻舌綻春雷地道：「老和尚不是四大皆空麼？區區玉牌，為何又常在靈台一念之中？」

慈通法師長眉猛地一掀，又跨前了一步道：「忝為少林之後，焉能坐視施主猖行？」

周遭的空氣突然緊張起來，關彤氣定神閒地用眼角盯住老和尚的一舉一動，只見老和尚已自將十成功力提在十指之上。關彤心想自己獨闖少林，並非是要來鬧事，主要的是為了金錢參，這萬佛令牌自己留下並無多大好處，須知關彤並不和百步凌空秦允一般心腸，他時時所牽掛的只是與七奇的師仇，尤其是岳鐵馬。

他冷冷一笑，摸出了萬佛令牌，迎向日光一照，只見萬道光芒在玉牌面上反射而出，耀人心眼，慈通法師眼中略微露出一絲驚惶的神色，注視著關彤的動作。

關彤知道老和尚是怕自己用萬佛令牌來指揮少林僧人，但他主意已定，豈肯干休？他緩緩地用右手舉起了玉牌，一直過了頭頂。

慈通法師和一眾僧人臉色愈來愈爲慘白，一齊退了三步，試想天下還有比一群高手，被人挾持著去做害友利敵的事情更淒慘的事麼？

少林僧人武技雖強，但棋差一著，滿盤皆輸！慈通法師的心中飛起了千百個念頭，但只有一條路可行，萬一不能奪下令牌，只有自殺以免爲關彤所用了。於是，眾僧人的眼色都一變而爲悲壯了。

關彤一字字地道：「少林僧人聽著。」

眾僧人的手一齊都放在戒刀的柄上，大戰一觸即發。

關彤的心中在戰鬥著——他的傲氣和爭取時間的重要性在慘烈地戰鬥著。

他一直想忘卻司徒丹和岳君青的冷言冷語——「只怕他用萬佛令牌耍無賴！」但是，當他的本性受到了如此嚴重的挑戰時，他變得瘋狂了，他不能忘卻這句話。

終於，關彤冷冰冰的聲音打破了令人窒息的寧靜。

「在下不希罕這塊東西。」

於是，在清晨的霞光下，在微濕的空氣之中，傳出了一聲清脆的聲音。那是萬佛令牌從關彤指間滑跌下來，落在大理石地上，所發出的撞擊之聲。

那玉牌滴溜溜地反彈了幾下，一直滾到了慈通法師的腳下。

少林僧人窘極了，也錯愕極了，他們的手掌不知放在什麼地方才好，因爲現在都是拔刀的姿勢。

關彤狂傲無比地輕笑了一聲道：「嘿！老和尚能指點區區一個迷津麼？」

慈通法師沉聲道：「阿彌陀佛，貧僧敢不效勞。」

關彤輕輕用右手在胸前比劃了一下道：「金錢參藏於何處？」

一道勁風在蓮花上沿著水面迅速掃過，但方向配合得極佳，水波不興。眾僧人不明究裡，慈通法師心中更是一驚，正要開口，只聽得有一人口宣佛號道：「罪過，罪過。」

關彤側過頭來一看，不知何時已有十多個和尚站在配院的門口，只見他們的服飾，竟沒有一個是低級的，都是廟中有職掌的執事，爲首一人，長眉仙容，確是一個得道高僧，關彤心知少林僧的精華全到齊了，但他卻笑道：「老和尚又有何罪過，難道是要留得蓮台，托渡仙軀不成？」

說著左手戟指不在意地在空中劃了一個圓弧，眾僧人都臉上變色，原來池中荷葉都已應他手指指處而起，齊齊嵌在對岸的紅泥牆上，一紅一綠，相映得異常好看。

關彤仍是大模大樣地轉身來對慈通法師笑道：「這便是有根底了麼？」

原來關彤存心顯些本領，好讓少林僧人不再小瞧自己，也可以震住他們，他原先右手在胸前平平一劃，已不聲不響地將所有的荷葉齊托切斷，虛浮在水上。在旁侍候的十來個僧人，功力都已非尋常，竟看走了眼，沒看出其中玄虛來。

長眉老和尚哈哈一笑道：「施主且隨我來。」

關彤雙手一背，大步隨他而去，這邊蓮花院中，自有職司的僧人前來清掃，萬佛令牌從此又完了一劫，回歸少林了。誰也料不到使它重歸少林的因緣，竟是爲了岳君青的一句激將！

關彤與長眉方丈並肩而行，少林寺一干高僧俱皆隨行在後，又在寺中穿行了半晌，走到寺門來。其實所走的路徑便是來路，關彤早已熟記在心，他暗地奇怪，爲何方丈又把自己往回領，但又不便言語。

待走到大門前的階上，只見寬廣的大理石場子上空無一人，關彤聽得老禪師發出一聲佛號，他由高高的階石上望去，只見左面的牆後，分別走出了兩列僧人，都低頭疾走，轉眼之間便合成了一個圓圈，卻又忽然分成八段，然後從前面林子中穿出了另八列僧人，分別插入了行列，便成了一個一百多人的大陣，外圍是一個正八角形，卻在每一角上都有一條向裡的直線行列，分別面向陣心。

這一百零四個人俱皆手執長劍，只見一百零四道劍支的光芒在旭日下閃耀著，攝人心魄。

長眉長老揚聲道：「白老檀越可是施主下的毒手？」

關彤目眉不離那劍陣，一面微微點頭，好像毫不在意似的。長眉長老乃是少林寺的百虹方丈，他何等涵養，便揚指道：「白老英雄是少林俗家弟子，施主可有耳聞？」

關彤大聲道：「難道只許少林門下傷人不成？」

百虹方丈微微點頭：「但是施主已送還萬佛令牌，恩仇兩抵，這羅漢劍陣今且撤下，至於金錢參的事，敝寺確有一枝，但可要看施主的能爲了。」

關彤冷冷地道：「何妨讓在下見識見識這羅漢大陣？」

言下大有來者不懼之意。

百虹方丈暗道挫挫他的銳氣也罷，便道：「慈通，慈順，慈安，慈祥，你們四個去押陣。」

四個老和尙領命去了，關彤正要動步，百虹方丈一攔道：「施主且慢，這陣法甚是複雜，姑且讓他們演一遍給施主看看。」

原來百虹方丈端的是得道高僧，並不願少林寺留下以眾凌寡的惡名，先前是因爲白玄霜的一條人命，才備下這一百零八羅漢大陣，但現在形勢突變，既已聲明了恩仇兩抵，自然要改變態度。

百虹方丈有他的苦衷，但關彤又哪裡曉得，他天性涼薄，除了青蝠劍客之外，便沒有喜愛過別人，他心中暗道：「老和尚你可別假惺惺，我關彤不吃這一套！」

但是他只是冷笑了兩聲。

百虹方丈莊嚴地舉起了右手，然後迅速地往下一落。

於是，外圍的八列僧人迅速地旋轉了，繞著陣心的旗桿。

於是，極整齊地嘩地一聲，一百零八把長劍在天空中構成了一幅美麗的圖案，隨著陣法的運轉，劃出了不同形狀及不同角度的圓弧，一一地劃向了陣心的假想敵——石旗桿。

每一劍，每一步，都含有千萬個變化，如果敵人有任何反擊，都會像波浪似的，迅速地傳到了其他的各處，陣法隨之也產生了一個新的運轉，也就是每一次反擊都會引起一連串由其他各處產生的攻擊。

這是武學中的極致——以「群」爲攻守的據點，一百零八支長劍就好像一百零八個緊緊融合著的心一樣，使敵人找不出一絲漏洞。

青白色的光網籠罩著大理石的場子，真是潑水難入！劍光霍霍，使人看上去，覺得整個世界都披上了一件青白色的外衣，天空中也變成迷迷濛濛的青白色。

時而在劍陣之中，揚起了此起彼落的一絲劍芒，射向場中的假想敵。

忽然，這老和尚輕輕一吼，關彤只覺得他的聲音彷彿一絲寒星，直穿入自己的心裡，不由一個寒噤，他斜眼一看老和尚，但百虹方丈好似沒事似的。

這時場中嘩喇一聲，一百零八支長劍都入了鞘，關彤以爲劍陣已完了，不料那整齊的隊形忽然散了去，變成每七八人爲一列，後面的人把手附在前面的背上，見得四個法師各自一舉手，這數十列僧人的第一人又都紛紛拔出了長劍，然後各隊都以迅速無比的身法，在場中穿插奔走，有時直衝，有時旋轉，進退有序。關彤暗下留意，竟看不出其中有任何規則來，心中不由大疑，暗道：「莫非是少林僧人要我不成？」

忽聽一聲呼哨，一干僧人迅速圍成了二個同心的大圓圈，最裡層留下四個慈字輩的禪師，只見每個僧人都紛紛以手掌相抵，把數百人的功力聚在兩個圈子上，只見四個法，兩進兩退，每一招都是極爲厲害的招式。每當兩人一退，則身後的和尚便出一掌輕按禪師的背心，而禪師進攻時的力道，不啻集數十高手於一身，真是威猛絕倫。但這種打法，大家都極耗真力，因爲不絕地總有兩個需要大家加力，待得十五招後，後面一圈的和尚，紛紛以掌抵前圈和尚的背，前圈和尚動作雖不變，但已不自出力，不過是以身爲橋樑，將真力帶交四個禪師罷了。再過了十五招，又輪到後圈的休息，如此集一百零八人之力，作長期的車輪戰，功力再強的對手，便是大羅神仙，也絕無倖理。

須知天下武者，若論個人功夫，當推武林七奇和范蕭之輩，但以「群戰」，仍以少林為第一，因為群戰的配合極難，若非用百十年的功夫來研究，便不能譜出一個上乘的陣法來，況且除了做少林武當這些名門大派之外，也湊不出如此一個大陣來。

青蝠劍客一生嘯傲江湖，首陽大戰中曾力挑武林七奇，但也是先後為戰，並不是以一敵七。當然，若非他已練就了「擷長補短」的內家功夫，能愈戰愈勇，即使是車輪戰七奇，也是不可能的事。

因此，青蝠並沒有對付大陣的經驗，其實夠格與他相爭的人，也決不會用群攻來取勝。關彤一時不能破去此陣，只因羅漢劍陣是少林鎮山之寶，集數百年武學之精華，關彤雖是秉賦特異，但在急切之間，驟遇之下，哪能信手破之？但饒是如此，他早已把陣法的精要默記在心了。

他嘲聲道：「老和尚，今日破你這羅漢劍陣並不難，但就怕天下笑在下不是英雄！」

百虹禪師微微一笑道：「只怕又要作賤了敝寺的聖物吧？」

關彤不料老和尚端的厲害，已看穿了自己的心意，便冷笑一聲道：「和尚聽著，三月之後，關某誓必再登少林，破此羅漢大陣！」

他說話時的態度是何等的傲慢！

百虹大師輕輕一擊手掌，剎那間，偌大一個劍陣迅速停了下來，眾僧人都紛紛轉身，面對著老禪師立身之處，百虹大師朗聲道：「今日關施主手下留情，還不稱謝？」

眾僧人聽得老和尚這般說法，都如墜入了五里霧中，只因這套陣法真是潑水難入，關彤縱有通天之能，也不能輕易化去，但百虹禪師又絕不打誑語，一時不知所措，只因不謝這狂傲無此的少年，就是有違方丈之命，但若謝他，大家心中硬是不服。

關彤仰天哈哈大笑數聲道：「諸位大和尚聽著，若是在下置身陣中，便飛上了旗桿，割斷了繩索，執著斷繩，據高臨下飛掠而攻，或者由如此高度一躍而下，便能脫出此陣，請問諸位又能拿區區奈何？嘿嘿！」

眾和尚一聽，都暗道一聲不好，只因如此一來，只有砍斷旗桿一法，但儘管如此，也不易做到，因爲他藉著繩子亂蕩，大家都必然近那旗桿不得，況且此乃少林聖物之一，少林弟子又哪能自己動手砍掉？

這名聞天下的羅漢劍陣的本身，絕對無懈可擊，但因爲地方安排得不得當，竟被關彤三言兩語便把諸少林高手窘倒了。這又必定是大出當年設計陣法的人的構想之外的了。

百虹大師笑道：「至於金錢參的事……」

關彤心中暗暗緊張，不知少林方丈下面是什麼話。

忽然有一人大步自門後轉出，朗聲道：「師父，這狂徒交給弟子便了！」

關彤聽那人口氣甚傲，竟沒把自己放在眼裡，心中暗驚少林素來以涵養高深著稱，哪來如此無禮的和尚？不禁把視線投向來人，只見那和尚長得甚是挺拔，倒有燕趙豪俠的氣態，而且似甚相識，仔細一看，原來竟是前日在洛陽城中，關彤在路上所遇到的那人。他的打扮倒沒什麼改變，只是手上少了一條百來斤的熟鐵禪杖。

旁邊站著的監寺老和尚忙叱道：「智伯，誰要你多說話！」

關彤一驚，原來行腳僧智伯便是他！怪不得岳君青夫婦都十分欽佩他。

他人素來是比較急燥些，所以一年中倒有三百日在外面雲遊，其實寺中除了方丈之外，上下千人只怕要以他功力最深了，當年他年僅十七，便能闖過少林寺考驗子弟的羅漢堂。

因爲是以師兄代師父傳藝之外，他便不服其他任何一個人的管教，這回方丈怕他鬧事，便派他代監寺看守藏經樓，不料他耐不住，又闖了出來。

他一瞪眼大刺刺地哼了一聲道：「我便是不服！」

關彤冷笑了一聲道：「那就試試看！」

百虹大師叱了智伯一口道：「智伯，還不快把金錢參取來，老衲自有主意！」

智伯見是百虹大師的法諭，只得進去了。

百虹大師見他離去之後，方才緩緩地走到牆角處，只見一片青翠的山谷，下面有十多個大小不一的村子，許多如豆腐格子似的田地，但其中有一大部分都荒廢了，見不到一絲綠色和水紋。

百虹大師語重心長地道：「施主是胡人還是漢人？」

關彤本已被他的表情給弄糊塗了，在他心目中是只有仇恨的，這時一怔道：「難道大師以爲在下是金人鷹爪子不成？」

他口氣中對百虹大師已有了三分尊敬，但這句話中不滿的成分仍頗多。

百虹大師用手一指腳下的大地道：「那你能忍使上國衣冠入於胡奴之手麼？」

關彤在這凜然大義的話指責之下，心中真是羞愧交併，不論青蝠劍客和他，都只是勇於私鬥，怯於公敵呀！他開始覺得仁者的大勇了。但他仍強自鎭定地道：「大師又豈能脫身四大之外？」

他是明指百虹方丈自己也沒有什麼作爲，老和尙閉自長歎了一聲，信手往少林那千牆百廊的樓閣一指，頓足淒然地道：「靖康恥，猶未雪，猶未雪呀！」

關彤知道自己說錯了話，只因百虹大師是少林方丈，豈能逞一時之快，而危及全寺上下數千條生命？但關彤是孑然一身的，他應該爲民族奮鬥，抵抗金兵的。師仇，國恥，私憤，公敵，不停地在他心中攪拌著，他沉默了。

山風透入了寬大的衣服，使人有清涼的感覺，百虹大師和眾僧默然地注視著錦繡般的山谷。

忽然，山谷中響起了一聲長長的清嘯，山谷下有幾個行色匆匆的人，聞聲而交換一個會心的目光，中間一人沉聲道：「咱們快趕上山去。」

於是雲霧自山谷中升起了，龍虎相遇，必定是風雲際會的！

關彤凝視著冉冉升起的雲濤，靜靜地凝聽著山谷中反射來的自己的嘯音尾聲，他嘴中緩慢而莊重地一字一字地道：「天幸關某能報卻師仇，然後必不敢忘大師的教誨。」

百虹大師緩緩地轉過身子來，眼中含著一粒淚珠，那是國恨家仇的血淚！

周遭的氣氛寧靜極了，一百多個人都連大氣也沒喘一聲，忽然，有一個人在關彤身後冷冷地道：「有能耐就拿去。」

關彤沒等他第六個字說完，已自迅捷無比地轉過身來，右手輕靈地伸出去，百虹大師猛喝一聲道：「智伯不得無禮！」

但是關彤的手已落在盛金錢參的盒子上，而智伯的嘴間掛上了一絲鄙然的冷笑，冷靜無比地看著關彤，右手仍不放鬆，也輕輕地托住了盒子。

關彤的左手一落到盒子上，猛覺一股無比的潛力在拉著他往前傾跌，他微哼一聲，運勁一抵，竟然不相上下，那盒兒無聲無息地夾在兩股極爲巨大的無形力道之下，因爲雙方都用的是虛空傳勁的功夫，反而似極平常地擱在智伯的手掌上。

兩人各自暗用內力，但神色間卻愈來愈鄭重了，大家都已消去了傲然的態度。

片刻之間，智伯的額上已現出了汗珠，但關彤的頭上卻冒出了真氣，兩人的力道一次比一次強，但總是難分上下。

眾僧，包括百虹大師在內，此時都屏住了大氣，密切地注視著兩人的一舉一動，此時若非是雙方同時鬆開勁道，否則穩落個你死我傷。

依百虹大師的功力，勉強可解開他們，但難免會傷及一人，若傷了關彤，天下人都會以爲百虹大師存心偏袒，這是他遲遲不敢下手的原因。

那墨黑色的鐵盒子，漸漸地變得通紅了，兩人手上的汗珠，遇到了紅紅的鐵皮，都紛紛化成了真氣，發出了滋滋的怪聲。

關彤只覺對方力道一窒，知道他是吃了姿勢的虧，因爲自己是由上住下壓，而智伯和尚是由下往上托的。

他心中暗喜，儲藏在掌中的力道，正要源源發出，忽然，他心中起了一個想法，我關彤是何等人物，我豈能佔姿勢上的便宜而傷了這和尚？

他硬生生地把將要發出的力道給收了回來，智伯和尚奇怪地望了他一眼，但智伯和尚的危機已過去了，他仍返回了平衡的均勢。

關彤只覺對手反攻的力道甚猛，身子微微一沉，又加了幾分力道，那盒子本已緩緩上升，此時又停了下來。

百虹大師見得此等情狀，知道更是耽誤不得，愈拖下去愈難解了，他信手往身後一伸，早有一個僧人拔出了戒刀，遞了過來，百虹大師把刀面平行著盒面，迅速伸了過去，口中大喝一聲道：「兩位鬆勁！」

幾乎是在同時，呼的一聲，一物自屋外飛來，卻比閃電還快，只聽得奪的一聲，已自插在紅泥牆上。

那是一面陳舊的小旗，織錦的底，鐵灰色的駿馬在旗幟上奮蹄欲飛，旗桿上的明珠在日光下真是耀人心眼。

百虹大師刀子去勢一窒，脫口驚呼道：「鐵騎令！」

這三個字不啻一聲響雷，僧人的眼中都流露出異樣的心情，關彤和智伯同時輕喝一聲，切斷了源源不絕的力道。

百虹大師戒刀一揚，鐵盒子已自黏在刀面上。

關彤冷冷地轉過身去，仰首望著雲天，於是，剎那之間，青蝠劍客的老病之軀在他眼中浮現了出來。

他喃喃地對著天際的青蝠的幻影道：「師父助我，師父助我！」

四五　勝邪敗邪

少林眾僧一齊往林中望去，只見裡面穩穩走出來了四男一女——一方，卓方，君青夫婦，還有一個是誰？他便是近八年來名震中原的岳鐵馬的長子——岳芷青。

關彤頭也不回，大聲道：「林中還有數十位朋友，怎麼不肯露面？」

原來關彤何等機靈，他早已聽出林中有一大堆人，不過他以為是岳家的幫手，或者是蕭一笑那群抗金的志士。

卓方嘴快地道：「哼！難道不是閣下的朋友不成？」

原來岳家兄弟也在一路上早已發現了那些人，他們卻不知關彤是青蝠的弟子，還以為是金人的爪牙，存心來挑少林寺的樑子來的，所以芷青一得到了消息，便決定先不去開封而趕到少林寺來了。

忽聽得哈哈一聲長笑，林中陸陸續續走出了三四十個人，為首一人金袍玉冠，身穿胡服，竟是一個金國的王爺，身後雜著一批漢子，有胡人，也有漢人，但卻一式穿著胡服，其中還有幾個濃眉大眼的和尚。

芷青一看到這批異服胡語的人，雙眼便要冒出火來，但現下情況不明，只得強自按捺下來。

那王爺輕搖團扇，笑道：「這便是少林寺了麼？好生一付興隆的氣派！」

身後一個紅袍的大和尚發出了一聲佛號道：「阿彌陀佛，誰是少林方丈，王爺有事宣召。」

百虹方丈眼見來者不善，善者不來，這三五十個人莫不是武功有些火候的，爲了息事寧人起見，只得忍住怒氣，微微一頷首道：「老衲便是。」

那王爺輕薄地將百虹大師微微打量了一下道：「老和尚幾多年歲？」

智伯和尚忍不住跨前一步喝道：「足夠做你的祖父！」

他說話時一分出家人的氣息都沒有，聲音又粗又大，那王爺微吃一驚，不怒先笑道：「那爲什麼還不及早圓寂？人生不是譬如朝露麼？又有什麼可留戀之處？」

這連來三個問話，把少林寺上上下下的和尚激怒了，但百虹方丈知道人家存心來找碴子的，心知少林寺這點基業全要看今日的造化了。須知當時連國家都已敗退到了江南，中州已在金人的手中，光憑這三五十人，其勢再高，少林寺當然不會太放在眼中，但人家有百萬帶甲雄兵，光憑政治和軍事上的力量，就會使少林寺吃不完兜著走了，光棍猶且不鬥地頭蛇，少林寺有基有業，犯得著與他們胡拚麼？

他一拉智伯的袍袖，示意他退後，一面卻笑道：「那是老衲的私事，不用施主煩心，今日敝寺有事，施主們可請回。」

這分明是在下逐客之令，那王爺變臉道：「久聞貴寺有反抗本朝王命的行動，和尚你是要善了還是惡了？」

智伯又忍不住道：「善了又怎樣，惡了又怎樣？」

那王爺笑道：「法王，你且說給他們聽聽。」

身後那紅袍和尚一掀凶眉道：「善了的話，你們讓出這少林寺，除了有執事的職位之外，願留寺的亦可，否則還俗亦可。」

眾僧聞言都不約而同地喝道：「那辦不到！」

紅袍和尚道：「諸位別按不住氣，還有惡了的一個法子，如果要惡了，本法王率著眾家高手，百萬雄兵，將你這破廟踏平，務必燒得寸草不長，殺得雞犬不留，哼哼！」

少林眾僧聽得又急又氣，臉上齊齊變色。

忽然，場中一人哈哈大笑，笑聲震耳。

紅袍和尚聞聲一看，竟是一個俗家打扮的人，背對著大伙的側面，抬頭注視著雲天，一付悠然自得的樣子，當下一怔，怒吼道：「有什麼好笑？」

闞彤笑聲忽地打住，漫聲：「笑你好大的口氣。」

他這一手是方才從蕭一笑處學來的，真是狂態畢露，而且他還把最後一字拖得極長，一付不屑一顧的樣子。

紅袍和尚的臉哪掛得住，他猛吼一聲道：「小子報上名來。」

闞彤頭也不回道：「憑你也配問在下的名字？你先看看牆上的玩意兒！」

紅袍和尚忍住氣，目光往牆上一掃，臉色微變，但有些色厲內荏地道：「原來是岳鐵馬的傳人，便是岳多謙自己來，我也不放在眼裡！」

卓方與一方聞言大怒，君青人到底比較沉著，忙扯住了他們。

卻聽得闞彤又大笑了起來，紅袍和尚斷吼一聲，闞彤道：「岳鐵馬的傳人不是我，自有人找你算帳，但憑你這點沉不住氣的道行，人家百虹大和尚不是瞧著那豆腐王爺，早就把你宰了餵王八啦！」

他這話甚是陰毒，輕輕便把岳家兄弟及百虹大師和紅袍和尚結下了樑子，果然，紅袍和尚氣得哇哇直叫道：「他敢！」

倒是那個年輕王爺沉得住氣，他道：「久聞少林寺素重祖規，是也不是？」

百虹大師被他沒頭沒腦這一句，不知他安著什麼心思？只得點了點頭道：「薄有虛譽。」

那王爺緩緩舉起雙手，手掌在袖中一翻，摸出了一物道：「本王有萬佛令牌在此，少林弟子還不聽命？」

這句話一出口，岳家兄弟、少林眾僧和關彤都大吃一驚，百虹大師暗道一聲不好，只因他不識得關彤的來歷，不要方才他送還少林的那塊是假的才糟，但他只得硬著頭皮道：「老僧也有一塊，施主不要說笑話。」

王爺和紅袍和尚俱各一怔，果然百虹方丈也拿出了一塊萬佛令牌，遙遙望去，竟然一樣。

不料關彤冷冷道：「好一個聰明的老和尚，若是我就再多刻兩塊。」

百虹大師被他說得一個寒噤，心想這人真是豈有此理，但他方才提到金人時的咬牙切齒，又不像是假的，智伯和尚怒喝一聲道：「我少林寺豈是作僞的？」

他這人粗中有細，知道關彤方才和自己爭金錢參的時候，並不願佔了自己的便宜，而放過一個大好的勝機，心想他現在也沒幫金人的表現，所以也不說穿這塊令牌是得自關彤之手。

原來關彤也是個有血性的人，豈會幫助金人？他聽得少林門下不拆穿真相，心中暗喜，但嘴中可冷笑道：「這話難說，我當年遇到百步淩空秦允，他讓我見過這塊牌子，他爲了怕少林寺再僞刻一枚，特地在令牌上留了個暗記，讓在下作了個見證。所以，在下一眼便知真假。」

他這謊可撒大了，但又說得合情合理，不由紅袍和尙不信。只因關彤背朝著他們，所以紅袍和尙看不出他的真實年齡來，況且武功極高的人，大部分都能善養顏容，比常人看上去年輕些。

番王聞言忙道：「這暗記又在何處？」

因爲他這塊牌子也是別人送他的，他並不知道真假，所以也氣餒了下來。

關彤心想幫少林和尙就得幫到底，他道：「把兩塊牌子給在下一比就知道了。」

紅袍和尙一心想佔少林寺，眼看就要成功，不料萬佛令牌卻鬧出了雙包案，他目下比那王爺還要心急些，忙從王爺手中取過令牌道：「拿去！」

他存心試試關彤的功力，那令牌如飛矢似地直取關彤的背心重穴，關彤右掌微翻，那牌兒竟無聲無息地落到了他的手中，紅袍和尙臉色爲之一變。

關彤一觸及牌子，心中便疑雲大起，原來這塊牌兒竟和自己那塊十分相同，他心中暗暗推算，少林門下斷然不會作這等事，百步凌空秦允自偷得萬佛令牌後，十分神秘，從不肯輕易示人，但自己卻從秦府前任總管處買得了一塊萬佛令牌，秦允斷然不肯放棄這萬佛令牌，莫非近八年來他神秘失蹤的原因，竟是因他已故去了不成？況且外面已傳說了萬佛令牌再現江湖，秦允若是活著，豈肯干休？

因此只有當這塊令牌在秦相府中的時候，才有僞刻贗品的機會，但秦檜是當朝宰相，而現在持有這牌的卻是一個敵國的王爺呀！如此說來，外間傳說岳元帥受秦檜誣殺的原因必是真的！

闢彤心急如閃電般地一動，嘴中卻道：「這塊是假的！」

紅袍和尚急怒交加地道：「何以見得？小子休得胡說。」

闢彤道：「第一，沒有暗記，其次的是，少林古物是一塊堅硬無比的和闐冷玉，哪像這等通常的玉石？」

說著右手一張，只見那牌萬佛令牌不知何時已被闢彤用內力毀去，早已化成了細細的粉末，卻如一縷灰似地落了下來。

紅袍和尚料不到闢彤功力如此之高，分明吃了一個暗虧，因爲現在「萬佛令牌」已被他毀去，自己憑什麼叫少林弟子聽命於己？而更不知道究竟哪塊是真是假的了。

金國的小王爺也氣得雙唇泛白，他揚聲道：「誰去收拾這小子！」

眾人已被他這手所震住，紅袍和尚是其中最佼佼者，倒也有劈石成粉的本領，他正要挺身而出，百虹大師冷冷地道：「眾位施主若不見怪，貧僧請各位暫退，少林寺可不是私鬥的場所。」

他這話是幫關彤解圍，因爲現在關彤是以寡敵眾，難免有雙拳難敵四手之感，但關彤卻冷冷一笑道：「姓岳的，這批小子打擾咱們的約會，讓我先解決掉如何？」

岳芷青一怔，他還以爲關彤是衝著少林寺來的，但哪料到卻是存心找自己的，這約會就不知從何說起了。便是一方、卓方、君青和司徒丹，他們在半途把芷青找到少林寺來，也不知道人家是存心挑自己岳家的樑子的，一時都如在五里霧中。

關彤頭仍不回地道：「你那番僧可叫呼里木圖？」

紅袍和尚上前三步道：「不錯，正是佛爺。」

關彤冷笑道：「呼里木圖，你的記性也太差，十年前大宋御前都統制楊再興殉國的那天晚上，你可說過什麼話來？」

眾人被他說得更是沒頭沒腦，但紅袍和尚卻黑臉頓時變得慘白，連退了三步，一言不發。

關彤道：「你可記得那夜宋軍大營的位置？」

紅袍和尚低垂雙眼，傲氣全消道：「終生不忘。」

關彤揚聲道：「你若要找那死鬼師父和兩個師兄的頭顱，便到當夜岳元帥大帳南三里處的大桃樹下找去。」

紅袍和尚對王服的那人道：「今日我這跟頭栽定了，希望王爺見諒。」說著深深一揖，對闞彤的背影也是一揖，大踏步往山下走去。大家不知闞彤悶葫蘆中賣的是什麼藥，竟然三言兩語便把這個盛氣凌人的番僧給打發了。

芷青猛可一驚，楊再興殉國那日的夜間正是他被假青蝠劍客——百步凌空秦允逼迫去謀刺岳元帥的那晚，他意味到這陌生的年輕人來頭不小了。

原來那晚青蝠劍客在制住了卓方和一方之後，匆匆而去，便是爲了制止四番僧暗刺岳元帥的陰謀。須知青蝠劍客人雖孤傲，但也知道漢胡之分，可不准胡人殺卻大宋的大將。闞彤不願在鬥岳芷青前再節外生枝，故此藉著青蝠劍客的餘威把紅袍番僧唬走，旁人不明究裡，自然會大驚小怪起來。

青蝠劍客一生一意孤行，卻只做過這麼一件有意義的事，不料十年後仍能派上用場，這或許是冥冥中自有果報吧！

那小番王見得番僧一走，靠山已失，況且他本也不想奪這少林寺，只得狠狠地道：「三月之內，本國誓必蹈平此寺。」

少林眾僧聞言大怒，一百零八支長劍唰地一聲，都已出鞘，羅漢劍陣眼看又要發動，百虹和尚叱住了眾人，但是胸中也無名火起三丈高，哪還說得出話來。

刷地一聲，闞彤雙腳一分，人倒退到番主身前三步處，仍是背朝著他，那些金人和漢奸只覺眼前一花，人家已到了王爺面前，俱各大驚，紛紛拔出了兵器。

岳家兄弟卻不約而同起了同一個疑問——這人究竟是誰？

闞彤緩緩地把手從背後移到了胸前，雙手袖在袖裡，完全把背賣給了人家，這是何等的輕視！

他斬釘截鐵地吐了兩個字：「你敢！」

番王退了一步，猛喝一聲為自己壯膽道：「為何不敢！」

闞彤冷冷地道：「在下只費兩個字便可嚇退你百萬雄兵！」

那番王盛氣道：「試試看！」

闞彤緩緩把右手往背後平伸，手掌迅速一開一合，因為動作迅速，人家又隔得遠，只有番王一人曉得他手中要的是什麼名堂。

闞彤哈哈大笑道：「閣下的萬佛令牌可是得自此人？」

番王被他唬得滿臉漲紅，斷喝一聲道：「留你不得。」

哪知闞彤比他出掌還快，呼地一聲，又回到了老地方，闞彤揚起頭來道：「閻王不要區區的命，你又拿我奈何？告訴你，大家相安無事也好，否則憑這兩個字，你不但王位難保，尚且有身首異處之虞。」

那番王臉色一陣青一陣紅，勉強迸出了一句話道：「本王就依你一次。」

關彤笑道：「你若滾離少林寺，我便放過你。」

番王也不笨，他強自鎮定地道：「有何爲證？」

關彤長笑一聲道：「憑關某一句話，此事將來只有你我和那人知道。」

番王長歎了一聲道：「罷罷罷！今日就看閣下的份上，饒了少林寺一遭。」

少林眾僧不料天大一場禍水，竟被關彤三言兩語給化了開去，不禁驚喜交集。

此時一隻老鷹急急地從遠處掠來。

那番王領著眾人走下山去，才走得幾步，忽然停住返身揚聲道：「若是少林寺有個三長兩短又怎樣？」

妙在他不點穿是自己食言又如何。

呼地一聲，白光一閃，哪知老鷹連發出哀鳴的機會都沒有，便已死在關彤腳下的地上，而關彤仍背著雙手，彷彿沒事人一般地笑道：「便如此鷹。」

更妙的是關彤並不點穿那番王的結局便將是如此，他們倒像是在說啞謎似地。

他這手快劍確實乾淨俐落，因爲他身形擋著，岳家兄弟俱沒看清他的招勢，但心中對他的估計又高了一層。

關彤忽然喃喃自語道：「剛才露了一手，也得討些本錢。」

他大聲道：「開封姓石的那樁事，你也瞧著辦好了。」

這是加三進五，硬吃那番王了。但是誰叫那番王妄自聽了紅袍和尚的話，逼得秦相刻了一付假牌，他本想出出風頭，佔了少林寺，不料卻把金國的漢奸系統的聯絡給關彤摸出了底，這事喧鬧出去，那還了得？他雖是金枝玉葉也擔不起這個責任。

番王狠狠地道：「開封沒事啦！」

關彤長嘯一聲，喝道：「靖康恥，猶未雪，嘿嘿！」

百虹大師送著那些胡服的人狼狽不堪地下了山去，心中如放下了千斤重擔。他非常奇怪關彤這找上門來的人，怎會反幫了少林寺一個大忙的？

其實關彤因為長期性的壓制，心中往往會起了不正常的衝動，須知青蝠一生瞧不起武林七奇和各名門正派，但大家也多少把他看做邪魔外道，其實世界上沒有一個人是絕對壞的，也沒有絕對好的，大家都有可取可斥之處，譬如青蝠曾暗助岳元帥，誅殺了三名番僧。但他為人孤傲，不願和別人接觸，因此除了關彤之外，就沒人會同情他，贊成他。

關彤受了他師父青蝠劍客的影響，認為是人們對青蝠不公，他並不知道青蝠是咎由自取的，所以他對武林七奇和名門宗派有著莫名的反感。

但自他出道以後，第一個使他略變成見的是靈台步虛姜慈航，第二個是百虹大師，因此，他方才的行爲，可以分三點來解釋。

首先，他覺得少林雖看不起青蝠劍客，但畢竟讓青蝠的傳人解救了大難，第二，他是做給岳家的人看的，要讓他們知道青蝠劍客的弟子也講民族氣節，武林正義，而武林七奇的岳家，在作爲上反不如他，這點，他事實上是成功了的。第三，是由於姜慈航和百虹大師所給予他的潛在影響力，使他了解了少林寺的內在精神。

有許多人做了好事，但並不見得是爲了真理而作，關彤解救少林之危的原因，實在是任性孤僻的鬥氣成分居多。

但是，百虹大師可爲難了，因爲關彤已講明要挑岳芷青，憑岳鐵馬和少林的淵源，百虹大師豈能坐視他子弟與外人之爭？但關彤一來送還了萬佛令牌，二來方才解了少林之危，老和尙又哪能再掉轉槍頭對付他？

山風從松林中吹來，百虹大師的長鬚躍然欲飛，但他的臉色極爲沉重。

關彤緩緩地轉過身來，一字一字地道：「在下關彤敬請岳芷青大俠賜招！」

岳芷青輕輕一笑道：「敢問青蝠劍客與關兄怎生稱呼？」

原來芷青把去時刺岳元帥的經過一回想，在場能除掉三個番僧的恐怕只有秦允及青蝠了，但秦允斷不會阻止別人去謀刺岳元帥，可見必是青蝠所為。

關彤一言不發，雙目盡赤，所有人的眼光都盯住他，終於，他吐出了四個斬釘截鐵似的聲音：「正是家師。」

所有人的臉色一齊變了，便連百虹大師這般定力的人，也不自覺地退了一步。八年前岳鐵馬力挫青蝠之後，天下人以為這場龍虎之鬥已算完了，不料今日竟又舊事重演，而且是發生在年輕一代的身上。

百虹大師的淚珠一滴滴地流了下來，老和尚是為武林中不解的冤仇而傷心，他喃喃地道：「冤孽，冤孽——」

岳芷青知道這場戰鬥是不可避免的了，而且一定是一場生死之鬥，他緩緩地抽出了碎玉雙環道：「岳芷青候教。」

關彤和岳芷青緩緩地向對方走著，每一步都如一記巨錘擊在他們的心中。

從高空中俯視下去，只見如螞蟻般的僧人如退潮般地向四周散開，留出了一片空曠的大理石場子。

潔白的大理石場中，巍然立著一枝長長的旗桿。

兩個如芝麻般的黑點緩緩地相向而前進著，山風四起，雲霧如潮湧，彷彿大自然也爲即將來臨的大戰而變色。

整個嵩山都靜極了，除了醉人的松濤聲之外。

一兩隻早起的蒼鷹似乎是不習慣於如此寂靜的清晨，好奇地向少林寺的方向低低掠飛而來，忽然，牠們驚惶地急飛而起，嘴中發出了震人心寰的尖鳴。

那是一道白色的劍光——劍身在旭日照耀之下反射出的光芒，在空中如白鷺般地急閃而起。

勁激的山風在山谷中盤旋著，發出了嗚嗚地雷鳴般的聲音，更增加了人們心中的肅穆之感。

關彤一抖手中的長劍，叮地一聲，白色的光芒消失了，劍身發出了青黑色的光芒，地上卻多了一支薄薄的劍套子，青蝠劍客畢生所喜愛的名劍終於又恢復了原來的面目，但是他卻早已埋身黃土了。

關彤茫然地撫摸著劍身，他的心中念頭太多了，以致反成了一片空白，他幾乎不能集中思緒了。

他停下腳步，抬頭望著雲天，深深地吸了一大口氣，清晨山上的空氣是潮濕且清涼的，這使他覺得舒服些，而且有助於抑制他那如脫韁野馬似的衝動。

然後，他舉起了右腳，穩穩地又跨前了一步。

每一步，代表著大戰爆發前的每一個聲符，長期的等待，容易使神經本已緊張的人趨向於精神上的崩潰。

司徒丹用手帕蒙住了小口，她害怕自己會不自覺地發出尖叫之聲。

卓方的臉上流露出一絲焦急的表情。

君青的眼色是深沉的，這象徵著他是一個極富於思想的人，他心中正在自我交戰——他不知這種幾近獸性的鬥爭是不是應該的？

一方衝動地叫道：「大哥，你……」

卓方一把抓住了一方，意味深長地瞟了他一眼。

任何人都不能代替芷青，因爲這是青蝠的後人對岳家的正式挑戰，芷青是長子，有應戰的權利與義務。

一方的心中不停地翻滾著，他想到那暗戀著大哥的白冰，也想到昔日如水的柔情，於是他淒然自問：「爲什麼世上的事總是不如意的事情佔多呢？」

「大哥啊，我的苦楚你可知道？……」

鐵騎令插在牆上獵獵作響。

一方長長地歎了口氣，他又回想到了這八年中的流浪生活，是多麼自在逍遙呀！他不停地問著自己，我能再見她麼？

山風吹起了他的衣角，也吹起了兩個正要面臨生死關頭的人的衣角。

他們相隔十步的時候，兩人不約而同地停了下來。

關彤長劍點地，左手置於胸前，全身的衣服躍然欲飛，不時發出拍拍的聲音，使人望之生畏。

岳芷青仔細地打量著對方，由於關彤方才對金人的表現，使他無可避免地對關彤起了一絲好感，但是，他們在片刻之間就要分出強弱高下了，或許其中一人將會永離人世，事實爲何如此殘酷呀？

岳芷青一擺手中玉環，嘩剌剌一聲響，他朗聲道：「八年前家父失手誤傷尊師……」

他雖有言和之意，但他是七奇之首岳鐵馬的長子，豈能示弱？

關彤凝聲道：「令尊當年只爲虛名而再挑先師，以致先師身敗名裂，抱憾而終，難道關某不應代師算算這筆帳麼？」

岳芷青大驚，兩手一合，雙環不覺相碰，發出噹的一聲道：「難道青蝠劍客已仙去了麼？」

百虹大師暗宣一聲佛號，當年首陽大戰，青蝠獨挑七奇的凌厲氣勢，以及那付傲然不可一世的神情，尚在老和尚的心中存著，此時一幕幕地浮現了出來，正是歷歷在目，但短短八年之間，已是人事全非了。

關彤大聲道：「正是，這都是拜令尊大人之賜！」

岳芷青心中也有些黯然，但事已至此，只得發了一聲長歎道：「關兄請動招吧！」他右環半舉胸前，左邊在小腹下虛虛擱置，這是動武之前對敵人的敬禮，這也充分顯露出芷青此時心中的矛盾來。

關彤的視線投向芷青半舉的右手，只見他右手中指上端端正正套著三枚細窄通明的玉環，三枚並著的寬度也只有一個手指節長。最上面的一隻環兒翠黃的可人，第二隻環兒碧綠的通明，最下面的一隻環兒又潔白如玉，這黃綠白三色雜陳在一起，煞是好看。

當年青蝠劍客曾先後兩次受挫於岳家三環之下，連第三環都沒見到，事後聽說金戈艾長一略為僥倖，但也在第三枚白玉環下送出了七奇之首的名號，並和璧還了岳家的信物鐵騎令，這些轟轟烈烈的事跡，在關彤的心中產生了異樣的刺激，他那異於常人的傲然之氣又盤旋而起了，他冷冷地道：「岳兄請慢，在下有幾點需要交代明白。」

岳芷青雙環一收，屹立在當地。

關彤雙眉一軒道：「如關某不幸敗亡，尙請岳兄代語靈台步虛姜老前輩，說青蝠劍客的弟子絕未欺他，而且心中仍是十分敬重他老人家的。」

岳芷青心中一怔，但接口道：「岳某也有一事相煩，便是岳某這幾位兄弟都年少氣盛，還望關兄擔待一二。」

這也是事實，岳家四兄弟手足情深，如芷青喪生於此戰，君青他們豈肯干休。

關彤又轉過頭來遙對百虹大師揖了一揖道：「多謝大師指點迷津，三月之約，關某就此收回。」

原來前些時關彤曾賭氣要在三月之後來破少林羅漢劍陣。這可見關彤爲人一絲不苟，這方面確有青蝠劍客的遺風，但關彤人雖孤僻，到底年歲輕些，氣度比青蝠要大的多。

百虹大師默默地回了一揖。

關彤復又朗聲道：「當年先師敗於令尊，可是毀在岳家三環上？」

岳芷青莊重地吐出了二字道：「正是！」

關彤道：「在下就先請教岳家三環！」

他的話是何等狂妄！就芷青所知，岳家三環只用過三次，二次擊敗了不可一世的青蝠，另一次則擊潰了唯我獨尊的金戈艾長一。

眾人聞言都驚噫了一聲，這太出常理之外了。因爲岳家三環需運用最高內力，所以關彤若先和芷青長期作戰，岳家三環就是能使出來，效果也要大打折扣了。況且積青蝠劍客二敗的經驗，關彤也應知道如何拖延戰局的辦法，甚至能迫使岳芷青發不出這三環來。

芷青略一遲疑，朗聲道：「當年家父傳技之時，曾再三叮囑在下不可輕易出手，尙請關兄收回成命。」

關彤傲然長笑道：「先師獨戰七奇，只敗在岳家三環上，抱憾而終，關某若以他技勝了岳兄，便是有違先師的一番苦心栽培！」

芷青仍苦苦道：「三環一出，非死即傷，關兄何必如此？」

關彤一揚頭道：「雖死無憾！不過萬一僥倖關某勝了，尙有一個不情之請。」

芷青揚眉道：「只要在下能力所及，敢不從命。」

關彤戟指朝紅泥廟牆上的鐵騎令一指道：「這面旗子小弟借用一次，在先師墳前獻祭，以慰先師在天之靈。」

芷青面色一沉，右掌一挑，三枚指環已落在他右掌中，燦然發光，他心中暗思：難道岳家威名竟要全折在我一人手中麼？難道鐵騎令要在我手中得而復失了麼？

他輕輕吐出了一句話道：「要是在下僥倖勝了？」

闞彤左手緩緩在空中劃了一道圓弧道：「江湖上沒有姓闞的這個人。」

岳芷青嘴角往兩旁一沉，兩道劍眉又猛然一揚道：「好！」

闞彤哈哈大笑道：「好爽快，好爽快！岳兄請過招吧！」

說著又跨前了一步。兩人之間只有九步的距離了。

芷青不再客氣，凝立在當地，緩緩地把三環又套在右手中指上，揚聲道：「有僭！」

闞彤長劍高舉，全身功力迅即提起，衣服中有如一股隱然的氣流在激盪，鼓得滿滿的，他心中飛快地想起一個念頭——三味藥並沒有配齊，他沒有必勝岳家三環的把握呀！但他不願意再等待了，因爲他暴露了身分，將來要找岳芷青可不容易了。他不是像君青那樣沉得住氣的年輕人，他在個性上有如一方的任性。

芷青長長地吸了一口氣，鼓足真力，然後中指一揚，那第一枚翠黃色的玉環在指尖處升起，滴溜溜地打了一個轉，然後他食拇兩指猛可一彈，嘶地一聲，環兒奔出。

這完全是岳鐵馬的一慣手法，芷青除了功力之外，其餘的都拿得極準，不亞於岳多謙當年的氣勢。

關彤凝神細瞧，一時竟看不出這環的來勢，但見他雙腳連蹬，身形極端迅速地移動著，他向左半步，猛可一停，又斜斜在左退後了三丈，整個身子如在空中飄浮著似地，但雙眼緊盯著那枚足以致命的玉環。

呼地一聲，那指環如長了眼睛似的，在空中劃了一道圓弧，逕飛向關彤的泥丸大穴，關彤一驚，但長劍仍是當胸而立，足下又連踩數步，身子左幌右動，令芷青摸不清去勢。

那黃色指環也跟著他一轉，關彤迫不得已，雙足連連虛空踢出，整個身子如閃電般地又斜移了三丈。

眾人只見一條白影和一絲黃光在場中盤旋進退，都看得如癡如醉。那黃指環飛的極快，而且因爲是圓滑的曲面，所以轉變方向時毫不費勁，在空中劃了多少道形形式式的圓弧，煞是好看。

但那白影的速度竟不亞於黃指環，而且往往轉動得還靈便些，這分輕功真是驚人！

眼看已轉了一圈，那黃指環忽然往上一躍，在空中滴溜溜地打了一個轉，看定關彤一落腳的時候，如飛也似的趕到。

關彤只覺一絲黃光，破風而來，但仍看不清來勢，他疾哼一聲，也不再退避，手中長劍猛然一跳，劍身逼出的真氣，直將周身護住，但見青黑的劍尖一陣迅速的跳動，呵的一聲，關彤只覺手腕猛的一震，他幾乎在同時猛力一蹬，身形暴退半丈，才堪堪避過了第一枚指環。

若是換了岳多謙，關彤已難逃此劫，但岳芷青火候本未到，又沒有實地應用岳家三環的經驗，況且關彤方才那遊走的拖延政策，已消耗了岳芷青一部分的真力。

岳芷青掌心已微微發汗，但他哪容關彤再喘息，他大吼一聲道：「接招！」

關彤只覺周遭的氣流猛然激盪，那黃色的指環在空中轉了個急彎，與第二枚綠色的指環同時撲到。

關彤心知師父就是在此時落敗的，心中哪敢大意，他照青蝠故技，憑空一劍刺出，全身平平一臥，果然那綠色的指環嘶地一聲硬從劍網中穿過，在他髮際擦過，正是險不間鬆。

芷青右掌往下一壓，那黃色指環應勢一落，激射關彤的泥丸要穴。

這便是青蝠二度遭敗的一剎那。

關彤看定黃環，右手走劍硬生生倒轉，劍尖向內，忽然一挑，這一挑看得極準，正掃上黃環的外緣，而劍鋒內倒竟貼上了額際的髮膚。

只聽得叮的一聲，那黃環竟不照常理往兩旁滑溜而仍取關彤的泥丸大穴，反而反彈激射而上。

若不是芷青火候不夠，又被他用計耗去了一部分功力，關彤今日哪有倖理，但即是如此，他也躲過得極險，只因當年黃環曾被青蝠額上的胡家神珠一擋，留下了一絲凹痕，關彤的劍尖對準這凹痕一挑，故能使黃環反彈而退。

君青等人在緊張萬分之中，見關彤竟堪堪避過了青蝠的敗著，也忍不住驚叫起來。

芷青一擊未中，額際也顯出了汗痕，口中卻猛喝一聲道：「還有一環！」

關彤一躍而起，白玉指環已離身不及三丈。

而黃綠兩環也從右方襲來，但來勢較緩，大約是芷青功力未逮，已不能三環兼顧之故。

關彤只覺三股光影猛襲來，他大喝一聲，長劍往中一擋，劍氣所及，白色玉環往左一彈，關彤劍支順勢往右一穿，他這劍真是費盡了心思，只聽得叮叮兩聲，黃綠二環竟被他劍尖套住，在上面旋轉不已。

照關彤原意，仍要長劍左擋白環，哪知黃綠二環上傳入了芷青威猛無比的內力，劍勢哪能照他心意。

呼的一聲，白環逕撲他空虛的左側，關彤猛喝一聲，身軀一轉，左掌照定白環一撲，只見白環從他掌中旋轉而過，一道紅色的血光從掌上噴出。

同時關彤緊咬鋼牙，全身真力集中在右手上，源源注入劍身，那黃綠二環仍急激地旋轉著，但見劍身上忽然冒出了縷縷白煙，接著噗的一聲，只見彈起片片黃色和綠色的碎玉！

關彤的左手掌被白環削去了三分之二，必定殘廢無疑。

芷青緩緩地收回了白環，眼中噙著淚水，不知是爲了失敗或是勝利？此時再戰，關彤必無倖理。

關彤忍住疼痛，傲然道：「岳兄還有一環未落地！」

岳芷青朗聲道：「不必了，關兄若是能取那鐵騎令，便請取去吧！」

君青和卓方都失聲喊道：「大哥？」

關彤狂傲地回過頭去，盯住牆上的鐵騎令，忽然哈哈狂笑道：「不必了！岳芷青，你勝了！」

笑聲止處，他臉色忽然變得蒼白。眾人都隨他目光看去，只見旗上那躍然欲飛的馬兒，竟忽然變成了一匹紅鬃烈馬，仔細一看，竟是關彤的血噴了上去，但恰好在原來的馬兒上，真是不可思議的事。

岳芷青回過頭來激動地道：「關兄——」

他忽然停住嘴來，眾人隨著他一回頭，只見場中哪有關彤的影子？地上一灘血跡，每隔五六丈有一點血痕，直向山下而去。

芷青惘然地道：「二弟，咱們回去吧！爸爸一直在想念你！」

一方低聲對自己說道：「是啊，我們該回去了……」

母親的慈容在這蕩浪遊子的腦海中浮現……

山風呼呼地吹來，鐵旗令迎風飄揚，芷青低頭凝視著地上關彤留下來的劍鞘，心中回味著一句話：「江湖上再也沒有姓關的這個人！」

他抬起頭來凝視著雲天，喃喃道：「是起風的天氣了，家中很忙了吧？」

雲霧冉冉而升，嵩山山頂全籠在茫茫雲海之中。

忽然，少林寺中鳴起了巨大的鐘鳴之聲，像是在爲和平的來臨而鼓舞。

但是，這只不過是了去了一場私鬥，而國家仍在存亡危急之中，中原仍在金兵的手裡。

靖康恥，猶未雪啊！……

…………………

全書完

上官鼎武俠經典復刻版7
鐵騎令（三）

作者：上官鼎
發行人：陳曉林
出版所：風雲時代出版股份有限公司
地址：10576台北市民生東路五段178號7樓之3
電話：(02) 2756-0949
傳真：(02) 2765-3799
執行主編：劉宇青
美術設計：吳宗潔
業務總監：張瑋鳳

出版日期：2023年7月 新版一刷
ISBN：978-626-7303-48-1
風雲書網：http://www.eastbooks.com.tw
官方部落格：http://eastbooks.pixnet.net/blog
Facebook：http://www.facebook.com/h7560949
E-mail：h7560949@ms15.hinet.net
劃撥帳號：12043291
戶名：風雲時代出版股份有限公司

風雲發行所：33373桃園市龜山區公西村2鄰復興街304巷96號
電話：(03) 318-1378
傳真：(03) 318-1378
法律顧問：永然法律事務所 李永然律師
北辰著作權事務所 蕭雄淋律師

行政院新聞局局版台業字第3595號 營利事業統一編號22759935

定價：320元

國家圖書館出版品預行編目資料

鐵騎令 / 上官鼎著. -- 二版. -- 臺北市：風雲時代出版股份有限公司, 2023.05 冊； 公分

上官鼎精品集復刻版
ISBN 978-626-7303-46-7(第1冊：平裝). --
ISBN 978-626-7303-47-4(第2冊：平裝). --
ISBN 978-626-7303-48-1(第3冊：平裝). --

863.57　　112003683